异化引擎

陈楸帆 著

南方出版传媒
花城出版社
中国·广州

图书在版编目（ＣＩＰ）数据

异化引擎 / 陈楸帆著. -- 广州 : 花城出版社,
2020.6
ISBN 978-7-5360-9151-1

Ⅰ. ①异… Ⅱ. ①陈… Ⅲ. ①幻想小说－小说集－中
国－当代 Ⅳ. ①I247.7

中国版本图书馆CIP数据核字(2020)第061071号

出 版 人：肖延兵
策划编辑：朱燕玲
出版统筹：杜小烨
责任编辑：杜小烨
技术编辑：凌春梅
封面设计：姚　敏
封面插画：陈沅姗

书　　名　异化引擎
　　　　　YIHUA YINQING
出版发行　花城出版社
　　　　　（广州市环市东路水荫路 11 号）
经　　销　全国新华书店
印　　刷　佛山市浩文彩色印刷有限公司
　　　　　（广东省佛山市南海区狮山科技工业园 A 区）
开　　本　880 毫米 ×1230 毫米　32 开
印　　张　9.25　1 插页
字　　数　210,000 字
版　　次　2020 年 6 月第 1 版　2020 年 6 月第 1 次印刷
定　　价　42.00 元

如发现印装质量问题，请直接与印刷厂联系调换。
购书热线：020-37604658　37602954
花城出版社网站：http://www.fcph.com.cn

异化引擎
档案卷宗
（片段）

……寒武纪生物大爆发一直是人类科学界的未解之谜，在相对短暂的时间段内（2000万年间），几乎所有动物的"门"都在这一时期出现了。因出现大量的较高等生物以及物种多样性，于是，这一情形被形象地称为生命大爆发。天体物理、生物、地质、大气……诸多领域的学者提出各种理论试图解释这一现象，但均告失败。

位于中国云南的澄江生物化石群，完整展示了寒武纪早期海洋生物群落和生态系统，在世界化石史中也极为罕见。2027年夏，一支由多国科研人员组成的联合科考队来到澄江化石群新出土遗址，利用全新技术对岩层进行深度扫描，期望发现一些新证据，能够解释这一对达尔文渐进式进化理论提出挑战的神秘现象。

除了化石之外，科考队还从地下300米深的海底岩浆凝固物中发现了一些未知的神秘物质，这些据信来自某种噬热生物的残留遗传物质竟仍然保持了微弱活性，相信与生物体本身耐高热高压的特殊构造加上岩浆瞬间遇冷凝固有关。

分子生物学家借助机器学习算法拼凑出这种陌生生物的遗传信息蓝图，相当于从散落在一平方公里的坠机现场中找出碎片并复原某位乘客携带的孤本古籍全貌。生物本身属于某种已灭绝于5亿年前奥陶纪的未知生物门属，现存最为接近的当属能忍受高温高压、绝对零度、高辐射真空的缓步动物门，代表生物水熊虫。但是最令人震惊的并非生物本身，而是在基因链条特殊点位存在被不明外来力量修改过的痕迹，类似今天人类用CRISPR技术进行基因编辑但要远为先进。科学家推断是某种能在纳米水平上进行自主操作的智能机器所为，但无法解释其来源与目的。

由此产生了一系列极其恐怖的推论：

——寒武纪生物大爆发并非是自然产生，而是来自更高级智慧文明的干预；

——在寒武纪大爆发之前或之后同样有类似的事件发生，事件跨度以亿年计；

——人类本身就是这一外来文明的造物，所有修改过的遗传信息就像巨大古老的数据库存在于每一个人的体内，引导着我们的语言、行为、意识以及集体无意识；

——我们不知道干预从何而来，目的何在，将在何时以何种形式再度降临，带来的是大进化还是大灭绝；

……

为了区别于人类所熟知的进化论体系，科学家们最后决定给这种恢宏神秘的未知力量命名为"异化引擎"，代号"Project ME（Mutation Engine）"，并联合各国科研力量进行跨学科跨部门的合作探索，希望能有所发现，不仅是为了人类命运，同样也是为了满足求得真相的好奇心……

……基于同源进化论的某些假设，科学家们借助AI建造出模拟亿万年间地球生物基因数据库，并引入不同变异参数，来测算究竟异化引擎在多大程度上改变了当前地球生物的进化路径。全球的超算机器都投入这一项目，并在每秒迭算出上百万代的基因谱系数据，经由复杂的算法汇总成为一个惊人的结论，在过去的6亿年内，类似寒武纪水平的大爆发事件发生过4次，而小范围的爆发事件不计其数，人类体内约有13%的基因信息无法由自然进化获得，也就是说，来自那个未知的外部文明。更可怕的是，人类在这13%的信息驱动下，发展出非线性增长的科技，并运用在改造自身上，无论是肉身或是精神，所以可以认为异化引擎并不像之前所想象般的间断式介入，而是进入了一个更为隐秘而持续的内驱异化时代……

　　……Project ME很快增殖为庞大机构，其下延展出许多分支子项目，其动机与目的也千差万别不一而足，更不用说各国出于私利成立的秘密项目组，从追溯异化引擎信息在宇宙间的坐标，到利用13%基因信息开发新的科技甚至武器形态。其中有一个以人类学家为主导的项目组，名为MEE（Mutation Engine Ethnography），试图从不同个体到集体的切片视角，记录下异化引擎发现的对于人类文明所带来的持续冲击。MEE利用数据库筛选出一批节点式的个体，所谓节点式个体一方面是从基因信息的特定位点呈现出较为显著的ME表观遗传学特征，如强烈的逆反性、潜在精神分裂型人格或者带有诱发情绪躯体化症状；另一方面则是从社交数学模型上处于相对关键的拓扑节点位置，能够影响甚至改变某个群体或是历史线的发展走向。他们的生活数据被长时间段追踪记录，汇总到数据库，当然也包括最为重要的个体（集体）叙事，作为日后从不同角度进行分析解读的重要文本……

本次调用生成文档涵盖多个重要历史节点及个体（集体）叙事文本，包括但不限于以下案例：

……

林鹏，广东茶商之子，运动控制及神经数学博士生，企图利用写童年亦宠物亦友的南海狍鸮族的《巴鳞》，来完成颠覆性的运动神经课题研究，但在回乡过程中，不得不痛苦回顾往事，处理自己与父亲的代际冲突。因受ME作用而具备超强镜像神经元的狍鸮族，能够与万物共情，却被视为异类，沦为玩物奴仆。科技能否帮助异化的少数族群融入社会，他者视角又如何帮助主流人群弥合裂缝，这成为MEE项目的一条重要研究线索。

宋胜男，山东籍太空生态学家，轻微阿斯伯格症患者，《太空大葱》讲述了她如何在传统农业与太空环境之间夹缝求生的故事。她对于家族传统的叛逃与对太空的渴望，与基因中rs7647854点位上的ME表观遗传有关。这次事件也引发了Project ME对于太空实验的重视，将更多的节点式个体与物种带到地外环境进行观测及实验，玉兔－3号实验室后来成为揭示异化引擎文明源头的重要起点。

　　梁华娇，香港科技大学神经行为—影像学博士，《刻舟记》展现了"过滤期"政府运用AI技术对社会中暴力型ME患者进行大规模筛查的历史背景，以及不同个体对于技术运用和价值观的理解、分歧与冲突，也导致Project ME建立专业伦理委员会来应对层出不穷的新议题。

　　黄伟杰，"V世代"代表人物，虚拟化生存是ME作用在SCN2A基因上所带来的行为范式，以往这个基因被认为是负责编译钠通道机制，与小儿癫痫相关。《匣中祠堂》开启了一股"具身主义"潮流，身体的认知与记忆被重新提到了本体论的高度，并引发了相关主题的无数优秀创作，人类开始思考进化（异化）的方向应该是什么，是否有可能摆脱ME的影响找到属于人类自己的出路。

　　亚历山大·佐戈里（《伪造者Z》），地拉那事件犯罪嫌疑人/受害者，神秘地下组织"熔解"（MELT）窃取Project ME研究成果制造出新式认知炸弹，能够大范围摧毁个体间的认知界限，构造出一种流动的初级集群意识体，但仍然处于非常脆弱且有害的状态。这让异化引擎跨国合作机构也开始担忧大规模杀伤性认知武器的威胁。

陈仟（你），上海图书馆管理员，东岸战争幸存者，此次无差别攻击将30%的世界人口主体意识摧毁，数以亿计的个体肉身死亡，并最终形成了六大超级集群意识体，其中的三个（J-K联合体、东A-NZ联合体、东非）由于无法重建秩序导致次级雪崩，最终化成只剩残存原始意识驱动力，不时威胁幸存人类安危的恶灵体，四处流窜，导致《出神状态》。

王曼（M），编辑/作者，华东意识体参透文小刚量子比特海理论后，想回归到MELT组织创始人M的童年，消除一切毁灭的根源，引发了第一次真实时空的《拓扑变换》，导致了时间线的巨大紊乱。后将M与他纠缠一生的爱人与敌人王曼的时间线合并，创造出了新的平行宇宙，史称ME-2宇宙。在这个宇宙里，Project ME的成立时间提前了40年，人类更加激进地运用ME所带来的发现提升技术，改造自身，三大意识体由于新宇宙拓扑序参数的变化而解体，带着信息残留播撒到1992年以来的不同个体身上，M成为一名偏执而疯狂的作家。

北方大学国际贸易系2009级毕业生，ME－2宇宙，意识体碎片附着在主角肖如心其孪生妹妹的发育不完整胚体上，被肖如心吸收，带来改变现实的能力也带来痛苦。为了替父亲谢耀真报仇，她召集了《怪物同学会》，引发了一场局部ME大爆发，但在最后又部分重置了时间线，导致了分叉宇宙ME－2－1的出现。这样的子宇宙还有许多。

东方觉，太空矿工，在ME－2的子宇宙线里，为拯救患上罕见病的女儿安安不惜背负基因债，长期漂流在太空里从事小行星挖矿，后激发埋藏在RS4680记忆相关基因位点的ME表达，打碎债务链条回到地球，成为领导《无债之人》推翻大公司的英雄。但他所不知道的是，在基因链技术的背后，是一整套庞大的监控全人类基因表达的数据系统，其目的在于防范异化引擎"第七次冲击"的来临。

......

历史中的每一个人都在做出自己坚信正确的抉择，而每一块拼图单独看都是简单而美好，只有放回到浩瀚无边的历史图景中，才能看出它真正的位置和意义。就好像真实世界并不取决于物质或能量的形式，而只在于彼此之间的相互关系，这才是异化引擎档案存在的价值。

20810321-V528b-iii文档输出完毕，祝阅读愉快。

目录

巴

鱗

我用我的视觉来判断你的视觉，用我的听觉来判断你的听觉，用我的理智来判断你的理智，用我的愤恨来判断你的愤恨，用我的爱来判断你的爱。我没有也不可能有任何其他的方法来判断它们。

——亚当·斯密《道德情操论》

巴鳞身上涂着厚厚一层凝胶，再裹上只有几个纳米薄的贴身半透膜，来自热带的黝黑皮肤经过几次折射，星空般深不可测。我看见闪着蓝白光的微型传感器飘浮在凝胶气泡间，如同一颗颗行将熄灭的恒星，如同他眼中小小的我。

"别怕，放松点，很快就好。"我安慰他，巴鳞就像听懂了一样，表情有所放松，眼睑处堆叠起皱纹，那道伤疤也没那么明显了。

他老了，已不像当年，尽管他这一族人的真实年龄我从来没搞清楚过。

助手将巴鳞扶上万向感应云台，在他腰部系上弹性拘束带，无论他往哪个方向以何种速度跑动，云台都会自动调节履带的方向与速度，保证用户不位移不摔倒。

我接过助手的头盔，亲手为巴鳞戴上，他那灯泡般鼓起的惊骇双眼隐没在黑暗里。

"你会没事的。"我用低得没人听见的声音重复，就像在安慰我自己。

头盔上的红灯开始闪烁，加速，过了那么三五秒，突然变成绿色。

巴鳞像是中了什么咒语般全身一僵，活像是听见了磨刀石霍霍作响的羔羊。

那是我十三岁那年的一个夏夜，空气湿热黏稠，鼻孔里充斥着台风前夜的霉锈味。

我趴在祖屋客厅的地上，尽量舒展整个身体，像壁虎般紧贴凉爽的绿纹镶嵌石砖，直到这块区域被我的体温焐得热乎，再就势一滚，寻找下一块阵地。

背后传来熟悉的皮鞋敲地声，雷厉风行，一板一眼，在空旷的大厅里回荡，我知道是谁，可依然趴在地上，用屁股对着来人。

"就知道你在这里，怎么不进新厝吹空调啊？"

父亲的口气柔和得不像他。他说的新厝是在祖屋背后新盖的三层楼房，全套进口的家具电器，装修也是镇上最时髦的，还特地为我辟出来一间大书房。

"不喜欢新厝。"

"你个不识好歹的傻子！"他猛地拔高了嗓门，又赶紧低声咕哝几句。

我知道他在跟祖宗们道歉，便从地板上昂起脑袋，望着香案上供奉的祖宗灵位和墙上的黑白画像，看他们是否有所反应。

祖宗们看起来无动于衷。

　　父亲长叹了口气："阿鹏，我没忘记你的生日，从岭北运货回来，高速路上遇到事故，所以才迟了两天。"

　　我挪动了下身子，像条泥鳅般打了个滚，换到另一块冰凉的地砖。

　　父亲那充满烟味儿的呼吸靠近我，近乎耳语般哀求："礼物我早就准备好了，这可是有钱都买不到的哟！"

　　他拍了两下手，另一种脚步声出现了，是肉掌直接拍打在石砖上的声音，细密、湿润，像是某种刚从海里上岸的两栖类。

　　我一下坐了起来，眼睛循着声音的方向，那是在父亲的身后，藻绿色花纹地砖上，立着一个黑色影子，门外膏黄色的灯光勾勒出那生灵的轮廓，如此瘦小，却有着不合比例的膨大头颅，就像是镇上肉铺挂在店门口木棍上的羊头。

　　影子又往前迈了两步。我这才发现，原来那不是逆光造成的剪影效果，那个人，如果可以称其为人的话，浑身上下，都像涂上了一层不反光的黑漆，像是在一个平滑正常的世界里裂开一道缝，所有的光都被这道人形的缝给吞噬掉了，除了两个反光点，那是他那对略微凸起的双眼。

　　现在我看得更清楚了，这的的确确是一个男孩，他浑身赤裸，只用类似棕榈与树皮的编织物遮挡下身，他的头颅也并没有那么大，只因为盘起两个羊角般怪异的发髻，才显得尺寸惊人。他一直不安地研究着脚底下的砖块接缝，脚趾不停蠕动，发出昆虫般的抓挠声。

　　"狍鸮族，从南海几个边缘小岛上捉到的，估计他们这辈子都没踩过地板。"

　　我失神地望着他，这个或许与我年纪相仿的男孩，他身上的某种东西让我感觉怪异，尤其是父亲将他作为礼物这件事。

"我看不出来他有什么好玩的，还不如给我养条狗。"

父亲猛烈地咳嗽起来。

"傻子，这可比狗贵多了。如果不是亲眼看到，你老子可不会当这冤大头。真的是太怪了……"他的嗓音变得缥缈起来。

一阵沙沙声由远而近，我打了个冷战，起风了。

风带来男孩身上浓烈的腥气，让我立刻想起了某种熟悉的鱼类，一种瘦长、铁乌的廉价海鱼。

我想这倒是很适合作为一个名字。

父亲早已把我的人生规划到了四十五岁。

十八岁上一个省内商科大学，离家不能超过3小时的火车车程。

大学期间不得谈恋爱，他早已为我物色好了对象，他的生意伙伴老罗的女儿，生辰八字都已经算好了。

毕业之后结婚，二十五岁前要小孩，二十八岁要第二个，酌情要第三个（取决于前两个婴儿的性别）。

要第一个小孩的同时开始接触父亲公司的业务，他会带着我拜访所有的合作伙伴和上下游关系（多数是他的老战友）。

孩子怎么办？有他妈（瞧，他已经默认是个男孩了），有老人，还可以请几个保姆。

三十岁全面接手林氏茶叶公司，在这之前的五年内，我必须掌握关于茶叶的辨别、烘制和交易知识，同时熟悉所有合作伙伴和竞争对手的喜好与弱点。

接下来的十五年，我将在退休父亲的辅佐下，带领家族企业开枝散叶，走出本省，走向全国，运气好的话，甚至可以进军海外市场。这是他一直想追求却又瞻前顾后的人生终极目标。

在我四十五岁的时候，我的第一个孩子也差不多要大学毕业了，我将像父亲一样，提前为他物色好一任妻子。

在父亲的宇宙里，万物就像是咬合精确、运转良好的齿轮，生生不息。

每当我与他就这个话题展开争论时，他总是搬出我的爷爷，他的爷爷，我爷爷的爷爷，总之，指着祖屋一墙的先人们骂我忘本。

他说，我们林家人都是这么过来的，除非你不姓林。

有时候，我怀疑自己是否真的生活在21世纪。

我叫他巴鳞，巴在土语里是"鱼"的意思，巴鳞就是有鳞的鱼。

可他看起来还是更像一头羊，尤其是当他扬起两个大发髻，望向远方海平线的时候。父亲说，狍鸮族人的方位感特别强，即便被蒙上眼，捆上手脚，扔进船舱，漂过汪洋大海，再日夜颠簸经过多少道转卖，他们依然能够准确地找到故乡的方位。尽管他们的故土在最近的边境争端中仍然归属不明。

"那我们是不是得把他拴住，就像用链子拴住土狗一样？"我问父亲。

父亲怪异地笑了，他说："狍鸮族比咱们还认命，他们相信这一切都是神灵的安排，所以他们不会逃跑。"

巴鳞渐渐熟悉了周围的环境，父亲把原来养鸡的寮屋重新布置了一下，当作他的住处。巴鳞花了很长时间才搞懂床垫是用来睡觉的，但他还是更愿意直接睡在粗糙的沙石地上。他几乎什么都吃，甚至把我们吃剩的鸡骨头都嚼得只剩渣子。我们几个小孩经常蹲在寮屋外面看他怎么吃东西，也只有这时候，我才得以看清巴鳞的牙齿，如鲨鱼般尖利细密的倒三角形，毫不费力地把嘴里的一切撕得稀烂。

我总是控制不住去想象，那口利齿咬在身上的感觉，然后心里一哆嗦，有种疼却又上瘾的复杂感受。

巴鳞从来没有开口说过话，即便是面对我们各种挑逗，他也是紧闭着双唇，一语不发，用那双灯泡般的凸眼盯着我们，直到我们放弃尝试。

终于有一天，巴鳞吃饱了饭之后，慢悠悠地钻出寮屋，瘦小的身体挺着饱胀的肚子，像一根长了虫瘿的黑色树枝。我们几个小孩正在玩捉水鬼的游戏，巴鳞晃晃悠悠地在离我们不远处停下，颇为好奇地看着我们的举动。

"捞虾洗衫，玻璃刺脚丫。"我们边喊着，边假装是在河边捕捞的渔夫，从砖块垒成的河岸上，往并不存在的河里，试探性地伸出一条腿，点一点河水，再收回去。

而扮演水鬼的孩子则来回奔忙，徒劳地想要抓住渔夫伸进河水里的脚丫，只有这样，水鬼才能上岸变成人类，而被抓住的孩子则成为新的水鬼。

没人注意到巴鳞是什么时候开始加入游戏的，直到隔壁家的小娜突然停下，用手指了指。我看到巴鳞正在模仿水鬼的动作，左扑右抱，只不过，他面对的不是渔夫，而是空气。小孩子经常会模仿其他人的说话或肢体语言，来取乐或激怒对方，可巴鳞所做的和我以往见过的都不一样。

我开始觉察出哪里不对劲了。

巴鳞的动作，和扮演水鬼的阿辉几乎是同步的，我说几乎，是因为单凭肉眼已无法判断两者之间是否存在细微的延迟。巴鳞就像是阿辉在五米开外凭空多出来的影子，每一个转身，每一次伸手，甚至每一回因为扑空而沮丧的停顿，都复制得完美无缺，毫不费力。

我不知道他是如何做到的，就像是完全不用经过大脑。

阿辉终于停了下来，因为所有人都在看着巴鳞。

阿辉走向巴鳞，巴鳞也走向阿辉，就连脚后跟拖地的小细节都一模一样。

阿辉："你为什么要学我！"

巴鳞同时张着嘴，蹦出来的却是一堆乱七八糟的音节，像是坏掉的收音机。

阿辉推了巴鳞一把，但同时也被巴鳞推开。

其他人都看着这出荒唐的闹剧，这可比捉水鬼好玩多了。

"打啊！"不知道谁喊了一句，阿辉扑上去和巴鳞扭抱成一团，这种打法也颇为有趣，因为两个人的动作都是同步的，所以很快谁都动弹不了，只是大眼瞪小眼。

"好啦好啦，闹够了就该回家了！"一只大手把两人从地上拎起来，又强行把他们分开，像是拆散了一对连体婴。是父亲。

阿辉愤愤不平地朝地上唾了一口，和其他家小孩一起作鸟兽散。

这回巴鳞没有跟着做，似乎某个开关被关上了。

父亲带着笑意看了我一眼，那眼神似乎在说，现在你知道哪儿好玩了吧。

"我们可以把人脑看作一个机器，笼统地说来，它只干三件事：感知、思考还有运动控制。如果用计算机打比方，感知就是输入，思考就是中间的各种运算，而运动控制就是输出，它是人脑能和外界进行交互的唯一方式。想想看为什么？"

在老吕接手我们班之前，打死我也没法相信，这是一个体育老师说出来的话。

老吕是个传奇，他个头不高，大概一米七二的样子，小平头，夏天可以看到他身上鼓鼓的肌肉。据说他是从国外留学回来的。

当时我们都很奇怪，为什么留过洋的人要到这座小破乡镇中学来当老师。后来听说，他是家中独子，父亲重病在床，母亲走得早，没有其他亲戚能够照顾老人，老人又不愿意离开家乡，说狐死首丘。无奈之下，他只能先过来谋一份教职，他的专业方向是运动控制学，校长想当然地让他当了体育老师。

老吕和其他老师不一样，和我们一起厮混打闹，就像是好哥们儿。

我问过他，为什么要回来？

他说，有句老话叫父母在，不远游。我都远游十几年了，父母都快不在了，也该为他们想想了。

我又问他，等父母都不在了，你会走吗？

老吕皱了皱眉头，像是刻意不去想这个问题，他绕了个大圈子，说，在我研究的领域有一个老前辈叫Donald Broadbent，他曾经说过，控制人的行为比控制刺激他们的因素要难得多，因此在运动控制领域很难产生类似"A导致B"的科学规律。

所以？我知道他压根儿没想回答我。

没人知道会怎么样。他点点头，长吸了一口烟。

放屁。我接过他手里的烟头。

所有人都觉得他待不了太久，结果，老吕从我初二教到了高三，还娶了个本地媳妇生了娃。正应了他自己那句话。

我们开始用的是大头针，后来改成用从打火机上拆下来的电子点火器，咔嚓一按，就能迸出一道蓝白色的电弧。

父亲觉得这样做比较文明。

人贩子教他一招，如果希望巴鳞模仿谁，就让两人四目对视，然后给巴鳞"刺激一下"，等到他身体一僵，眼神一出溜，连接就算完成了。他们说，这是狍鸮族特有的风俗。

巴鳞给我们带来了无数的欢乐。

我从小就喜欢看街头戏人表演，无论是皮影戏、布袋戏还是扯线木偶。我总会好奇地钻进后台，看他们如何操纵手中无生命的玩偶，演出牵动人心的爱恨情仇，对年幼的我来说，这就像法术一样。而在巴鳞身上，我终于有机会实践自己的法术。

我跳舞，他也跳舞。我打拳，他也打拳。原本我羞于在亲戚朋友面前展示的一切，如今却似乎借助巴鳞的身体，成为可以广而告之的演出项目。

我让巴鳞模仿喝醉了酒的父亲。我让他模仿镇上那些不健全的人，疯子、瘸子、傻子、被砍断四肢只能靠肚皮在地面摩擦前进的乞丐、羊痫风病人……然后我们躲在一旁笑得满地打滚，直到被家属拿着晾衣竿在后面追着打。

巴鳞也能模仿动物，猫、狗、牛、羊、猪都没问题，鸡鸭不太行，鱼完全不行。

　　他有时会蹲在祖屋外偷看电视里播放的节目，尤其喜欢关于动物的纪录片。当看见动物被猎杀时，巴鳞的身体会无法遏制地抽搐起来，就好像被撕开腹腔内脏横流的是他一样。

　　巴鳞也有累的时候，模仿的动作越来越慢，误差越来越大，像是松了发条的铁皮人，或者是电池快用光的玩具汽车，最后就是一屁股坐在地上，怎么踢他也不动弹。解决方法只有一个，让他吃，死命吃。

　　除此之外，他从来没有流露出一丝抗拒或者不快，在当时的我看来，巴鳞和那些用牛皮、玻璃纸、布料或木头做成的偶人并没有太大的区别，只是忠实地执行操纵者的旨意，本身并不携带任何情绪，甚至是一种下意识的条件反射。

　　直到我们厌烦了单人游戏，开始创造出更加复杂而残酷的多人玩法。

　　我们先猜拳排好顺序，赢的人可以首先操纵巴鳞，去和猜输的小孩对打，再根据输赢进行轮换。我猜赢了。

　　这种感觉真是太酷了！我就像一个坐镇后方的司令，指挥着士兵在战场上厮杀，挥拳、躲避、飞腿、回旋踢……因为拉开了距离，我可以更清楚地看清对方的意图和举动，从而做出更合理的攻击动作。更因为所有的疼痛都由巴鳞承受了，我毫无心理负担，能够放开手脚大举反扑。

　　我感觉自己胜券在握。

　　但不知为何，所有的动作传递到巴鳞身上似乎都丧失了力道，丝毫无法震慑对方，更谈不上伤害。很快巴鳞便被压倒在地上，饱受痛揍。

"咬他，咬他！"我做出撕咬的动作，我知道他那口尖牙的威力。

可巴鳞似乎断了线般无动于衷，拳头不停落下，他的脸颊肿起。

"噗！"我朝地上一吐，表示认输。

换我上场，成为那个和巴鳞对打的人。我恶狠狠地盯着他，他的脸上流着血，眼眶肿胀，但双眼仍然一如既往地无神平静。我被激怒了。

我观察着操控者阿辉的动作，我熟悉他打架的习惯，先迈左脚，再出右拳。我可以出其不意扫他下盘，把他放翻在地，只要一倒地，基本上战斗就可以宣告结束了。

阿辉左脚迅速前移，来了！我正想蹲下，怎料巴鳞用脚扬起一阵沙土，迷住我的眼睛。接着，便是一个扫堂腿将我放倒，我眯着双眼，双手护头，准备迎接暴风骤雨般的拳头。

事情并不像我想象的那样。拳头落下来了，却软绵绵的，一点力气都没有。我以为巴鳞累了，但很快发现不是这么回事，阿辉本身出拳是又准又狠的，但巴鳞刻意收住了拳势，让力道在我身上软着陆。拳头毫无预兆地停下了，一个暖乎乎臭烘烘的东西贴到我的脸上。

周围响起一阵哄笑声，我突然明白过来，一股热浪涌上头顶。

那是巴鳞的屁股。

阿辉肯定知道巴鳞无法输出有效打击，才使出这么卑鄙的招数。

我狠力推开巴鳞，一个鲤鱼打挺，将他反制住，压在身下。

我眼睛刺痛，泪水直流，屈辱夹杂着愤怒。巴鳞看着我，肿胀的眼睛里也溢满了泪水，似乎懂得我此时此刻的感受。

我突然回过神来，高高地举起拳头。*他只是在模仿。*

"你为什么不使劲！"

拳头砸在巴鳞那瘦削的身体上，像是击中了一块易碎的空心木板，冬冬作响。

"为什么不打我！"

我的指节感受到了他紧闭双唇下松动的牙齿。

"为什么！"

我听见嘶啦一声脆响，巴鳞右侧眉骨裂了一道长长的口子，一直延伸到眼睑上方，深黑皮肤下露出粉白色的脂肪，鲜红的血汩汩地往外涌着，很快在沙地上凝成小小的池塘。

他身上又多了一种腥气。

我吓坏了，退开几步，其他小孩也呆住了。

尘土散去，巴鳞像被割了喉的羊崽蜷曲在地上，用仅存的左眼斜睨着我，依然没有丝毫表情的流露。就在这一刻，我第一次感觉到，他和我一样，是个有血有肉、甚至有灵魂的人类。

这一刻只维持了短短数秒，我近乎本能地意识到，如果之前的我无法像对待一个人一样去对待巴鳞，那么今后也不能。

我掸掸裤子上的灰土，头也不回地挤入人群。

我进入Ghost模式，体验被囚禁在VR套装中的巴鳞所体验到的一切。

我/巴鳞置身于一座风光旖旎的热带岛屿，环境设计师根据我的建议糅合了诸多南中国海岛屿上的景观及植被特点，光照角度和色温也都尽量贴合当地经纬度。

我想让巴鳞感觉像是回了家，但这丝毫没有减轻他的恐慌。

视野猛烈地旋转，天空、沙地、不远处的海洋、错落的藤萝植物，还有不时出现的虚拟躯体，像素粗粝的灰色多边形尚待优化。

我感到眩晕，这是视觉与身体运动不同步所导致的晕动症，眼睛告诉大脑你在动，但前庭系统却告诉大脑你没动，两种信号的冲突让人不适。但对于巴鳞，我们采用最好的技术将信号延迟缩短到5毫秒以内，并用动作捕捉技术同步他的肉身与虚拟身体运动，在万向感应云台上，他可以自由跑动，位置却不会移动半分。

我们就像对待一位头等舱客人，呵护备至。

巴鳞一动不动地站在那里，他无法理解眼前的这个世界，与几分钟前那个空旷明亮的房间之间的关系。

"这不行，我们必须让他动起来！"我对耳麦那端的操控人员吼道。

巴鳞突然回过头，全景环绕立体声让他觉察到身后的动静。郁郁葱葱的森林开始震动，一群鸟儿飞离树梢，似乎有什么巨大的物体在树木间穿行摩擦，由远而近。巴鳞一动不动地凝视着那片灌木。

一群巨大的史前生物蜂拥而出，即便是常识缺乏如我也能看出，它们不属于同一个地质时代。操控人员调用了数据库里现成的模型，试图让巴鳞奔跑起来。

他像棵木桩般站在那里，任由霸王龙、剑齿虎、古蜻蜓、新巴士鳄和各种古怪的节肢动物迎面扑来，又呼啸着穿过他的身体。这是物理模拟引擎的一个bug，但如果完全拟真，又恐怕实验者承受不了如此强烈的感官冲击。

这还没有完。

巴鳞脚下的地面开始震动开裂，树木开始七歪八倒地折断，火山喷发，滚烫猩红的岩浆从地表迸射，汇聚成暗血色的河流，而海上掀起数十米高的巨浪，翻滚着朝我们站立的位置袭来。

"我说，这有点儿过了吧。"我对着耳麦说，似乎能听见那端传来的窃笑。

想象一个原始人被抛掷在这样一个世界末日的舞台中央，他会是一种什么样的感受。他会认为自己是为整个人类承担罪愆的救世主，还是已然陷入一种感官崩塌的疯狂境地？

又或者，像巴鳞一样，无动于衷？

突然我明白了事情的真相。我退出Ghost模式，摘下巴鳞的头盔，传感器如密密麻麻的珍珠凝满黑色头颅，而他双目紧闭，四周的皱纹深得像是昆虫的触须。

"今天就到这里吧。"我无力叹息，想起多年前痛揍他的那个下午。

我与父亲间的战事随着分班临近日渐升温。

按照他的大计划，我应该报考文科，政治或者历史，可我对这俩任人打扮调教的小婊子毫无兴趣。我想报物理，至少也是生物，用老吕的话说是能够解决"根本性问题"的学科。

父亲对此嗤之以鼻，他指了指几栋家产，还有铺满晒谷场的茶叶，在阳光下碎金闪亮。

"还有比养家糊口更根本的问题吗？"

这就叫对牛弹琴。

我放弃了说服父亲的尝试，我有我的计划。通过老吕的关系，我获得了老师的默许，平时跟着文科班上语数英大课，再溜到理科班上专业小课，中间难免有些课程冲突，我也只能有所取舍，再用课余时间补上。老师也不傻，与其要一个不情不愿的中等偏下文科考生，不如放手赌一把，兴许还能放颗卫星，出个状元。

我本以为可以瞒过忙碌在外的父亲，把导火索留到填报志愿的最后一刻点燃。当时的我实在太天真了。

填报志愿的那天，所有人都拿到了志愿表，除了我。我以为老师搞错了。

"你爸已经帮你填好了！"老师故作轻描淡写，他不敢直视我的双眼。

我不知道自己怎么回的家，像失魂的野狗逛遍了镇里的大街小巷，最后鬼使神差地回到祖屋前。

父亲正在逗巴鳞取乐，他不知道从哪儿翻出一套破旧的军服，套在巴鳞身上显得宽大臃肿，活像一只偷穿人类衣服的猴子。他又开始当年在军队服役时学会的那一套把戏，立正、稍息、向左向右看齐、原地踏步走……在我刚上小学那会儿，他特别喜欢像个指挥官一样喊着口号操练我，而这却是我最深恶痛绝的事情。

已经很多年没有重温这一幕了，看起来父亲找到了一个新的下属。

一个绝对服从的士兵。

"一二一、一二一、向前踏步——走！"巴鳞随着他的口令和示范有模有样地踏着步子，过长的裤子在地上沾满了泥土。

"你根本不希望我上大学，对吗？"我站在他们俩中间，责问父亲。

"向右看齐！"父亲头一侧，迈开小碎步向右边挪动，我听见身后传来同样节奏的脚步声。

"所以你早就知道了，只是为了让我没有反悔的机会！"

"原地踏步——走！"

我愤怒地转身按住巴鳞，不让他再愚蠢地踏步，但他似乎无法控制住自己，军装裤腿在地上啪啦啪啦地扬起尘土。

我捧住他的脑袋，和我四目对视，一只手掏出电子点火器，蓝白色的弧光在巴鳞太阳穴边炸开，他发出类似婴儿般的惊叫。

我从他的眼神中确信，他现在已经属于我。

"你没有权力控制我！你眼里只有你的生意，你有考虑过我的前途吗？"

巴鳞随着气急败坏的我转着圈，指着父亲吼叫着，渐行渐近。

"这大学我是上定了，而且要考我自己填报的志愿！"我咬了咬牙，巴鳞的手指几乎已经要戳到父亲的身上。"你知道吗，这辈子我最不想成为的人就是你！"

父亲之前意气风发的军姿完全不见了，他像遭了霜打的庄稼，耷拉着脸，表情中夹杂着一丝悲哀。我以为他会反击，像以前的他一样，可他并没有。

"我知道，我一直都知道，你不想一生都走着别人给你铺好的路……"父亲的声音越来越低，几乎要听不见了，"像极了我年轻时的样子，可我没有别的选择……"

"所以你想让我照着你的人生再活一遍吗？"

父亲突然双膝一软，我以为他要摔倒，可他却抱住了巴鳞。

"你不能走！你以为我不知道吗，出去的人，哪有再回来的？"

我操纵着巴鳞奋力挣脱父亲的怀抱，就好像他紧紧抱住的人是我。而这样的待遇，自我有记忆之日起，就未曾享受过。

"幼稚！你应该睁大眼睛，好好看看外面的世界了。"

巴鳞像是个失心疯的发条玩具，四肢乱打，军服被扯得乱七八糟，露出那黝黑无光的皮肤。

"你说这话时简直和你妈一模一样。"又一朵蓝白色的火花在巴鳞头上炸开，他突然停止了挣扎，像是久别重逢的爱人般紧紧抱住父亲。"你是想像她一样丢下我不管吗？"

我愣住了。

我从来没有从这个角度想过父亲的感受。我一直以为他是因为自私和狭隘才不愿意我走得太远，却没有想过是因为害怕失去。母亲离开时我还太小，并没有给我造成太大的冲击，但对于父亲，恐怕却是一生的阴影。

我沉默着走近拥抱着巴鳞的父亲，弯下腰，轻抚他已不再笔挺的脊背。这或许是我们之间所能达到的亲密的极限。

这时，我看到了巴鳞紧闭眼角噙出的泪花。那一瞬间，我动摇了。

也许在这一动作的背后，除了控制之外，还有爱。

有一些知识我但愿自己能在十七岁之前懂得。

比方说，人类脑部的主要结构都和运动有关，包括小脑、基底核、脑干，皮层上的运动区以及感知区对运动区的直接投射，等等。

比方说，小脑是脑部神经元最多的结构。在人类进化中，小脑皮层随着前额叶的快速增大而同步增大。

比方说，任何需要和外界进行的信息或物理上的交互，无论是肢体动作、操作工具还是打手势、说话、使眼色、做表情，最终都需要通过激活一系列的肌肉来实现。

比方说，一条手臂上有26条肌肉，每条肌肉平均有100个运动单元，由一条运动神经和它所连接的肌纤维组成。因此，光控制一条胳膊的运动，就至少有2的2600次方种可能性，这已经远远超出了宇宙中原子的数量。

人类的运动如此复杂而微妙，每一个看似漫不经意的动作中都包含了海量的数据运算分析与决策执行，以至于目前最先进的机器人尚无法达到3岁小孩的运动水平。

更不要说动作中所隐藏的信息、情感与文化符号。

在前往高铁车站的路上，父亲一直保持沉默，只是牢牢地抓住我的行李箱。北上的列车终于出现在我们眼前，崭新、光亮、线条流畅，像是一松闸就会滑进遥不可测的未知。

我和父亲没能达成共识。如果我一意孤行，他将不会承担我上学期间的生活费用。

除非你答应回来。他说。

我的目光穿过他，就像是看见了未来，那是属于我自己的未来。为此，我将成为白色羊群中那一头被永远放逐的黑羊。

爸，多保重。

我迫不及待地拉起行李箱要上车，可父亲并没有松手，行李箱尴尬地在半空中悬停着，终于还是重重地落了地。

我正要发火，父亲啪的一声在我面前立正，行了个标准的军礼，然后一言不发地转身走人。他说过，上战场之前不要告别，意头不好，要给彼此留个念想。

我望着他渐渐远去的背影，举起手，回了个软绵绵的礼。

当时的我并没有真正领会这个姿势的意义。

"真没想到我们竟然会折在一个野人手里。"课题组组长，也是我的导师欧阳笑里藏刀，他拍拍我的肩膀，"没事儿啊，再琢磨琢磨，还有时间。"

我太了解欧阳了，他这话的潜台词就是"我们没时间了"。

如果再挖深一层，则是"你的想法，你的项目，那么，能不能按时毕业，你自己看着办"。

至于他自己前期占用我们多少时间和精力，去应付他在外面乱七八糟接下的私活儿，欧阳是绝不会提的。

我痛苦地挠头，目光落在被关进粉红宠物屋里的巴鳞身上，他面目呆滞地望着地板，似乎还没有从刺激中恢复过来。这颜色搭配很滑稽，可我笑不出来。

如果是老吕会怎么办？ 这个想法很自然地跳了出来。

一切的源头都来自他当年闲聊扯出的"A导致B"的问题。

传统理论认为，运动控制是通过存储好的运动程序完成的，当人要完成某一个运动任务时，运动皮层选取储存的某一个运动程序进行执行，程序就像自动钢琴琴谱一样，告诉皮层和脊髓的运动区该如何激活，皮层和脊髓再控制肌肉的激活，完成任务。

那么问题来了：同一个运动有无数种执行方式，大脑难道需要储存无数种运动程序？

还记得那条运动可能性超过了全宇宙原子数量的胳膊吗？

2002年一个叫作Emanuel Todorov的数学家提出一套理论，试图解决这个问题。

他的基本思想是：人的运动控制是大脑求一个最优解的问题。所谓最优是针对某些运动指标，比如精度最大化，能量损耗最小化，控制努力度最小化，等等。

而在这一过程中，人脑会借助于小脑，在运动指令还没有到达肌肉之前，对运动结果进行预测，然后与真实感知系统发回来的反馈相结合，帮助大脑进行评估及调整动作指令。

最简单的例子就是，上下楼梯时我们经常会因为算错台阶数而踩空，如果反馈调整及时，人就不会摔跤。而反馈往往是带有噪声和延时的。

Todorov的数学模型符合前人在行为学和神经学上的已知证据，可以用来解释各种各样的运动现象，甚至只要提供某一些物理限制条件，便可以预测其运动模式，比如说八条腿的生物在冥王星重力环境下如何跳跃。

好莱坞用他的模型来驱动虚拟形象的运动引擎，便能"自主"产生出许多像人一样流畅自然的动作。

当我进入大学时，Todorov模型已经成为教科书上的经典，我们通过各种实验不断地验证其正确性。

直到有一天，我和老吕在邮件里谈到了巴鳞。

我和老吕自从上大学之后就开始了电邮来往，他像一个有求必应的人工智能，我总能从他那里得到答案，无论是关乎学业、人际关系还是情感。我们总会长篇累牍地讨论一些在旁人看来不可思议的问题，例如"用技术制造出来的灵魂出窍体验是否侵犯了宗教的属灵性"。

当然，我们都心照不宣地避开关于我父亲的事情。

老吕说巴鳞被卖给了镇上的另一家人，我知道那家暴发户，风评不是很好，经常会干出一些炫耀财力却又令人匪夷所思的荒唐事。

我隐约知道父亲的生意做得不好，可没想到差到这个地步。

我刻意转移话题聊到Todorov模型，突然一个想法从我脑中蹦出。巴鳞能够进行如此精确的运动模仿，如果让他重复两组完全相同的动作：一组是下意识的模仿，另一组是自主行为，那么这两者是否经历了完全相同的神经控制过程？

从数学上来说，最优解只有一个，可中间求解的过程呢？

老吕足足过了三天才给我回信，一改之前汪洋恣肆的风格，他只写了短短几行字：

> 我想你提出了一个非常重要的问题，也许连你自己都没意识到有多重要。如果我们无法在神经活动层面上将机械模仿与自主行为区分开，那么这个问题就是：
> 自由意志真的存在吗？

收到信后，我激动得彻夜难眠。我花了两个星期设计实验原型，又花了更多的时间研究技术上的可行性及收集各方师长意见，再申报课题，等待批复。直到一切就绪时，我才想起，这个探讨"根本性问题"的重要实验，却缺少了一个根本性的组成要素。

　　我将不得不违背承诺，回到家乡。

　　只是为了巴鳞。我不断告诉自己。只是巴鳞。

　　就像A导致B。简单如是。

　　我读过一篇名为《孤儿》的科幻小说，讲的是外星人来到地球，能够从外貌上完全复制某一个地球人的模样，由此渗入人类社会，但是他们无法模仿被复制者身体的动作姿态，哪怕是一些细微的表情变化。许多暴露身份的外星伪装者遭到地球人的追捕猎杀。

　　为了生存下去，他们不得不学习人类是如何通过身体语言来进行交流的。他们伪装成被遗弃的孤儿，被好心人收养，通过长时间的共同生活来模仿他们养父母们的举止神态。

　　养父母们惊讶地发现这些孩子长得越来越像自己，而当外星孤儿们认为时机成熟之时，便会杀掉自己的养父或养母，变成他们的样子并取而代之。杀父娶母的细节描写令人难忘。

　　辨别伪装者的难度变得越来越大，但人类最终还是发现了这些外星人与地球人之间最根本的区别。

　　尽管外星人几乎能够惟妙惟肖地模仿人类的所有举动，但他们并不具备人脑中的镜像神经系统，因此无法感知对方深层的情绪变化，并激发出类似的神经冲动模式，也就是所谓的"同理心"。

　　人类发明了一套行之有效的辨别方法，去伤害伪装者的至亲之人，看是否能够监测到伪装者脑中的痛苦、恐惧或愤怒。他们称之为"针刺实验"。

这个冷酷的故事告诉我们，在这个宇宙间，人类并不是唯一一个和自己父母处不好关系的物种。

老吕知道关于巴鳞的所有事情，他认为狍鸮族是镜像神经系统超常进化的一个样本，并为此深深着迷，只是不赞成我们对待巴鳞的方式。

"但他并没有反抗，也没有逃跑啊！" 我总是这样反驳老吕。

"镜像神经元过于发达会导致同理心病态过剩，也许他只是没办法忍受你眼中的失落。"

"有道理。那我一定是镜像神经元先天发育不良的那款。"

"……冷血。"

当老吕带着我找到巴鳞时，我终于知道自己并不是最冷血的那一个。

巴鳞浑身赤裸、伤痕累累，被粗大生锈的锁链环绕着脖颈和四肢，窝藏在一个五尺见方的砖土洞里，光线昏暗，排泄物和食物腐烂的气味混杂着，令人作呕。他更瘦了，蛀蝇吮吸着他的伤口，骨头的轮廓清晰可见，像一头即将被送往屠宰场的牲畜。

他看见了我，目光中没有丝毫波澜，就像是我十三岁的那个夏夜与他初次相见时的模样。

他们让他模仿……动物交配。老吕有点说不下去。

瞬间，所有的往事一下涌上心头。

接下来发生的事情，我一点印象都没有，仿佛是被什么鬼神附了体，所有的举动都并非出自我的本意。

老吕说，我冲进买下巴鳞那暴发户的家里，抓起他家少奶奶心爱的博美一口就咬在脖子上，如果不放了巴鳞，我就不松口，直到把那狗脖子咬断为止。

我朝地上吐了口唾沫，这听起来还挺像是我干得出来的事儿。

我们把巴鳞送进了医院，刚要离开，老吕一把拉住我，说，你不看看你爸？

我这才知道父亲也在这所医院里住院。上了大学后，我和他的联系越来越少，他慢慢地也断了念想。

他看起来足足老了十岁，鼻孔里、手臂上都插着管，头发稀疏，目光涣散。前几年普洱被疯炒时他跟风赌了一把，运气不好，成了接过最后一棒的傻子，货砸在了手里，钱倒是赔了不少。

他看见我时的表情竟然跟巴鳞有几分相似，像是在说，我早知道会有这么一天。

"我……我是来找巴鳞的……"我竟然不知所措。

父亲似乎看穿了我的窘迫，咧开嘴笑了，露出被香烟经年熏烤的一口黄牙。

"那小黑鬼，精得很呢，都以为是我们在操纵他，其实有时候想想，说不定是他在操纵我们哩。"

"……"

"就像你一样，我老以为我是那个说了算的人，可等到你真的走了，我才发现，原来我心上系着的那根线，都在你手里攥着呢，不管你走多远，只要指头动一动，我这里就会一抽一抽地疼……"父亲闭上眼，按住胸口。

我一个字都说不出来，有什么东西堵住了喉咙。

我走到他病床前，想要俯身抱抱他，可身体不听使唤地在中途僵住了，我尴尬地拍拍他的肩膀，起身离开。

"回来就好。"父亲在我背后嘶哑地说，我没有回头。

老吕在门口等着我，我假装挠挠眼睛，掩饰情绪的波动。

"你说巧不巧？"

"什么？"

"你想要逃离你爸铺好的路，却兜兜转转，跟我殊途同归。"

"我有点同意你的看法了。"

"哪一点？"

"没人知道会怎么样。"

我们又失败了。

最初的想法很简单，选择巴鳞，是因为他的超强镜像神经系统让模仿成为一种本能，相对于一般人类来说，这就摒除了运动过程中许多主观意识的噪声干扰。

我们用非侵入式感应电极捕捉巴鳞运动皮层的神经活动，让他模仿一组动作，再通过轨迹追踪，让他自发重复这组动作，直到前后的运动轨迹完全重合，那么从数学上，我们可以认为他做了两组完全一样的动作。

然后再对比两组神经信号是否以相同的次序、强度及传递方式激活了皮层中相同的区域。

如果存在不同，那么被奉为经典的Todorov模型或许存在巨大的缺陷。

如果相同，那么问题更严重，或许人类仅仅是在单纯地模仿其他个体的行为，却误以为是出于自由意志。

无论哪一种结果，都将是颠覆性的。

但我们从一开始就失败了。巴鳞拒绝与任何人对视，拒绝模仿任何动作，包括我。

我大概能猜到原因，却不知道该如何解决。我们这群人信誓旦旦要解开人类意识世界的秘密，却连一个原始人的心理创伤都治愈不了。

我想到了虚拟现实，将巴鳞放置在一个抽离于现实的环境中，或许能够帮助他恢复正常的运动。

我们尝试了各种虚拟环境，海岛冰川，沙漠太空。我们制造了耸人听闻的极端灾难，甚至，还花了大力气构建出狍鸮族的虚拟形象，寄望于那个瘦小丑陋的黑色小人，能够唤醒巴鳞脑中的镜像神经元。

但是毫无例外地全部失败了。

深夜的实验室里，只剩下我和僵尸般呆滞的巴鳞。其他人都走了，我知道他们在想什么，这个实验就是个笑话，而我就是那个讲完笑话自己一脸严肃的人。

巴鳞静静地躲在粉红色泡沫板搭起来的宠物屋里，缩成小小的一团。我想起老吕当年的评价，他说得没错，我一直没把巴鳞当作一个人来看待，即便是现在。

曾经有同行将无线电击器植入大鼠的脑子里，通过对体觉皮层和内侧前脑束的放电刺激，产生欣快或痛感，来控制大鼠的运动路线。

这和我对巴鳞所做的一切没有实质区别。

我就是那个镜像神经元发育不良的浑蛋。

我鬼使神差地想起了那个游戏，那个最初让我们见识到巴鳞神奇之处的幼稚游戏。

"捞虾洗衫，玻璃刺脚丫……"

我低低地喊了一句，某种成年后的羞耻感油然而生。我假装成渔夫，从河岸上往河里伸出一条腿，踩一踩只存在于想象中的河水，再收回去。

巴鳞朝我看了过来。

"捞虾洗衫，玻璃刺脚丫。"我喊得更大声了。

巴鳞注视着我蠢笨的动作，缓慢而柔滑地爬出宠物屋，在离我几步之遥的地方停住了。

"捞虾洗衫，玻璃刺脚丫！"我感觉自己像个嗑了药的酒桌舞娘，疯狂地甩动着大腿，来回踏出慌乱的节奏。

巴鳞突然以难以言喻的速度朝我扑来，那是阿辉的动作。

他记得，他什么都记得。

巴鳞左扑右抱，喉咙里发出婴孩般咯咯的声音，他在笑。这是这么多年来我第一次听见他笑。

他变成了镇上的残疾人。所有的动作像是被刻录在巴鳞的大脑中，无比生动而精确，以至于我一眼就能认出他模仿的是谁。他变成了疯子、瘸子、傻子、没有四肢的乞丐和羊痫风病人。他变成了猫、狗、牛、羊、猪和不成形的家禽。他变成了喝醉酒的父亲和手舞足蹈的我自己。

我像是瞬间穿越几千公里的距离，回到了童年的故里。

毫无预兆地，巴鳞开始一人分饰两角，表演起我和父亲决裂那一天的对手戏。

这种感觉无比古怪。作为一名旁观者，看着自己与父亲的争吵，眼前的动作如此熟悉，而回忆中的情形变得模糊而不真切。当时的我是如此暴躁顽劣，像一匹未经驯化的野马，而父亲的姿态卑微可怜，他一直在退让，一直在忍耐。这与我印象中大不一样。

巴鳞忙碌地变换着角色和姿态，像是技艺高超的默剧演员。

尽管我早已知道接下来会发生什么，但当它发生时我还是没有做好准备。

巴鳞抱住了我，就像当年父亲抱住他那样，双臂紧紧地包裹着我，头深埋在我的肩窝里。我闻见了那阵熟悉的腥味，如同大海，还有温热的液体顺着我的衣领流入脖颈，像一条被日光晒得滚烫的河流。

我呆了片刻，思考该如何反应。

随后，我放弃了思考，任由自己的身体展开，回以热烈拥抱，就像对待一个老朋友，就像对待父亲。

我知道，这个拥抱我欠了太久。无论是对谁。

我猜我找到了解决问题的正确方法。

在《孤儿》的结尾，执行"针刺实验"的组织领导人悲哀地发现，假使他们伤害的是外星伪装者，那么他们的至亲，也就是真正的人类，其镜像神经系统也无法被正常激活。

因为人类从开始就被设计成一个无法对异族产生同理心的物种。

就像那些伪装者。

幸好，这只是一篇二流科幻小说。

"我们应该试着替他着想。"我对欧阳说。

"他？"我的导师反应了三秒，突然回过神来。"谁？那个野人？"

"他的名字叫巴鳞。我们应该以他为中心，创造他觉得舒服的环境，而不是我们自以为他喜欢的廉价景区。"

"别可笑了吧！现在你要担心的是你的毕业设计怎么完成，而不是去关心一个原始人的尊严，你可别拖我后腿啊。"

老吕说过，衡量文明进步与否的标准应该是同理心，是能否站在他人的价值观立场去思考问题，而不是其他被物化的尺度。

我默默地看着欧阳的脸，试图从中寻找一丝文明的痕迹。

这张精心呵护的老脸上一片荒芜。

我决定自己动手，有几个学弟学妹也加入了。这让我找回对人类的一丝信念。当然，他们多半是出于对欧阳的痛恨以及顺手混几个学分。

有一款名为"iDealism"的虚拟现实程序，号称能够根据脑波信号来实时生成环境，但实际上只是针对数据库中比对好的波形调用模型，最多就只是增加了高帧率的渐变效果。我们破解了它，毕竟实验室用的感应电极比消费者级别的精度要高出几个数量级，我们增加了不少特征维度，又连接到教育网内最大的开源数据库，那里存放着世界各地虚拟认知实验室的Demo版本。

巴鳞将成为这个世界的第一推动力。

他将有充分的时间，去探索这个世界与他心中每一个念想之间的关系。我将记录下巴鳞在这个世界中的一举一动，待他回到现世，我再与他连接，那时，我将尽力模仿他的每一个动作，我俩就像平行对立的两面镜子，照出无穷无尽的彼此。

我为巴鳞戴上头盔，他目光平静，温柔如水。

红灯闪烁，加速，变绿。

我进入Ghost模式，同时在右上角开启第三人称窗口，这样可以看到一个小小的巴鳞虚拟形象在轻轻摇摆。

巴鳞的世界一片混沌，无有天地，也不分四面八方。我努力克制晕眩。

他终于停止了摇摆。一道闪电缓慢劈开混沌，确定了天空的方向。

闪电蔓延着，在云层中勾勒出一只巨大的眼，向四方绽放着分形般细密的发光触须。

光暗下，巴鳞抬起头，举起双手，雨水落下。

他开始舞蹈。

每一颗雨滴带着笑意坠落，填满风的轮廓，风扶起巴鳞，他四足离地，开始盘旋。

无法用语言来描绘他的舞姿，仿佛他成了万物的一部分，天地随着他的姿态而变幻色彩。

我的心跳加速，喉咙干涩，手脚冰凉，像是见证一场不期而遇的神迹。

他举手，花儿便盛开；他抬足，鸟儿便翩然而来。

巴鳞穿行于不知名的峰峦湖泊之间，所到之处，荡漾开欢喜的曼陀罗，他便向着那旋转的纹样中坠去。

他时而变得极大，时而变得极小，所有的尺度在他面前失去了意义。

每一个不知名的生灵都在向他放声歌唱，他张了张嘴巴，所有狍鸮族的神灵都被吐了出来。

神灵列队融入他黑色的皮肤，像是一层层黑色的波浪，喷涌着，席卷着他向上飞升，飞升，在身后拉出一张漫无边际的黑色大网，世间万物悉数凝固其上，弹奏着各自的频率，那是亿亿万种有情在寻找一个共有的原点。

我突然领悟了眼前的一切。在巴鳞的眼中，万物有灵，并不存在差别，但神经层面的特殊构造使得他能够与万物共情，难以想象，他需要付出多大的努力才能够平复心中无时无刻翻涌的波澜。

即便愚钝如我，在这一幕天地万物的大戏面前，也无法不动容。事实上，我已热泪盈眶，内心的狂喜与强烈的眩晕相互交织，这是一种难以言表却又近乎神启的巅峰体验。

至于我希望得到的答案，我想，已经没那么重要了。

巴鳞将所有这一切全吸入体内，他的身形迅速膨胀，又瘪了下去。

然后开始往下坠落。

世界黯淡、虚无，生机不再。

巴鳞像是一层薄薄的贴图，平平地贴在高速旋转的时空中，物理引擎用算法在他的身体边缘掀起风动效果，细小的碎片如鸟群飞起。

他的形象开始分崩离析。

我切断了巴鳞与系统的连接，摘下他的头盔。

他趴在深灰色柔性地板上，四肢展开，一动不动。

"巴鳞？"我不敢轻易挪动他。

　　"巴鳞？"周围的人都等着，看一个笑话会否变成一场悲剧。

　　他缓慢地挪动了下身子，像条泥鳅般打了个滚，又趴着不动了，像壁虎一样紧贴在地板上。

　　我笑了。像当年的父亲那样，我拍了两下手掌。

　　巴鳞翻过身，坐将起来，看着我。

　　正如那个湿热黏稠的夏夜里，十三岁的我第一次见到他时的姿态。

太空
大葱

飞船自动调整对接状态的震动将我从睡梦中唤醒，我的搭档，静已经在忙碌地检查各种数据了。这个勤劳的广东人一路都没有休息。

"到了？"我问她。

"瞧，你们山东人最爱的烤大蒜。"她指了指窗外。

我望着舷窗外逐渐变大的玉兔-3号空间站，嘴角不由得露出微笑，这已经是第三次造访了。

"烤大蒜"是我给空间站起的绰号，一如它的造型。玉兔-3号位于地月拉格朗日点L4，是人类前往更遥远深空进行探索甚至殖民的一个前哨实验室。工程师们将一颗直径800米的球状C类小行星进行了改造，内里被掏空，外围以金属网格加固，建造了能够缓慢自转提供微重力的环形船舱，同时将五个圆筒状的舱室及实验室连成一根柱子，穿过小行星的中轴。就像一个被玉杵捅穿的捣药罐，这也是起名"玉兔"的缘由。空间站的日常维护是全自动的，在上面可以进行不同学科的实验，作物栽培、生物繁殖，甚至模拟对陨石矿物的物理化学冶炼过程，基本上就是人类殖民小行星带所需要了解的一切。

2024年ISS私有化之后，中国的天宫号国际空间站实际上成为唯一向全人类开放的太空科研平台。而美国计划中的高轨道"深空之门"项目，则由于总统换届和预算问题，一直停留在纸上谈兵的阶段。在载人飞船登陆月球、发射火星探测器之后，作为中国太空计划中最激进的一部分，玉兔-3号承载着中国人对于深空探索的野心与想象。

静以完美的力度把飞船轻轻对接在柱子的C5一端，就像把一颗樱桃扎在牙签上。

"你一定非常想念你的大葱。"她习惯性地揶揄我。

"是啊，上次我可是托付给了你，希望广东人没有把它们都炒成菜。"我还击。

静是一个生于深圳，在美国受教育的广东女孩，物理化学博士。可以说我们身上除了"中国人"的标签之外，大部分东西都不一样，语言、食物、教育背景、生活习惯、对男生和音乐的品位……但这些差异都不妨碍我们成为好朋友。很多时候，我会觉得她比我的家人更懂我。

"我还是不懂你为什么要种它，甚至不能算食物，而且闻起来……"

"我知道，很臭。"

"这也是你们山东人那么喜欢它的原因。"她做了个鬼脸。

我平静地接受她的调侃。这样的事情在我上农业大学时发生过无数次，每当我从书包里拿出家里人硬塞给我的大葱、生蒜和大饼时，其他的女生总会发出怪叫，并躲到房间最远的角落，好像我拿的是什么最高级别的生化武器。

"是我的爷爷啦，为了让他高兴。他一直不希望我学习农业，尤其当个太空农民。"

"我懂的，作为山东女孩，最好的人生选择就是找个公务员嫁了，然后生两个儿子，当然三个更好。"

　　我竟然无法反驳，又一个地域笑话。这是我从小到大都被灌输的理想生活样板。"但是你做到了。"静拍拍我的肩，"你做出了自己的选择。"

　　我真的做到了吗？从小到大，我无数次地问自己，尤其是在爷爷面前，似乎我永远没有办法令他满意，哪怕再怎么努力达到他的要求，哪怕我把山东大葱带上了太空。

　　直到第一次登上前往玉兔-3号空间站的飞船前，我都没有发现自己与家人的距离已经如此遥远。我说的不是地理上的距离，而是对世界的认知和态度。

　　我的大表哥从山东济南千里迢迢赶到了海南文昌发射基地，就为了见我一面，捎上来自家人的祝福。视频通话的那头，正在老家庆寿的爷爷满脸堆笑，我可从来没见他这么对我笑过。家人们轮流要求跟我通话，就好像一夜之间，我从违背长辈意愿的叛徒，变成了家族英雄。

　　姑姑婶婶们说："胜男，你是我们宋家的骄傲！电视上我们都看到你了，你吃胖了，这才对嘛……"

　　叔叔伯伯们说："胜男，你把咱们章丘大葱带上天，把它变成太空大葱，山东人民都会感谢你的！俗话说，常食一株葱，九十耳不聋，看看咱爷……"

　　爷爷像游戏里的大boss，最后出现在画面中，他脸上的笑容瞬间消失了，又变成那个我所熟悉的严厉老头，像一捆随时可能引爆的C4炸药。我下意识地绷直了身体，尽管他根本看不到我的姿势。

　　"胜男，爷爷要感谢你……"画面外传来某个叔叔的声音，像是爷爷的代言人。

"爷爷，您别这么说……"我明白他难以开口的原因。

"但是，我还是要说，为啥要跑到太空里去当农民呢，你一个女孩子……"

"爷爷……"不知道是哪里来的勇气，我竟然反驳了他，"……在太空里，女人比男人更有优势，不管是身体上还是心理上……"

爷爷摆了摆手，制止我说下去。

"胜男，你没明白我的意思，你跑那么大老远的太空，却还干着和爷爷一样的脏活累活，爷爷不忍心……"

"爷爷，我没事的……"

"那就等你回来，咱们再讨论你换工作的事情。"他的口气不容置疑，就像是一个将军在对他的士兵发号施令。

"爷爷……"

信号断了。我们家人之间的对话总是如此。毫无缘由地开始，又毫无缘由地结束。没有谁真的是在倾听和理解，永远只是在评判和要求对方，以自己唯一正确的标准。

可就是这样的爷爷，却软硬兼施要我把大葱带上太空，"能让全世界人民都知道山东大葱是个宝"，只因为村里人撺掇他，说大葱上天之后能卖出三倍价钱。这样的转变无论如何让我没法接受。

"胜男，他会领你情的。"爸妈这么劝我，"你爷爷没对你说过，可私下里老念叨，说胜男要飞到那么远的地方，要是想家了，就看一眼大葱，咬一口烤肉卷饼……"

我的鼻子突然有点酸，像是闻到了葱辣味。

"他还说什么，人不管走多远，都是在找回家的路。对于咱们宋家人来说，哪儿能让大葱长得高高的，哪儿就是咱们的家。"

我开始对爷爷的愿望有了新的理解。

但爷爷无法理解，为了满足他的这个想法，我做了多少工作，将太空种植大葱作为一项科研课题提交重重审核。幸好大葱确实在生物学，医学及材料科学上具有多种价值，尤其是提取物中的丙烯基硫醚，也就是辣味的主要来源，可以抗菌抗病毒，抑制肿瘤细胞增殖、降低心脑血管疾病风险，甚至可以合成防腐蚀的涂层材料。这才使得我的太空大葱种植实验项目得到批准。我在申请书里写道：只要有空气的地方就会有氧化，就会有腐烂，就会让事物在你不经意间分崩离析，好像那是在一瞬间完成的。不管是在地球上，还是太空里。也许大葱能够帮助我们减缓这一过程。

听起来就像一个典型的山东笑话。

我们把飞船里的物资卸载到空间站C4储藏室里，回到主控制舱，检查了一下自动运行期间的各项数据指标。微重力状态下，我们像两个蹦蹦跳跳的大学女生聊着天。

"所以你现在在约会什么人？"我问静，她总是在约会不同的男孩。

"啊……让我想想，一个运动员？等等，也许是艺术家？也许是两者都有？"静痛苦地回忆着。"你应该建一个数据库，就像你常用的光谱仪，能够看出他们的特征分布曲线。"

"每一次我都会想，也许就没有下一次了，你懂的，女太空人的危机感。"

"男人就像被你收割的大葱，一茬接一茬。说起来，我该去看看我的大葱了，一起吗？"

静像是想起了什么，她敲敲头盔上的投射图表。

"不了，我得去把附近的鱼捞回来，不然就要错过时间窗口了。还是给你和大葱保留一些独处的机会吧。"

我翻了个白眼道："打鱼愉快，回头见。"

静说的鱼是指被L4引力点捕获的陨石，里面富含碳、氢氧化合物以及多种稀有金属，是太空实验的珍贵原料。

静驾着飞船离开了，这里又只剩下我一个人。我手脚并用，爬进了C2栽培室，像是迎面栽进了一座大葱丛林，在无重力环境下，它长得太快太高了，超过三米的高度，为此我们还特地改造了无土栽培装置以适应它的尺寸。而且不像在地球上，由于重力方向，大葱能够保持笔直的形态，在太空中，那些葱叶扭曲曼舞，像是巨大的绿色章鱼在挥动触手。

好像哪里不太对劲。

"静，上次你有收割过我的大葱吗？"我接通了对讲机，"它们看起来好像矮了一截。"

"不是我。"无线电波那边的她断然否认，"说不定是病了，你赶紧研究一下，这对人类未来至关重要。"

我没有搭理她，检查了所有数据，土壤、空气、水、复合化肥、湿度、温度、光照时间、微生物水平、酸碱度……一切看起来都无比正常。

也许是辐射水平？这也是我们将船舱建在小行星内部的原因，它能帮我们抵挡住绝大部分的高能宇宙射线，让我们不会产生癌变或者被烤焦。

依然没有任何发现。我想起了从小爷爷给我们念叨的农谚，什么"深栽茄子浅栽葱""葱怕雨淋韭怕晒"，什么"冻不死的葱，旱不死的蒜""立秋栽葱，白露栽蒜"。这些浅显的话语里包含了几千年的中国农民智慧，可是到了太空里，所有的经验都变了，变得不适用了。甚至连大学课本里教的知识也变得过时，一切都是新的，一切都需要摸索。

一阵突如其来的强烈震动将我甩向一侧的墙壁，所有的葱叶都像海浪一样颤动摇晃。船舱里红灯闪烁，响起了尖锐的警报。

我飞回到主控制舱检查情况，一束微型陨石群刚刚扫过太空站，就像飞机撞上了冰雹雨，只不过比冰雹颗粒还要小很多，更像是沙砾，但在太空中时速可以达到几千公里。宇宙中永远会有这样的不速之客给你惊喜。

系统报告因为有小行星外壳的保护，船舱未受明显损坏，但是裸露在外的C4、C5舱体都遭到正面打击，这意味着我们失去了一个生物实验室和大部分储备物资。幸运的是，静把飞船开走了，而我正好在另一侧的C2，否则后果不堪设想。

"胜男，你没事吧！"是静的声音。

"还在出气儿。"通信系统没坏，我感到一丝安慰。

"计算剩余物资了吗，我看到C4、C5像被机枪扫射过的泡沫塑料，飘得到处都是……"

"估计得省吃俭用了，正好减减肥。幸好船舱没事……等等。"

一组数据吸引了我的注意力，舱内气压值有着细微而不易察觉的下降。这可不是个好兆头。

"怎么了？"

"我怀疑舱体被打穿了，有气体泄漏。"

"天！需要我回去吗，趁现在还来得及……"

"不！"我断然拒绝了静的提议，"飞船上的燃料不足以支撑你制动、转向，再回来把两个人捎回家。在确定安全之前，我们不能把鸡蛋放在一个篮子里。如果'玉兔'保不住了，至少你还能飞回地球。记得吗，在太空里，一切都是不多不少刚刚好。"

"我来联系地面控制中心，你赶紧找到破损处，我们一定有办法修补好它……"

在一个面积加起来不过一个小操场那么大的船舱里找破洞，确实没有听起来那么简单，尤其是在大脑轻度缺氧的情况下，每15分钟我就需要休息一次。我将舱内氧气浓度调到最低限度，既保证我还能正常呼吸，又尽量减少消耗。即便是地面控制中心临时调配飞船，整个筹备期以及等待合适的发射窗口都不会少于三周。从现在开始，我的人生进入了读秒阶段。

根据电脑计算出来的微陨石群入射角及当时船舱的旋转位置，我按照概率划分了搜索范围的前后次序，投射在头盔上。危机关头，永远相信科学。我终于找到了那个破洞，在服务舱的一块散热板边缘，大概只有小拇指尖那么大。电脑根据这个位置推算出相应其他三个孔洞，谁让我们的太空舱是一个环形呢。

接下来的问题就简单了，如何把这四个洞补上，让"玉兔"不再漏气。

好吧，也许没有那么简单。

"静，船上有Kapton吗？"

"什么？"

"Kapton tape，聚酰亚胺胶带。2018年国际空间站上俄罗斯人就是用这个堵住了轨道舱体的漏洞。"

"我记得那一次事故，也促成了6年后ISS的私有化，NASA不再掏钱修修补补了。"

"要用我爷爷的话，那就是天兆。然后才有了我们的天宫号和玉兔-3。"

"你想说什么？"

"我不会让玉兔-3垮掉的。"

"胜男……我查了一下，大部分Kapton都在C4，也就是说，太空里。我的船上还有，但是给不了你。"

所以Kapton胶带不再是一个选项。

地面控制中心的专家们提出了各种方案，我尝试了舱内不同材质的东西，布料、塑料薄膜、纸、卫生巾、胸罩里的乳胶，试图利用舱内外气压差来堵住漏洞。但均告失败，不是气密性不好，就是质地太柔软无法固定，总会被气流和微重力带跑。我想起了俄罗斯人，他们一开始是用手指堵住的，可惜我没有那么长的四肢，能够堵住不同方位的四个孔。现在氧气储备量只剩下一半了。

我开始变得焦躁，各项生理指标都在往崩溃的方向发展，静试图平复我的不安。

"嘿，胜男，你还记得跟我说过的嫦娥的故事吗？"

"记得，怎么了？"

"你说嫦娥偷吃了后羿的药飞上月宫，遇到了捣药的玉兔，就说服玉兔不要捣什么长生不老药了，改成捣大葱和蒜泥。"

我勉强笑了出来，接上这个笑话："因为据考证，嫦娥是山东日照人，她是历史上第一个女宇航员，并且和丈夫后羿开创了一夫一妻制的先河，真正的女性先锋。比我的童年偶像阿姆斯特朗早了几千年登上月球。"

"耶。我想说的是，山东女孩都很硬核，你会没事的。"

"广东女孩也不差，你们可以吃掉全世界。"

耳机那边传来静标志性的大笑，我却感觉头晕乏力，昏昏欲睡。

"胜男，到你的大棚里去，那里氧分浓一些。"

她是对的。我缓慢地飘向我的栽培室，那里有绿色植物在不断地进行光合作用，生产氧气，尽管无法弥补泄漏的分量，但至少能让我好受一点。

一片小树林般茂盛的章丘大葱向我迎来，每根都有小娃娃手腕般粗细，葱白如玉，葱青如翠，空气中弥漫着一种带着清甜味的辛辣气息，那是我从小熟悉的味道。我仰起头深深呼吸，让这久违的葱味充斥我的肺部，刺激我的嗅觉受体。

我突然想起了爷爷，如果他在这里，也许会说那句老话——种庄稼就是背朝黄土、踏踏实实，做人也一样。

在我小的时候，这句话意味着一种屈服、顺从和妥协。就像其他家人对我的希望那样，成为一个早早嫁人，生儿育女的家庭妇女，而不是什么太空农业专家。因此在我填报志愿时，爷爷大闹了一番，甚至当着全家人的面发话，如果我去学什么太空农业生态学，他就不认我这个孙女。

为此，之后的大学六年，我都没有回家过年，只是通过视频的方式敷衍了事。每次家人让爷爷来聊几句，他都摆摆手，抽起闷烟，一脸的不高兴。

我们之间的关系一直到我选上宇航员才有所缓解。我甚至不知道他是因为我能够为宋家光宗耀祖才跟我和好，还是从心底替我实现了梦想而高兴。

也许我永远也没办法知道了。

不知道是缺氧还是大葱的气味，让我产生了幻觉。那些绿色触手般的葱叶在空中轻柔挥舞着，向我包围过来，像是要把我拥入它们的怀抱。葱叶擦过我的脸，那是一种熟悉的触感，就像一把能够绕过所有保镖，打开保险柜的神奇钥匙，把我带回意想不到的遗忘之地。

我回到了秋日的一片大葱田地里，那是在机器人被大规模使用之前。年幼的我躲在比我高出几头的葱苗背后，偷看爷爷如何教导哥哥追施化肥。我要求了好几次，可都被爷爷拒绝了。

爷爷细致地给哥哥示范如何给葱苗培土、施肥、锄围、浇水、勾松。我暗暗铭记在心。

哥哥看到了我，却并没有点破，他朝我使了个眼色，突然转向爷爷问，为什么不让胜男来？

爷爷停下，擦了把汗，看了看天说，你别以为胜男比你差才不让她来，山东女子向来不输男。胜男想当农民，可我总觉得她应该干更有出息的事儿。

这和我记忆中的画面似乎不太一样。

爷爷蹲下，抽起手切烟，又说，看看我这手上的老茧，还有腿上的伤，当农民毁人哪，咱们老宋家最不缺的就是农民，我实在不愿意胜男走这条老路。21世纪了，女娃子可以当领导、工程师、科学家……没有什么是胜男不能干的，何苦再遭这份罪呢？背朝黄土，踏实做人，可有时也得抬头看看外面的世界啊。

爷爷猛地抽了一口烟，缓缓吐出，他的眼神像是穿透烟雾，看到了未来。

那股烟味似乎飘到我这边，我被呛得猛烈咳嗽起来，爷爷往这边望来，我慌张夺路而逃，却一个趔趄摔进了田边的排水沟里，临摔倒前还拽下了一大把葱叶。

我终于回想起来了，是爷爷背着我回的家，为了安抚我，还亲自下厨给我烧了大葱烤肉卷饼。可这一切却都被我选择性地遗忘了。

爷爷种了一辈子地，他不想让我再当农民，希望我有更高的成就，可我却还是把他当成顽固不化的老人，以为他看不起女性。我们两都选择性地忽视了对方，却看不到往往答案就在眼皮底下。

我从幻觉中醒来，手里有什么东西黏糊糊的。我打开手掌，原来真的拽下了一大把葱叶，它们在我掌心被攥碎，流出黏稠的半透明液体，辛辣味更浓了。我看着眼前的葱林，似乎那股气味给了我灵感，嫦娥，玉兔，捣药罐，大葱……我突然疯狂地把大葱从培养基里拔出来，让它们随意飘浮在空中，一根接着一根。

"胜男，你疯了吗？"

"静，你还记得大葱挥发物里的成分吗？"

"你是说那股臭味……辣味的主要来源，丙烯基硫醚，怎么了？"

"你还记得PPS吗？太空舱操作手册里有的。"

"聚苯硫醚？那种高分子热塑性树脂？它们的分子结构很像……"

"有没有可能在实验室里……"

"马上！"静听起来比我还要激动，"催化剂、溶剂、酸……理论上没问题，我把操作指南丢给你！"

"你是个天才！"

我像个真正的太空农民，将一捆捆收割下来的大葱背在身上，艰难地在无重力状态下穿过一道道阀门。大葱汁液沾满我的身体，发出浓烈气味，给我力量。我要在物理化学实验室里，借助科学，用大葱合成出能够密封破洞的高分子材料，拯救自己，拯救玉兔-3。

"等等，胜男！"

"又怎么了，你快把我吓出心脏病了！"

"根据方程式的配比，我感觉你的大葱有点不够用呢。"

"你的意思是我得现在种？"

"我的意思是……你可以打开冰箱。"

冰箱里用保鲜膜捆着堆成小山高的葱段。

"我就知道是你！"

"对不起嘛，它们实在是太臭了，长得又太快了……"

大葱被粉碎成翠绿色糊状物，送入编好程序的物理化学反应机，在闪光中改变形态与结构，变成某种我期待中的物质。经过了地球上数千年的耕种与收获，我们仍然能够在这些司空见惯的农作物上发掘出新的宝藏。我想我的选择是对的，在太空里，还有更多的可能性等待着我去探索。

我突然非常渴望视频爷爷，想看到他那张严肃的脸，甚至想立刻拥抱他，就像那些幻觉中的大葱拥抱我的样子。我想告诉他：

> 你是对的，哪儿能让大葱长得高高的，哪儿就是咱们的家。无论是在地球上，还是在遥远的太空里，人都需要一个家。
>
> 爷爷，我要回家了。

刻舟记

从深圳北到香港西九龙搭高铁只需要23分钟，出车站地下隧道来到柯士甸道之后，外面的景象却像倒退了半个世纪。我望着与童年记忆别无二致的石屎森林，时间似乎被困在了这座700万人口的城市里，停滞不前。而一河之隔的深圳湾区已经提前抵达了未来。

我十年前的同学，港科大的吴乐天博士在出口处的百佳超市等着我，手里拿着我最爱的冰维他柠檬茶。好笑的是，来自上海的他开口第一句话却是粤语，而土生土长的港岛人我却选择用普通话问候。

"梁华娇，究竟系咩一回事啊？"他劈头就问。

"几天前，两名便衣找到我，问刘教授有没有联系我，还问到他在香港的亲友联络方式。我就知道事情不对了。"

"我也不想刘教授有什么意外。"

"我听说刘教授已经被强行看护一段时间了。"

"对，在深圳的一家特殊疗养院。但是他逃了出来。"

"逃到了这里？"

"所以你不相信他疯了。"吴乐天认真地看着我，像是在判断我的精神状态，突然松了一口气，"所以你不相信他疯了。"

"除非我亲自见到他。"我的语气带着一丝不确定，"所以你要帮我找到他，赶在警察前面。"

我们在谈论的是我们共同的导师，神经行为—影像学权威刘剑威教授。但是对于我来说，他远远不止是一位老师。

当我在博士论文和家庭情感问题双重压力下濒临崩溃的时候，刘教授每天从他最爱的电影中引用一段台词，附在发给我的邮件签名档里。虽然他从来没有明说，但我知道，那些温暖、明亮、斗志昂扬的话，是为我而写的。

有些电影我从来没有看过，但那些台词我却永远记得。

> If you wake up at a different time, in a different place, could you wake up as a different person?（如果你在不同的时间，不同的地点醒来，醒来后，你会不会变成一个完全不同的人？）
>
> ——*Fight Club*（1999）

在那个滂沱雨夜，当我变成另一个完全不同的人时，是他救了我。

我必须知道刘教授和他的"DISCO"算法到底出了什么问题。

DISCO算法全称是 Distributed Inter-Subject correlation Observer（分布式主体间相关度观察者），它是基于神经行为—影像学中的ISC模型发展而来。

在传统的fMRI（功能核磁共振成像）里，需要设置严格的实验条件，包括参数化的激活模型（parametric activation model），才能研究特定脑区功能与认知加工之间的关系。但这种实验室受控环境与人类日常生活中的自然情境相去甚远，比如听音乐会、听妈妈讲睡前故事，或者，看一场电影……都存在着诸多不可控的复杂因素影响人的大脑，比如环境氛围、情绪波动心情、人际互动，等等。

而ISC（Inter-subject correlation，主体间相关度）的方法基于这样一种假设：在相同的自然情境下，不同个体面对相同的刺激时，如果认知加工过程是相同的，那么相应功能脑区的激活模式也应该具有相似性。比如两个人在观看同一部电影中的恐怖片段时，杏仁核区域被激活的模式高度一致，那么就可以认为，杏仁核与感知恐惧相关。如果同时测量相同环境中的多个个体反应，自然情境中的其他干扰因素就可以"安全地"被忽略掉了。

剩下的部分便是交给统计学和数学工具了。所以比起传统观测手段，ISC更像是一种利用数学来判断人类认知行为的工具。而刘教授的DISCO又将ISC往前推进了一大步。

自从春城火车站袭击事件发生之后，十几年间，类似的无差别大规模伤害事件激增，像是某种传播途径未知的传染病。没有任何前科征兆的普通人，直到事发前一秒都运行在稳定平庸的生活轨道上，然后会突然丧失理智暴走，用剪刀、针头、钥匙甚至是碎玻璃樽屠戮人群，在警方施加干预之前就已造成大量伤亡。

就像几年前，迁移到沿海企业的流水线工人出现了连锁自杀现象，经反复调查，最终也没有得出一个令人信服的结论。似乎背后存在着某些更为隐秘而宏大的结构性原因。是当代中国的"超真实"（hyperreality）生活将其他地方几个世纪的变化压缩到了数十年里？是某种信仰被反复推翻祛魅后留下的心灵真空？还是各种高新技术过度控制人们的生活，所导致的人性黑暗面的反弹？

最终，凶手毫无例外被当局定性为患有某种暴力型特殊的精神疾病，从而导致暴力行为的失控。尽管官方有一个专业术语来进行界定，但"稻草人综合征"的说法还是在民间流传开来，意思是精神上被最后一根稻草压垮的人。

然而，传统的精神病预后机制依靠医生主观判断精神疾病，标准模糊且收容执行周期漫长。

一方面是暴力事件的发生让公众质疑传统收容制度是否能有效阻止暴力事件再度发生的有效性；另一方面是大量处于模糊地带甚至并不存在暴力倾向的患者挤占了医疗资源，同时失去人身自由。倘若废除旧的收容制度，而新的评判标准尚未建立，大量病人将被推回给家庭，家人往往视之为洪水猛兽，只能放任自流，从而带来更大的社会隐患。

在大众情绪激烈的针锋相对中，政府精神卫生部门骑虎难下，这时DISCO的出现简直像是Deus Ex Machina机械降神。

刘教授借助内地庞大而完善的监控影像数据库，以及亚洲最大精神类疾病医院回龙观医院的病患数据，对DISCO算法进行数百亿次的训练以及迭代。最终他发明了一套算法，能够摆脱传统神经影像学手段，比如MRI、PET及DTI对于硬件的过度依赖，仅从对象的声纹、表情、运动姿态及行为模式的变化，来实现对特定暴力型精神病"稻草人综合征"患者的诊断判断、监测及病情预防预警。

刘教授只想用DISCO来作为可靠的评判工具，减少"稻草人"对大众所带来的伤害，但政府显然想得更为长远。

这套算法可以方便地被移植到任何一路当下通用的T2000深瞳智能摄像头上，实现分布式计算，这也是一切的开始。

我不确定人类是否能被简化成数字，从而判断其暴力倾向。我只知道现在刘教授被自己的算法判定为危险人物，下落不明。

刘教授变成了潜在的"稻草人"吗？我必须找到他。

我们开始最传统的排查方法，从登门拜访刘教授在港的亲朋好友开始，他肯定不希望自己的生物识别信息暴露给系统，因此查看酒店入住名单毫无意义。

蚁巢般的大型公共屋邨，气味阴湿的地下食肆、幽长走廊、生锈闸门后充满戒备的眼神。像童年的噩梦般并无太大改变，经济衰退与市政工程停滞比我离开时更为明显，连带着人心也变得冰冷坚硬起来。香港在东西方贸易战争中的独特战略地位已经一去不复返。

我们一无所获。

公事公办的程式底下，一种不安感慢慢滋长。从求学到科研这么多年，没有子嗣的刘教授待我如师如父，如果不是因为找他，我也不会回来。

"现在怎么办？"我们坐在"大家乐"里，吴乐天吸着可乐，背靠着落地窗。卸下伪装之后，他还是当年那个没有主意的大男孩模样。

"以我对他的了解，他冒着这么大风险跑到香港，一定是有什么特别的原因。"

"是啊，几个月前我写邮件邀请他来参加电影节，都只有自动回复。"

"什么电影节？"

"你看都忘了跟你update了，我现在是神游电影节的学术顾问。"吴乐天指了指窗外尖东街头变幻色彩的电影节电子招牌，"明天是最后一天。"

"一个电影节为什么要请神经影像学家当顾问？何况我记得你根本不看电影。"

"那是以前……"他看起来有点窘迫，"现在我们也把ISC用在电影上，我以为刘教授会乐于见到这种技术在娱乐业上的应用。"

"也许这就是他回来的原因？"我喃喃自语，"电影……"

年轻时刘教授也曾有过电影梦，只是在双亲的压力下弃影从医，但凡繁重的科研工作一有空隙，刘教授一定要去电影院看一场新上的戏。即便是在实验室里，他也经常用放电影来进行ISC实验。我猜这也许是他将兴趣与工作融为一体的最好办法。

"你真的觉得刘教授花这么大的力气，冒这么大的风险就是为了看电影？"吴乐天将信将疑地看着我。

"当然不是。也许他是为了证明什么，比如……证明他没有疯？"我突然想起了什么，"你还有那封自动回复吗？"

吴乐天从手机邮箱翻出那封邮件，我的眼睛被签名档处写着那句出自《飞越疯人院》的经典台词所吸引：

The mental defective league in formation. （神经病联盟集结起来。）

——*One Flew Over The Cuckoo's nest* （1975）

我注意到了电子邮件的发送日期，正是他被强制收容的那天。

如果有人告诉我这只是随机生成的信息，那我们中间肯定有一个人不太正常。

现在我们把目标缩小到九部ISC专场电影，其中六部在今晚到明天早晨上映，还有最后三部在明天下午同时上映。

从黄昏到早晨，由香港东北部的元朗到最西端的西贡，我们跑遍了六间电影院的ISC专场，像是最狂热的影迷。

一路上，吴乐天向我解释，这项催生了DISCO算法的神经影像学实验工具，如何被运用在互动娱乐领域。

简单来讲，就是通过小型化的fMRI设备，在影片播放关键剧情时扫描观众的大脑功能分区活动，并计算出代表人群整体神经反应相关性模式的ISC值档案，如果某个观众的数值与群组数值发生大于两个标准差的偏离时，也就是说他的大脑活动反应与众不同时，他将能够看到一段不一样的隐藏特制剧情。

ISC增强型电影在香港十分流行，每个人都想看看自己的思维模式究竟是"平庸"还是"出众"，看到隐藏剧情的观众总能收获来自社交圈或真或假的赞赏，就像是鹤立鸡群般获得一种虚拟的优越感。

也许这就是刘教授的目的，通过同样的技术，来证明他的神经反应并没有偏离常态。

"这是怎么实现的，但你怎么能对同一个影院的观众展示不同的画面呢？"我疑惑好奇地问。

"你很快就能看到了。"吴乐天露出故作神秘的笑容。

借助吴乐天的特殊顾问身份，我们得以在电影开场之后进入影院，静悄悄地蹑入黑暗中，凭借银幕的闪光仔细辨认那一张张只露出下半截的脸。我们不能向任何人透露名字、身份或者照片，也许下一秒特警便会从天而降，而我们将永远失去与刘教授对话的机会。

观众的肩颈都被座椅特制的橡胶护具所固定，以避免头部位移造成的扫描误差，头上扣着一顶齐眉的银色扫描头盔，与座椅背后的线缆和处理器连成一体。

我猜错了，他们戴的并不是VR眼镜，而是特制的主动式快门眼镜，可以通过红外线通信与屏幕的频闪进行同步，从而控制液晶镜片的透光度变化。双眼的刷新率至少要达到60Hz才不会让大脑感知到画面抖动，那么同一块屏幕如果要同时呈现两路不同的动态画面，刷新率就需要达到120Hz。

不得不说，这是非常巧妙的一个设计。既保留了集体观影的现场感，又给分支剧情的呈现保留空间。

观众似乎也习惯了这种新的观影模式。每当关键场次即将到来，屏幕正上方会有绿色光点闪烁，观众正襟危坐，尽量保持姿势。光点转为红色，则扫描开始，每次持续6~15秒不等。数据实时传输到椅背后的处理器，先进行矫正、去线性漂移、标准化，再将每个人的BOLD（blood oxygenation level dependent，血氧水平依赖）信号上传到云端，计算在同一时间序列上的群组相关性系数，再将结果回传到端处理器，经比对之后决定眼镜能看到哪一组剧情。

在不同影院中我们跑进一间又一间黑暗的影院，经历了报业大亨的陨落、雨中曼妙的歌舞、破茧而出的怪物、血浆喷涌的大门。黑暗中，通过手机摄像头程序可以很容易辨认出闪烁与众不同的眼镜，就像是月光下玻璃与贝壳的区别。

一路上，我无数次问自己，如果必须在刘教授和算法之间做出选择，我会更相信哪个。我没有得到答案。这些观众中并没有刘教授。

黎明时分，我们呆坐在影院门口，金色阳光也无法驱散疲惫与失落。最后的三场是在下午，而且是同时放映，即便我们分头奔赴一家电影院，也很难赶上第三场，这就意味着有三分之一的机会失手。

前提是，我们对于那封自动回复邮件的猜测是正确的，而不是某种偏执狂的妄想。

"这只是个噱头，对吧，这整套ISC解锁剧情的把戏。"我斜着头问吴乐天。

"还记得临近毕业时，我们有过的那次争执吗？"

"当然，因为刘教授邀请咱们俩加入他的算法研发团队，但是你拒绝了，不光拒绝，还把话说得很难听。"

"那时我太年轻了……"他低下头，尴尬地笑了笑。

我还记得吴乐天当时如何当面顶撞老师。他说精神病是一个没有客观刚性指标的东西，就像精神疾病诊断手册的内容在不断地随着科学和伦理的发展而发生改变。神经影像用于精神类疾病诊断更类似遗传病筛查，也就是先有了相关症状，然后用影像来给出一个生理学上的度量，最终还是需要综合影像学、行为学等多种指标做最终的诊断。如果某些指标被不合理地过度放大权重，会带来更大的问题。

当时刘教授的脸色变得极其难看，但他并没有反驳，只是冷冷摆了摆手，让吴乐天走。

"所以你现在是怎么回事？改变立场了吗？"

"你知道吗？别看ISC电影在香港这么火，那么多内地人都跑过来赶时髦，这套东西最早可是东莞发明的，曾经在几条国内大院线试运行过，最后却一败涂地。"吴乐天把话题岔开。

"因为监管吗？"我知道在中国，接受文化创新的气度远远比不上科技领域。

"因为根本没人看得到分支剧情！"吴乐天自己哈哈大笑起来，"这个笑话不好笑吗？"

我翻了个白眼，他才变得严肃一点。

"你选择相信那套算法能够定义谁是疯子谁更正常，可以让人活得更安全、更有尊严，而我却只相信它能更好地娱乐大众。"吴乐天说。

尽管是新界老港人，刘教授经常用一个中国寓言讽刺同胞，叫作刻舟求剑。他说，九七就是香港人心中的那个记号，他们到现在还在水里"咿哗鬼叫"咁找剑，而历史的大河已经滚滚向前。我打心底里非常认同。

正因为如此，当刘剑威教授向他最得意的两个弟子发出邀约后，我和吴乐天做出了完全不同的选择。我跟随导师北上内地，在政府支持下将这项当时并不完全成熟的技术推向市场，让它在所谓"野蛮生长"的环境中通过实际应用，接受过度竞争，适应生存压力，最后完成自我修正和进化。

吴乐天选择留在香港的学校实验室里，日复一日地搭建他那精致而宏伟的纸上殿堂，这让他感觉舒适而安全。

十年间，我们两段人生的剧情都脱离了原先的轨迹，像是彼此调换了方向。

两年前，就在临近大规模部署DISCO算法的前夕，我便被以"另有委任"为理由调离课题组，安排到深圳一家精神卫生研究机构担任闲职。刘教授始终没有给我一个明确的解释，但在我内心深处，只有那个雨夜发生的事情，才可能触发这样的后果。那件事，只有他知道。

是否当时刘教授已对即将降临的未来有所觉察？并以此来保护我？找到他之前，我心里没有答案。

而在极力抵制带有DISCO算法摄像头的香港街头，吴乐天用如出一辙的方式偷窥每个观众的意识深处，甚至赐予他们某种自己很特别的幻觉。

时间让我们背叛了自己的信仰。人类太复杂了，难以简化为可计算的模型。

"会不会我们对刘教授的判断根本就是错的，只是自以为很了解他。"我感觉沮丧。

"只要他没真的疯，总有一些行为模式是有迹可寻的。"吴乐天安慰我。

"可就算我们猜对了，还是来不及在同一时间段跑遍三家电影院啊。"片单显示，最后三场放的是同一部电影，王家卫的《花样年华》。吴乐天呆呆看着海报上身段曼妙的旗袍女子，流动着超现实的复古光泽。他突然大叫一声，从椅子上弹跳起来。

"我要带你去一个可以同时看到三场电影的地方。"

吴乐天带我进入位于油麻地的百老汇电影中心中控室，这里可以看到三场ISC专场的观众实时扫描可视化数据阵列。其他两场分别在铜锣湾皇室戏院和沙田新城市广场的电影城。

　　工作人员紧张查验着所有设备的运行状况，大屏幕进入倒计时，就好像外面马上要发射一枚飞向外太空的火箭，而不是上映一套关于婚外情的电影。导演出了名的苛刻，不允许在原版画面上方添加闪光信号，因此影院不得不在银幕两侧竖起电子提词板，提醒观众即将进入ISC段落，请保持观看姿态。

　　这给了我们可乘之机。

　　我从来就不喜欢这部电影，倒不是因为影片本身，而是那些仿古街道和唐楼内饰，那几场不期而至的密雨，像是回忆，朝我劈头盖脸地袭来，让人无法呼吸。

　　吴乐天似乎看出了异常，关切地搭着我的肩头，安慰说一定会找到老师的。

　　他对于我此刻的大脑活动一无所知。

　　关系到政治或者私人感情终于来到那个经典的段落。

　　金雀餐厅的昏黄灯光下，绿色台布和墙纸映衬出暧昧气氛，旧时火车车厢般的皮卡座中，张曼玉旗袍加身，用小勺划弄着杯中咖啡，对面的梁朝伟西装革履，眉头微蹙，眼神忧郁。在接下来这场戏中，这对邻居会在餐桌上袒露出生活的真相，两人的另一半都有了婚外情，而出轨的对象竟然就是对方的另一半。

　　电子提词板开始倒计时，提醒观众保持姿势，迎接扫描。

　　倒计时结束之后，提词板上猝不及防地出现了一句话，那是我能做到的极限。

　　　　刘教授，多谢你找到我。——娇

　　这句几分文艺几分无厘头的话，与这个片段所要传达的压抑情绪格格不入，大部分观众会一哂了之，那话并非对他们而说。而刘教授的大脑会自动捕捉到几个关键的信息点，调动海马中的长期记忆，甚至掀起更为复杂的情绪反应，激活他的杏仁核。

那是十年之前的一个雨夜。

我不记得这一切的开头。了解我的同学们，在一切平息之后，说我情绪突然崩溃，从宿舍跑了出去，穿过了被雨水洗刷得模糊的仿古街道，消失在挂起八号风球的暴风雨中。所有人都出来找我，最后是刘教授找到了我。

而真相却是，当我恢复意识的那一刻，发现自己手里握着边缘锋利的残缺玻璃樽，站在图书馆通宵自习室的门口。门里是一群正埋头苦读的学生，对我的存在一无所知，甚至不知道自己距离死亡有多近。

刘剑威教授佝偻着身体，半蹲在我面前。他脸色惨白，却对我露出笑容。血从他掌心不住地滴落在地板上，形成小小的池塘。

"没事了，阿娇。我找到你了。"

我永远忘不了那个瞬间，这世间只存在于我和他的记忆中。

也许我将再次爆发。也许我的记忆早已混乱。可刘教授发现了危险的真相并为我保密至今。为什么他相信我能够走出崩溃的边缘，相信我能够远离那根稻草。

有些问题也许永远没有答案。人类太复杂了。

显示三个影厅观众ICS系数的光点阵列几乎同时亮起，像微微呼吸的蓝色海洋。突然其中一个光点强烈颤动，由蓝色变为橘色，但很快地便又融入了集体的律动中。

"铜锣湾！"我夺门而出。

从油麻地经红磡海底隧道直达铜锣湾只需要13分钟，对我来说却无比漫长。车上，我和吴乐天做好种种预案，应对可能发生的一切。但最难以预料的，是刘教授看到我们俩时的反应，他会感觉遭到背叛吗？还是深深的失望？

"你看，个体的行为是最难预测的，任何细微的扰动都可能产生极大的偏差。而测量规模一旦放大到某个集群尺度，整体行为就变得极其可预测。"吴乐天这时候还有心思讲课。

"希望你和刘教授可以把十年前的争论继续下去。你有新的观点，毫无疑问他也有。"

吴乐天耸耸肩，似乎胜券在握。

进入电影院时，片子已经放到尾声。我和吴乐天分别从座位两侧开始，在黑暗中行走，逐排寻找刘教授。所有的面庞都半掩在眼镜与头盔之下，沐浴在柔和的银光中，看起来毫无分别。我像个幽灵般，走得极其缓慢轻柔，生怕错过或者惊扰到那个人。

我和吴乐天在同一排停住了。

那个人早已摘下了头盔眼镜，将自己的脸完全暴露在银色反光中。他望着我，指了指银幕。我顺着他的动作转头。

银幕上出现几行引文，来自原著小说《对倒》（tête-bêche），在法文中专指一正一倒的双连邮票。

那些消逝了的岁月，仿佛隔着一块积着灰尘的玻璃，看得到，抓不着。他一直在怀念着过去的一切。如果他能冲破那块积着灰尘的玻璃，他会走回早已消逝的岁月。

　　我又迅速望回那个人，生怕他凭空消失，可是他并没有。相反，他走到了我面前。吴乐天跌跌撞撞地加入了这场久别重逢。

　　"刘教授，我找到你了。"我看着他，脱口而出。

　　黑暗中，观众抬头等待着电影的完片字幕。

　　刘剑威教授微笑着，似乎在说，不是你们找到我，而是我找到了你们。

　　有些事情，就像从蓝色光海中偏离的橘色闪光，能够被清晰测量及确认。然而无法被测量的是那闪光背后的意义，大雨滂沱的夜晚，锋利的玻璃樽口，对疯狂与理性、差异与共性的信念，这些都无法被简单地计算出一个标准答案。

　　"我需要你们的帮助，"他低声说道，"DISCO有致命的缺陷，那些被算法抹去的细枝末节，也许会决定一个人，不，很多人的命运。"

　　我和吴乐天相视一笑，这不是结束，而是一出全新分支剧情的开始。

匣中祠堂

"黄先生有话要说。"

听到这句话，所有人都腾地起身，那台护理机器却不紧不慢地转向我，蓝色屏幕闪烁着拟人化的表情符，我不确定我对上面的表情理解正确。

"只对你。"

我深吸了口气，众人的目光扎在我前胸后背，像泥鳅般生生要钻进胸腔里。我知道他们在想什么，只是我现在没有力气反击，一点儿也没有。

曾经像老虎那么威风的一个人，现在就躺在我面前，像纸糊的人儿般，只剩下皱皱巴巴的空壳。我不敢用力呼吸，怕一使劲就会把那具空壳吹跑。空气中弥漫一股无法掩盖的腐坏味道，自动喷雾系统每隔15秒就发出猫打喷嚏般的声响，提醒着我，整个房间的时空已变得如此缓慢而黏滞。我静静地等着，等待着这个弥留之人的话语，同时害怕，从胃里往嗓子眼翻涌的恐慌。记忆中，我俩的对话往往是以一方训斥一方沉默而告终，我害怕这一次，陷入无尽沉默的将不再是我，而是父亲。

"奴啊，你来啦……"父亲毫无预兆地开声，他的口音变得陌生，带着某种遥远的南方泥土气息，那是我所不曾熟悉的，毕竟我们家族已经离开潮汕故土这么多年了，而我也在虚拟世界里疏远家人，游荡了那么久。

"……时候到了，有一件事我想拜托你，也只有你……"

"瞎说什么呢？爸，等你好了，我们陪你一起……"

"别骗我了，阿爸又不傻。说起来也奇怪，人老了，小时候的事情却越来越清楚，你还记得我跟你说过的，在我七岁那年，我阿爸，也就是你阿公，带我去祠堂拜祖的事情吗……"

前些年机器颠覆了许多传统行业，我们的手工金漆木雕生意也难免受冲击，为了引入新技术，我和父亲不止一次吵到翻脸，彼此许久互不搭理，他甚至暗中安排其他人做好接班准备，这些我都知道。我不明白这会儿他把我叫到床前，究竟想跟我说什么。

"……我们坐了好久的车，颠得我屁股疼，终于到了黄氏祠堂，那里可真是大，前面一个池塘，好聚财，大门口一对石狮，左雄右雌，好生威武，厝顶上游龙戏凤，飞禽走兽，还站满了各路文武神仙……"

我静静听父亲描绘着那未曾谋面的神秘建筑，脑子里出现的却是迪士尼花车嘉年华般的嬉闹景象。我摇摇头，现在不是想这个的时候。

"……寝堂上摆满了列祖列宗的牌位，阿爸要我跪下磕头，我不肯，我说我都不认识他们，为什么要我跪，阿爸就打我，我就哭……"

父亲的声音越来越虚弱，像是一个即将吐光空气的气球，瘪瘪地耷拉着，不断沉下去，沉下去。我俯身靠近他，那股腐坏的味道更重了。

"……那已经是八十年前的事了，以前不觉得，现在懂了，叶落是要归根的……奴啊，我希望你以后能常去祠堂看我，毕竟以后，你就是一家之主了……"

　　他的脑子已经不清楚了，我一边答应着，一边找紧急按钮。父亲上次回乡省亲都是几十年前了，祠堂里怎么会有他的牌位，黄氏祠堂远在千里之外，我又如何常去，至于一家之主，就更是个笑话，现在为了争继承权几家都快打起来了。可这个关口，遗嘱的事情我是万万说不出口的。

　　"答应我，一定要去……"

　　"好，阿爸，我一定去。"

　　那具人形气球里的最后一丝空气被某股力量挤了出来，腐坏味突然消失了，自动喷雾系统又打了个喷嚏，医护人员带着机器冲了进来，我木立在旁，等待一个早已下达的判决。

　　处理完后事的第三天，我才发现父亲留给我的红色信封，里面只有一张小小的卡片，上面印着一行访问地址和一个从未见过的logo。

　　这行IPv6地址花了我一些工夫才找到适配的接入设备，一个白匣子，这是玩家私下对它的称呼，某种进阶版的虚拟现实装置，只不过它能扫描你的神经感知模式，通过算法混合成某种可控的神经信号输入，因而更加真实，但也更可怕，你不知道它将如何改变你的认知，无论是对这个世界，还是对你自己。

　　父亲是怎么跟这种时髦玩意儿扯上关系的，我完全摸不着头脑。我对他的印象，还停留在声嘶力竭地训斥我数典忘祖，竟然想用机器来取代传统手工艺人的时候，他喘着粗气，双目圆睁，脸色赤红，像条马上就要喷出火来的龙。

　　那条龙现在躺在六尺深的地下，装在小小的木匣子里，只有黑暗和泥土与他做伴。

我没有犹豫太久，承诺只是其一，更多的还有好奇。我戴上白匣子，拉下柔性眼罩，接入那个地址，瞳膜识别我的身份，登入界面，看来早已有人帮我注册了账号。

一片白茫茫的雾气，什么也看不见，过了好一会儿，一把缥缈的女声在耳侧响起："黄先生，我们监测到默认旅程速度与您的神经模式不匹配，请问是否切换到快速版？"

我明白过来，父亲迟缓的身影一闪而过，我可没有时间浪费在老年迪斯科上。

"确认。"

突然重力方向发生了变化，我惊恐地蹲下身，双手贴地，才勉强保持住平衡，眼前的云雾逐渐散去，我发现自己置身万米高空，下方是一块龟甲状的村落，肌理分明，山水环绕，那些青灰色的屋脊迅速放大，朝我扑将过来，这种坠落感如此真实，我不由得闭紧双眼，努力不叫出声。

坠落停止了，我睁开眼，眼前是一片开阔的广场，随着我的视线移动，一些物体的亮度提升，从背景中凸显出来，同时那把女声友好地介绍背景信息，作为首次到访客人的优待。

毫无疑问，这就是父亲临终前所记挂的那个地方，那方波光潋滟的水塘、官马拴、照壁上用彩瓷镶嵌出的梅花鹿、麒麟和展翅欲飞的仙鹤，灰白色大理石门框门斗，黑漆楠木牌匾上写着四个金光大字"黄氏宗祠"，还有屋脊、檐角上下姿态生动的各色陶瓷生物和神灵雕像，都让我大开眼界。

原来父亲所说的并不是虚构或夸大，这一切都是真实存在的。

　　可这并没有打消我的疑惑，谁出于什么目的，不惜成本地将这一切复制到了虚拟空间。如果说这就是一直拖拽着父亲无法迈进新世界的套索，那么现在，似乎老一辈选择用一种背叛传统的方式来继承传统。父亲希望我到这里来，是想我变成他吗？规规矩矩地守着祖先们的价值观与生活方式，然后眼睁睁地看着整个家族滑入泥沼吗？

　　我怀揣着问题走进大门，路过前天井，看着阳光透过中堂格栅门，在地面投下条形码般的光斑，又路过后天井，一切以一种对称、循环、秩序井然的方式呈现，如同我父亲所习惯的时代。那个时代已经烟消云散了。

　　我所坚持的改革方案，是引进具身学习机器人，它们能够与人类金漆木雕师傅的肌肉神经信号进行接驳同步，如同最传统的拜师学艺方式，依样画葫芦，机械臂跟随着师傅精细巧妙的手部动作，雕刻着虚拟空间里的数字木料，而所有的材料力学数值都完全拟真到小数点后四位。再加上GANs对抗模型，只需要非常小的数据集便可以训练出非常成熟的机器木匠，不会疲惫，无须休假，甚至在空间感知和运动精度上要比人类高上两个数量级。我想不出任何理由拒绝这种改变。

　　可父亲却始终不愿意正面这个时代。

　　终于来到了祠堂的核心——寝堂，又称上厅。巨大的红色木架朝上生长着，如阿兹台克金字塔般消失在天空的远端，却又以一种不可能的空间感停留在房屋结构内部，上面如同图书馆般齐整摆满了樟木刻制的祖宗牌位，按照辈分次序由远而近。我想起了父亲的嘱托，开始细细寻找他的名字。视线扫过之处，那些黄姓祖先的名字便发出金光，有达官显贵，也有庶民村夫，但此刻他们是平等的，都是这庞大记忆共同体中的一个符号。

我找到了父亲的名字，久久凝视，心中默念着"爸，我来看你了"。

导览女声突然响起："黄先生，是否进入激活模式？"

"激活？"

"请您跪在跪拜垫上，双手合十，三叩头。"

"什么鬼……"

我跪在地上，目瞪口呆地看着父亲从牌位上挤了出来，就像阿拉丁挤出灯嘴。他似乎有点不太适应，摇摇晃晃地布摆自己的胳膊腿，我这才看出这是个数字建模AI，而且是年轻十岁的父亲形象。

"奴啊，你来啦。"连口音和那种迟滞感都完全一样，他们究竟在这上面花了多少钱。

"对，对啊。"我竟然别扭得叫不出一声阿爸。

"我知道你一定会来的，你不像他们几个，你脑子活，学东西快，好奇心强。"

这几条放在以往都是父亲批判我的罪名。看来同样的邀请也发给了我的其他几个哥哥，他们都是家族企业继承权的有力争夺者。虽然年纪跟我差不了几岁，可他们都坚定地站在父亲那边，认为传统的手工工艺不能丢，否则就是背叛了这门艺术，背叛了老祖宗世世代代流传下来的文化，就差在我额头文上"叛徒"两个大字，然后逐出家门了。

"你一定会想，这究竟是怎么回事。"看来不管我回不回应，程序都会照着脚本往下走。"三十年前，马先生开始了全球范围内的潮汕祠堂数字化工程，没错，就是那个马先生，他老家的祠堂可是够架势。他认为祠堂就像我们现在用的即时通信工具，在不同世代，不同地域的同宗亲族之间，起着无可替代的连接作用。可很多年轻人对祠堂的印象已经淡漠了，他希望借助技术，让祠堂焕发新的能量。"

"可你不是……反对用新技术来改造传统文化吗？"我终于忍不住。

"奴啊，有些话，我说或不说，或者怎么说，都需要慎之又慎，而你不一样，你是新一代，不用瞻前顾后……"

"现在说这些是不是有点太迟了，按照长幼辈序，怎么也轮不到我，而你已经、已经……"不得不承认，这个AI的语音交流模块做得很自然，以至于下意识间将对父亲的感情投射了上去，我始终说不出那个字眼。

"我已经死了，没错。"年轻版的父亲露出豁达的笑容，就像他生前的样子，"可是，你们还活着，你们才是未来。告诉我，为什么你想要用机器替代人？"

"所有人都在用机器，它们更快更稳定，成本还低，如果我们不跟随，市场就会被机器生产的木雕所侵蚀，到时候我们就连汤都没得喝了。"

"人类都移民太空了，3D打印都这么普及了，你觉得今天，人们为什么还想要金漆木雕，是因为它们便宜？轻便？结实？还是好看？"

这个问题问住了我。尽管从小耳濡目染，可酷爱数字艺术的我并没有真正思考过这样一种具象化的工艺形式为什么会流传至今，它背后的文化符号意义以及审美结构究竟是怎么样的。

"我猜……也许是怀旧吧。"我怯怯地说出猜测。

"哼，你就是太聪明了，总是用脑子想，却不愿意亲身去看去感受。瞧……"

顺着他的手势，我望向那些大理石冬瓜柱，再往上是多年生的杉木大梁和子孙梁，而装点在柱头、横梁、斗拱、梁枋、梁柱、门楣之间的，就是黄家最引以为傲的金漆木雕。这种据传源自唐朝的工艺以木雕为基础，髹之以金，吸收中国画散点透视的技法，能够将不同时空的人事物组合在同一画面，通过多层次的镂雕技艺，亦虚亦实，来龙去脉，在方寸之间容纳天地。

我正纳闷父亲究竟要我看的是何物，只见那些木雕竟然活了过来，螃蟹沿着蟹笼循环往返蔓爬，惊飞了枝头的喜鹊，八仙过海走了个之字形，遇见了正要上梁山泊的好汉，桃源三结义的兄弟出了门，两侧候着的是三迁的孟母和逐日的夸父，好一场穿越时空的大乱炖。我看着出了神，仿佛回到了父亲给我讲古的遥远童年。

"……您的意思是，金漆木雕也是一种历史的共时性叙事？"

"要我说，那就是讲古（故事）学古最好的方式，你还记不记得你小时候，躺在木雕床上，用手指沿着床头的雕花，咿咿呀呀学说话……"

我当然记得，那种坚硬冰凉的木质手感，还有凹凸不平的复杂花纹，构成了我童年对外部世界最初步的认知。那些精致的曲面与弧线引领着我的手指，穿过不同时代的人物与故事，无论虚构与否，都深深地印刻在我的记忆中，闪烁着金色的光芒。

我开始有点明白父亲的意思了。

"就像你一直想用的什么身机器人，如果没有附上工匠的身，就是丢了工艺的魂。现在的人啊，都太沉迷于虚拟，都快忘了自己还长着一副臭皮囊了。"

我心想你一个虚拟人物发这番感慨合适吗？

"所以您不反对用技术？"

"技术用得好，是如虎添翼，画龙点睛，用得不好就是糟蹋先人东西，我之前为什么不答应你，就是怕你没想清楚，步子迈得太大，"父亲停顿了一下，"或者不够大。"

"不够大？"

"只顾着用机器的皮毛，瓶子里装的还是老酒。你真正该做的，是让金漆木雕从内到外地重生，让它变成一种新的时尚。"

父亲的话一下戳中了我。我原先的提议是用机器学习木雕技艺，在三年内完全替代人类手工艺人，实现纯机器化批量生产。可如果剥去了人的记忆和情感，还会有人愿意为这些没有灵魂的物件买单吗？最后只会走进一条靠低价竞争的死胡同。像父亲所说的，我们要做的，应该是结合机器和人类的优势，创造出全新的符合当代生活方式的金漆木雕产品，不管形态变化多大，可魂依然在那里。

"我开始有点懂了，可是哥哥们那边……"

"回头看看你走过的路。"

"嗯？"我回过头，目光穿透后天井、中堂、前天井，一直可以望到牌坊外闪闪发光的池塘，可我的大脑告诉我有什么地方不太对劲。

"你发现什么了吗？"

"如果整个祠堂是在一个水平面上，我是看不到那么远的，也就是说……"

"祠堂有三进，前天井到中堂，后天井到寝堂，每一进依次增高四级阶梯，是两尺有余三尺不到的坡度，步步高啊。"

"您的意思是？"

"人不能光看眼前，更要看到远方，站得高，才能望得远。你的哥哥们早就同意了你是振兴黄氏木雕最合适的人选，他们都会无条件地支持你。"

像是什么东西一下子堵住喉咙，我突然无法顺畅言语，原来父亲早已把一切安排得明明白白，可我却还在错怪他老朽守旧。

"为什么……为什么您不早告诉我这些……"

"我也得有机会啊，你那么久都不回家，不跟我联系，我还真的戴着匣子到游戏世界里到处去找你吗……"父亲还是那么淡然微笑着，"其实，我也没想到，日子来得这么快，我也好想再和你多说几句……"

"阿爸……"

我扭过头，望向那片波光粼粼的池塘水面，却忘了虚拟的父亲看不见我真实的泪水。当我再次回头时，父亲的化身却已经消失在漫山遍野的牌位间。他的任务结束了，而我的使命才刚刚开始。

在黄氏宗祠的虚拟上厅前，我和哥哥们同时跪拜，三叩首，等待着父亲再次现身。

"奴啊，你来啦。"一切与第一次见面毫无二致，那个略显滑稽的老人摇晃着臃肿身体出现在我们面前。哥哥们显然对此心理准备不够充分，一时间不知道该如何应对是好。为了说服他们一同前来拜这趟荒谬的年，可是费了我不少口舌。

"阿爸，过年啦，我们来看你了，还带了礼物！"我把手一挥，试图打消尴尬。

一方乌红发亮的虚拟木匣悬浮在黄氏宗祠水塘的上空，倒影微微上下颤动，如同我此刻的心情。为了达到预期视觉效果，我把比例尺调节成1∶1000，所以从上厅的距离望去，那个木匣差不多有半个足球场那么大，刻意低调的外壳只有几道弧线形的缝隙透漏出金光，让人不禁好奇里面包藏着什么样的奇观。

"我知道你一定会来的，你不像他们……"

"爸，你先看看我们做的东西好不好。"我赶紧把话岔开，这个AI智力水平像是六月的天气飘忽不定，直叫人着急。

"好好好……"

我们兄弟三人表情凝重，各自伸出右手，搭在一起，激发出一道金光，穿过前后天井和中堂，直奔水塘上的木匣而去，沿途激起各种瓷塑的设定动作，仙鹤扑翅，麒麟奋蹄，神仙与妖怪敲锣打鼓，煞是热闹。我心里暗暗夸赞了外包的PR团队，做戏做全套，既然来了，就要保证最好的呈现效果，无论是对自己人，还是对外人。

金光击中木匣，荡漾出一圈圈立体光纹，向四面八方消散开去。理查·施特劳斯的《查拉图斯特拉如是说》与潮汕英歌舞的Howie Lee混音版从天边传来，响彻云霄，神秘主义的崇高感与世俗生活的喧闹节奏被以一种抽纱技法复杂地分解，再重新交织成杜比全息音域，通过虚拟直播传递到30万订阅者头上白匣子适配的骨传递耳机中。这是仪式不可或缺的一部分，而他们将感同身受。

木匣缓缓打开，如同开启了一个新的时代。

这是一件机器与人类共同打造的艺术品，从形式上仿佛是鲁布·哥德堡机械与鲁班锁的杂交品种，精美绝伦的金漆木雕零件以正常人类难以想象的复杂空间结构榫卯咬合，但只要你以正确的角度和顺序拨弄那些零件，它们便会以一种戏剧性的方式自动上演一场关于时空的舞台剧，就在这小小木匣的方寸之间，全然无须任何外部能量的驱动。这全仰仗于机器的功劳。

更为美妙的是，我把从父亲那里得到的启发融入进去，每一个木匣都是在讲述一个故事，从古到今，从神话到科技，从抽象的观念到具象的美学，机器无法在这些看似毫无关联的元素之间建立联系，无论是概念上的还是视觉上的，而人类的大脑却可以。在我们眼前这个匣子展现的，就是从嫦娥奔月到建立月球基地的故事，叙事简洁凝练，形象符号的转化生动而富有美感。

加入直播的订阅数字还在不断攀升中。

只要玩通一个木匣，你就能了解一段历史，掌握一种概念，感受一个故事，甚至体验一种新的文化。但最重要的是，这个沉甸甸的匣子需要你用真实的身体去互动，用手指去触摸，用鼻子去嗅闻，从不同的角度去体会它的妙处，它会成为你身体记忆的一部分，就像父亲让我明白的那样。这是属于人类独有的经验，机器或数字尚无法取而代之。

你甚至可以订制关于你家族故事的匣子，然后把匣子传递给你爱的人，你所关心的人，让记忆一直流传下去，无论他们是在潮汕，在加州，在火星，还是在太空深处。它就是一个个具体而微的能在手中把玩的祠堂。

而今天，借着大年三十这场虚拟宗祠里的拜年直播，我用一场匣子里的狂欢，把产品理念传递给了80，不，100万人，而他们又将像核裂变般继续播撒能量。

父亲不知到什么时候飘到了我们中间，把手搭在我们肩上，可我毫无感觉。他点点头，还是用那种习惯的含蓄口吻表示赞赏。

"还可以嘛，没给黄家丢脸，名字想好了吗？"

我看了看两个哥哥："还在讨论，我想的是，一定要有个潮字。"

父亲陷入了沉思，我不知道是算法真的花了更长的处理时间，还是语气停顿所带来的错觉。

"有引力的地方就有潮水，有潮水的地方就有生命，就会生生不息，繁荣昌盛。有潮好，潮好……"

父亲的话被一阵轰轰烈烈的鞭炮声所打断，匣子已经完成了整个开启的过程，金光灿灿地展示着那段人类飞天的历史，这是我童年记忆中春节所应该有的样子，代表着一年全新的开始，充满希望与乐观。这么多年后，我却依然只能在虚拟祠堂里寻找这种感觉。

我突然急切地想回到另一个现实，去拥抱我的家人们，哪怕他们并不是那么讨人欢喜，至少我还有身体，能够去感受这个世界的不完美。

也许是时候从这个匣子里出去了。

伪造者Z

　　比接到一个C级投诉电话更让人崩溃的是收到一封标准模板的电子退稿信，只是在抬头的下划线处假模假样地填上你的名字，他们甚至不屑于提及作品标题。

　　你们怎么能这样！狗屎！都是狗屎！

　　办公室里冷气很足，但仍然冷却不了我的怒火，当然，我的脸上还是如一潭死水，因为在我脑袋右侧斜上方45度角位置有一个540线彩色高清摄像头正对着我。是的，我早就学会如何控制表情肌和声带，哪怕是再极端的情绪波动，深吸一口气，数三下，吐出，再吸，一、二、三，嘴角上扬，微笑，声音温顺而胸有成竹，"您说得太对了，王先生，这件事我们会抓紧跟进的……"

　　哪怕脑子里已经把他祖宗十八代问候了个遍。

　　说起来，这似乎并不是什么太大不了的事情。那封电子邮件里，编辑措辞温柔而拘谨。

　　……经再三考虑，暂不考虑刊用贵稿件，我们将一如既往地期待着您更加精彩的作品……

　　读着那些字符，你仿佛能看到一个戴着黑框眼镜的中年敦厚男人，板着面孔，却硬憋出委婉的口气，告诉你这真的真的不是你的错，这是制度的错，是社会的错，是这个时代的错。可这于事无补。

好吧，我承认，我写不出那种所谓"情节跌宕起伏，节奏大开大合，人物形象鲜明，情感饱满动人，异域风情浓重"的黄金时代风格科幻小说。可退一万步，你们发表的那些所谓名家，所谓经典大作，就真的符合这些要求？又或者，只因为那几个名字，所以什么标准，什么要求，都可以往后排靠边站。说到底，即使读者骂街，也是骂名人来得过瘾些吧。

冷静。冷静。吸气，一、二、三，呼气……

冷静下来。"沙皮"正在看着你。

"沙皮"是我给头顶那台摄像头起的名字，我总是想象在显示器的另一端前，坐着一头满脸褶皱的沙皮狗，它看着6乘6的电视墙，兴奋地抖动着粉红色的舌头。

倘若我露出半点受挫的神情，只会让"沙皮"更加兴奋吧，这就是坐在这个职位上必备的技能，以发掘放大他人的不幸为娱乐，并转化为驱动整个系统精密运转的动能。

我不过是一名平庸至极的彩虹客服人员。每天，流水线上会有12000台彩虹发生器流入全球市场，其中的3.24%会发生Ⅲ级故障，也就是开关失灵、线路接触不良之类，0.751%会发生Ⅱ级故障，也就是核心耦合元件错误或者散热系统失效，0.0218%会发生Ⅰ级故障，一般都由当事人的直系亲属直接上门，哭天抢地，打滚上吊，目的是索取高额保险金。

关于彩虹发生器，我们一般有一套固定的说辞："请打开产品说明书第……页，包括中英德法日五国语言，请详细阅读，如仍有不清楚之处，请拨打电话……"

即使遇见实在难缠的客户，我们也会有固定的遁词："×先生/女士，您的意见及要求完全合乎情理（但不符合逻辑），我们（而不是我）将尽量（请注意！）在最短的时间（以蜉蝣或者恒星为参照系）内跟进（而不是解决）此事，请您静候佳音……"

有时候我会怀疑，这一切工作完全可以通过自动声讯系统来完成，我们的存在完全是多余的。当然，又据某社会调查机构调查显示，采用自动声讯系统会造成客户直接上门投诉比例的激增，因为在这个时代，没有太多人有耐心听完导示语，并像小白鼠一样不断地按下数字键，直到20分钟后像个傻子一样木然听着断线的忙音。

于是，偶尔，我会假装成自动声讯系统："……产品介绍请按1，故障投诉请按2，入会申请请按3……"我可以把这些分支无限地细分下去，直到对方完全崩溃为止。当话筒那边传来一句咒骂，然后是重重的撞击声，最后只剩下单调而冗长的忙音，我便会露出会心的微笑，仿佛是站在机器的立场上赢得了一场人类的小战争。

是的，伪装，为什么不呢？

我突然有了主意，一个绝妙的、天才的主意。要让拒绝我的编辑难堪，最好的办法莫过于此。不，我并不认为这是一场报复，或许可以把它称之为，嗯，站在伪作者的立场上赢得了一场作者的小战争？

我打算伪造一篇小说，一篇科幻小说。更准确地说，伪造一个并不存在的科幻小说家，并假借他的手，写成一篇科幻小说，发表出来。

然后，戳穿它。

一个漂亮的、轻盈的五彩肥皂泡。噗。

首先，我需要一个作家。他必须不为人所熟悉，不能很轻易地被编辑求证，那么最为简单的，他必须操作一种不为人熟悉的语言，从南非的祖鲁语到北欧的法罗语，从印度的旁遮普文到西班牙的巴斯克文，这种语言拼写不能过分怪异，但又足够生僻，生僻到学习这门小语种的大学生会失业，然后去街头卖烤串。

最后，出于某种未可知的原因，我锁定了阿尔巴尼亚，一个自科索沃战争之后就极少上新闻的国家，当年的社会主义革命兄弟，共产主义在欧洲的一盏明灯。

阿尔巴尼亚语是阿尔巴尼亚共和国的官方语言，他们称自己的语言为Shqipe（本意为老鹰）。有近300万人使用。方言主要分为南北两支：南部为托斯克方言（Tosk），北部为盖格方言（Gheg）。两者差别较大，互通程度有限。现代标准语以托斯克方言为基础。语序为主—动—宾（SVO）。重音落在倒数第二音节上。

阿尔巴尼亚语以拉丁字母为基础，共有36个字母，字母表中没有w，有很多在其他语言中不常见的字母组合：dh，gj，rr，xh，zh，它们作为一个字母出现在字母表中。还有两个加变音符号的字母：ç和ë。文字中常出现的词有të，me，i，në，dhe等。

很好。

Fillimi i mbarë është gjysma e punës.

这句很像乱码的话意思是："好的开始是成功的一半。"

请别担心，我不会真的用阿尔巴尼亚语去写一篇小说的，这只是个幌子，或者说，障碍物。让编辑的视线巧妙地被框定在一

个陌生的领域里，然后，偷偷地转换一个角度。大卫·高柏飞是
怎么把自由女神像变没的，没错，就是那样。

我把我亲爱的阿尔巴尼亚兄弟取名为"Aleksander
Zogolli"，一个充分体现巴尔干半岛民族复杂性的名字，
Aleksander与Alexander同源，这是一个无论在阿尔巴尼亚、波
兰、斯洛文尼亚还是爱沙尼亚都同样常见的名字，姓氏Zogolli
在斯拉夫语里是"鹰"的意思，但也可以看成是阿尔巴尼亚语
"Zogu"（意思是"鸟"）带了一个土耳其语后缀"olli"（意思
是"……的儿子"）。

铃声响起，我强抑住激动的心情，微笑着接起了电话："您
好，彩虹客户服务中心，请问有什么可以帮你的吗……"

我需要控制自己与电话那头的愤怒客户分享好消息的冲动，
这一刻，我的鸟人科幻小说家——亚历山大·佐戈里诞生了。

这就是创造的奇妙之处，仿佛一股熔浆在心头不停地翻腾
滚涌，迫不及待地要冲出胸口，填平沟壑，吞噬生灵，重塑大地
的样貌，在虚无的海洋表面凝结成形，联结成一片雾气蒸腾的大
陆。那里便是我的王国，我便是这片土地唯一的王。

但这只是第一步。

接下来，我会花一个月的时间，替我的鸟人作家在社交媒
体上开一个账号，同时逼他写完他的第一篇英文短篇小说。我发
现自己热情高涨，甚至超过了自己写小说的冲动，每天搜寻一些
阿尔巴尼亚文的只言片语发表在时间线上，那些玩意儿可能是新
闻、说明书、旅游简介或者是病历，天知道居然还有一些访客像
模像样地在后面发表评论。

然后，慢慢地，添加一些英语日志，用词拙劣，语法毛病百出，关于我自己，我的家人，我的地拉那生活，并捎带着提到我写科幻小说，曾经发表在阿尔巴尼亚的一本叫作《山鹰》的半地下杂志上。在照片的问题上我花费了不少工夫，从Instagram上寻找具有东欧城市风情的生活图片实属不易，不过最后还是从一堆北美胖妞里挑到了一个50岁左右的中年男子，照片的色泽和颗粒感都像极了科索沃时期的战地图片，只不过没有废墟，没有死人，低饱和度的街道，灰色的天空，一幅宁静的城市景象。

他面目肃穆，穿衣装扮很像一个机械修理工，那么好，这就是亚历山大·佐戈里，52岁，机床维修工，鳏居于地拉那，业余时间喜欢创作科幻小说，主题围绕着战争、伤痛和童年记忆。

似乎少了点什么。他更像一个符号，一个功能性角色，而不是一个有血有肉真实存在的人。为此，我苦苦思索了三天。

在这期间，那些投诉电话似乎不再像以前那么烦人，因为我已经把自己伪装成一台自动声讯系统，条件反射式地回答五花八门的问题，而大脑的其他部分却可以解放出来，琢磨着亚历山大的灵魂问题。为什么我以前没有发现这种妙方呢，放弃一部分人的属性，享受更多作为人的乐趣。

如果坚持成为一个完整的人，每天与机械化的制度顽抗，恰恰可能在某个清晨醒来之后，发现自己变成一颗巨大的螺丝钉。我听说过这样的事情。

当然，螺丝钉也没什么不好，至少它很坚固耐磨。

亚历山大·佐戈里的妻子和儿子，在一场动乱中被践踏致死，他亲眼看着他们俩死在自己面前，却无能为力。他时常会抚摸着妻子的衣物和儿子的玩具，回忆起那个阴霾密布的下午，手指滑过那些质地不同的表面，就像是抚在妻儿的肌肤上一样，有微微的痛楚，空气中仿佛又充满了呛人的味道，那是道路两旁焚烧的汽车轮胎。

我像个窥私狂一样捏造着各种细节，将各种物件赋予悲伤的记忆，橡皮鸭子、梳子、面包圈、钢琴、黄昏、榛子树……亚历山大的妻子和儿子出现在他所有的小说里，他们变换着不同的角色，活在不同的世界，一次又一次。事实上，这就是他写作科幻小说的全部意义，让妻儿远离无谓的政治斗争和所谓的民族冲突，在想象的世界里得到永生。于是，他的创作又带上了"疗伤"的意味。

打住。

我觉得自己有点过分沉迷了，作家并不是目的，作品才是。在捏造佐戈里家族谱之前，我果断地强迫自己住手，把精力转移到小说上来。

是的，小说，一篇伪造的科幻小说。一篇用英语写作的、语言生涩的、来自阿尔巴尼亚的科幻小说，然后把它翻译成中文。或者相反。

一个问题突然像黑色石头浮出水面般硌在我的面前。凭什么编辑要采用这么一篇毫无名气，语言稚嫩的作品呢，仅仅因为它是阿尔巴尼亚人写的吗？它离"情节跌宕起伏，节奏大开大合，人物形象鲜明，情感饱满动人，异域风情浓重"的要求莫非更近一些？我没有把握。

我需要一个说服自己，进而说服编辑的理由。

望着眼前的米色话筒，我把她取名叫"小燕"，这个名字来自一本儿童科幻小说，她是其中为数不多的女性角色，伴随着我度过漫长幽暗的童年。我幻想着进入她那些幽暗的孔洞，仿佛一条小小的精虫，穿越亿万年的黑暗，旅途漫长、孤单而寂寞，最后降落在某个编辑的脑子里，我成为他或她，我希望看到一篇什么样的阿尔巴尼亚科幻小说呢？

它应该有历史感。

它最好跟中国有关。

它必须被戴上一顶充满吸引力的高帽子。

我的脑子，或者说编辑的脑子里闪过几个名字，什么R.J.索耶，A.C.克拉克，W·吉布森，他们都曾经写过"致中国读者的一封信"诸如此类的玩意儿，这是一种礼节，也是一种姿态，就像南美臭鼬在进入他人领地时会事先散发臭气一样，告诉别人"我来了，我很大牌"。

那么，我再往前多走两步，一份"阿尔巴尼亚科幻大师对中国读者的献礼"，如何？

或者，更彻底一点，"当阿尔巴尼亚想象中国？"

事情应该是这样的，亚历山大·佐戈里的童年，正是中国全力援助阿尔巴尼亚经济建设的时期，吃的是中国的小麦，骑的是永久牌的自行车，戴的是上海手表，听的是红灯收音机，公路上，随处可见解放和东风汽车，天上飞的是歼-6、歼-7，当然，还有阿尔巴尼亚语版本的毛主席语录，刷满大街小巷，握在每个年轻人汗涔涔的手里。遥远的中国在小亚历山大的心里刻下了不可磨灭的印记，他决定将这些经历融入小说，写成一篇关于中国的科幻小说，当然，其中依然有他的妻子和儿子。

有哪个编辑能够拒绝一个阿尔巴尼亚人对中国的想象？这简

直可以与博尔赫斯的长城，卡尔维诺的元大都一较高下。

我心潮澎湃。我确信这是一篇令人无法拒绝的小说，它有着丰富的语境和潜台词，主题涉及历史、战争、亲情、集体记忆以及死亡，更加精彩的是，小说的作者也成了小说的一部分。

当然，前提是我把它写出来。

我谨慎地打量了一眼四周，灰色的天花板下，空间被平均地划分为26个相等的方块，用灰色的隔板隔开，电话铃声此起彼伏，每一个方块里响起的声音都是同样的冰冷而严谨，无论是音色、语调或者节奏速度，都难以分辨彼此。

他们会否像我一样，在接线员的面孔下，有着一颗厨师、诗人、魔术师、园丁或者杀手的心呢。不得而知，我们从来没有交流过，这似乎是约定俗成的规矩，如果在过道里碰见，也只是点头微笑，小心地擦肩而过，生怕发生任何形式上的交集。唯一的共同点是，我们的腋下都夹着一本淡灰色封皮的《彩虹客服手册》。

构思进行得超乎想象的顺利。

Z先生就是作者亚历山大·佐戈里的自我投射，出现在所有的小说里，在战争中失去妻儿的他整日以酒消愁，徘徊在午夜的地拉那街头，被视为社会转型失败的牺牲品和边缘人。一次偶然的机会（从阁楼上传来怪异的啃咬声），他从父亲的遗物中发现了一台来自中国的神秘馈赠——上海牌58-III型相机。

这台机器研制于1959年，是当时上海照相机厂一系列仿造机中最高端的一款，仿的是爱克发Isolette III，除光学部分、零部件外，全部采用铝合金、铜及少量不锈钢精密加工而成。由于当时物资紧缺，一共才产了60架，之后也再没有复产。

Z先生靠着自己几十年伺候机器的好手艺，修好了相机，他甚至找到了尚未曝光的过期苏联胶卷。他试着随便拍了街道、行人和静物，并不知道能否找到合适的显影和定影药水，毕竟这门技艺已经濒临灭绝。他又心血来潮地翻拍全家福，那张看不厌的照片已经被磨损得发白卷边。

Z先生清晰记得当时拍照时的场景，1995年3月21日下午4点半，红星照相馆，年轻的妻子和可爱的儿子依偎在身旁，背后是色彩艳丽的卡萨米尔海滩风光画塑料布帘。他们保持微笑，等待着机器后面的摄影师按下快门。

想到这里，我几乎都要心碎了。我必须帮他。

怕过期胶卷感光能力不足，Z先生将快门速度调到了最高挡，1/500秒，对着老照片按下快门，并没有配置闪光灯的场景突然被白光吞没。

白光过后，他发现自己并不在房间里，而是回到了当年的红星照相馆，更奇怪的是，妻儿仍活生生地依偎在他身旁，凝固微笑。这时，摄影师按动快门，留下他惊喜交集的表情定格。

电话响了。

"您好，彩虹客户服务中心……"我强忍住思路被打断的愤怒，毕竟客户评分将决定我能否把格子移得离厕所远一点，离窗口近一点，尽管窗外也只有一成不变的虚拟海滩景色。

"这不科学……"那头传来一把被静噪包围的声音。

"对不起，您的彩虹发生器有什么问题吗？"

"我说的是，一架古董相机就能穿越时空，这不科学，你写的不是科幻小说吗？"

我倒吸了一口冷气，构思还在我的脑子里盘旋，都没有落到键盘上，这个人到底是谁，他是怎么知道的，他想干什么？

"快回答我！究竟是怎么做到的，量子隧穿还是平行宇宙，或者根本就只是他的幻觉……"

我咔嗒挂断，像一个心虚的作者挂掉催稿编辑的电话。

"沙皮"似乎眨了眨眼睛。

这是怎么回事？莫非公司HR部门采用了新的技术手段，可以"监听"员工脑子里的活动？可如果这样的话，合理的做法不应该是部门约谈，警告上班时间不要开小差吗？怎么会变成讨论科幻小说设定了呢。这可比用古董相机就能穿越时空荒诞多了吧。

还没等我理出个头绪，电话又响了。我犹豫着要不要接，铃声顽固地一声高过一声，摧毁着我的耐心。

"您好，彩虹客户服务中心……"我深吸了一口气，接通电话。

"我那该死的彩虹发生器出问题了！你们要负责……"

我松了口气，是个客户。

"您先别着急，请详细描述一下发生的情况……"

"那台机器，它从星期一上午就不太正常，蹦蹦跳跳的，像是吃错了药，到了下午就完全不工作了，只是趴在那里吐着舌头……"

"很抱歉，我不确定您在描述的是哪一款型号的彩虹发生器？"

"呃……让我想想哈，58-Ⅲ型。没错，就是这个。"

"您再说一遍？"我怀疑自己听错了。

"上海牌58-Ⅲ型，所以Z先生能把相机也一起带过去吗？"

还是那个疯子！我控制住自己的表情，稍稍把身子侧过，躲开"沙皮"的正面视线。

"你究竟是谁？为什么会知道这些？"我压低声音问道。

"我是亚历山大·佐戈里，我当然知道这些，这是我的小说，不是吗？"

"……"

我不知道该说些什么。我在跟由我虚构出来的作者，讨论着由我虚构出来的作者所虚构的小说。我感到一阵眩晕。

"如果您就是亚历山大·佐戈里，您自己的小说可以自己说了算，先生。"

"在我的小说里，没错。可我们在讨论的是世界的规则，这决定了我是否能够救出我的妻子和儿子。"

我开始有点明白了，在我的想象中，亚历山大·佐戈里和Z先生其实身处同一个世界，共享着同样的规则。一种类似上帝造物般的满足感在我心里膨胀着。

"如果是这样的话，恕我直言，相机是不可能被带回到过去的，因为这样一来，故事失去了阻力，也失去了动力，没有生命力的故事是不值得被讲述的。"

"和我想的一样，而且……历史并无法被真正地改变。"

"你是说？"

"Z先生很快会发现，无论他如何努力，都无法改变过去已发生之事，总有一种力量把历史扳回到轨道上来，除非……"

"除非？"

"除非他再次找到那台相机，把妻子和儿子都带到另一条时间线上。"

我正准备再说点什么，电话断了，对方没有对我的服务做出评价。

我的工作回到了正轨，我的脑子却没有。我放弃了追究虚构人物是如何通过客服电话与我对话的可能性，在小说创作中这叫"悬置怀疑"（suspension of disbelief），非但如此无法把我的小说完成，就更谈不上复仇了。

毕竟距离截稿日期越来越近了，如果错过了这一次，我又得再等一个月。

亚历山大·佐戈里说的是对的。在接下来的情节行进中，Z先生发现自己尽管回到了过去，但无论是一顿晚餐的上菜顺序，陪家人出行游玩的线路，还是儿子在学校遭受欺凌受伤，该发生的总会发生，并不以个人的意志为转移。

更糟糕的是，他发现父亲对于那个中国古董相机的存在一无所知。原因可能是，那次馈赠还没有发生，又或者是，永远不会发生。

无论是哪一种可能，都无法缓解Z先生看着妻儿时，眼中的那份焦灼与忧虑。日子就像定时炸弹，嘀嘀嗒嗒地走向既定的终点——1997年3月13日，而他却没有一点能力去推迟它，更不要说停下它。

没有了那台神奇的中国相机，莫非他将被困在时间的死循环里，一次又一次经受失去亲人的彻骨痛苦。

那年春天的阿尔巴尼亚像一口热锅，把每个人的心烧得滚烫。电视上集资公司的广告铺天盖地，回报率已经被推到了不可思议的三个月翻三番，所有的人变卖家产和土地，掏出床垫里的私房钱，把老婆本、棺材本，一切的一切，排着跨过几条街区的长龙，等着存进高利贷公司里。甚至当有些公司还不上钱时，议长还在参加集资公司的周年庆典，和老板手把手地切开蛋糕，痛饮香槟。

Z先生知道自己说什么都没有用，他只有等。终于，他等到了那个电话。

父亲乐呵呵地说，有个傻瓜拿着一架中国产的破相机，说要卖300万列克，我说你疯了吧，我有这钱也是投给VEFA公司，怎么会买你的破相机。

Z先生控制住自己颤抖的声音，让父亲用祖传秘制的巴拉库慕甜饼把那个人稳住，他马上就到。

当时，VEFA公司的负债已经相当于阿尔巴尼亚全年GDP的5%。用纸牌搭起的金字塔终究是要倒塌的。而那部旧相机却可以救他全家人的命。

Z先生花了几天的时间凑齐现金，就在这几天里，几家最大的集资公司纷纷倒闭，银行账户被冻结，人们打着白色标语上街游行，而电视里还在放着诱人的高利贷广告。Z先生终于拿到了相机，像宝贝一样揣在怀里，用手掌不停摩挲着油黑发亮的外罩，而那个卖家手里拿着厚厚一沓现金，脸色煞白，一脸不解地喃喃自语，说的好像是一切都结束了。

就在Z先生赶往家中和妻儿会合的途中，军警开始封锁道路，他听到了零星的枪声，有谣言说南方已经失控了，比他所了解的版本还早了一个星期。

当他发现自己所准备的中国杂志被变卖时差点崩溃，Z先生的计划即将毁于一旦。毫不知情的妻子哭泣着，她只是想换点现金买下个星期的食物。这时儿子为父亲递上了一本发黄的旧杂志，说是从床头柜后面掉出来的。

Z先生看着那本布满蛛丝的1969年意大利文版《人民画报》，发现那个遥远而美丽的国家竟如此陌生，就像一个伴随自己长大的童话，却从没有想过去了解背后的真相。

窗外又传来几声枪声和哨响，他知道接下来会发生什么。他别无选择。

被幻灯机放大的杂志封面投在墙上，打在不明就里的妻子和儿子身上，那些来自过去的中国人民面色红润，露齿微笑，对生活充满热爱，与苍白惊恐的阿尔巴尼亚人对比鲜明。Z先生设置好机器，加入他们，手牵着手，等待着照相机倒计时结束，自动按下1/500秒的快门。他对于即将发生的事情一无所知。

这样一个充满了历史戏剧性的场景让我兴奋得抓狂，悬念、张力、未知、恐惧，如果我是读者，我会爱死那种感觉。如果我是编辑呢？我不确定。

我迫不及待地站起身，却忘记了脑袋上还连着耳机线，把我的脖子扯住，姿势别扭地凝固在半空，像一个被拦腰折断的字母i。

我想跟人分享这种创造的喜悦，任何人，可整个格子间里却只有此起彼伏的应答声。

当然，还有冷冷看着我出糗的"沙皮"，它似乎脑袋稍微歪了一点。

亚历山大·佐戈里又出现了，他的声音听起来更不好了，像是来自几光年外的太空。

"……你得帮帮我……嗞嗞……"

"我以为你已经和家人成功逃到另一条时间线了呢。"

"……是嗞嗞……我们到了1969年的中国……一开始美好得不像真的……"

Z先生凭借童年残留的一点中文基础，迅速赢得了中国人的信赖。尽管阿方对于这三个身份不明的阿尔巴尼亚人如何千里迢迢出现在中国毫无头绪，但生性多疑的阿党领导人霍查觉得这是个天赐良机，暗中要求Z先生向阿方提交所搜集到的情报信息。

那正是两国兄弟般的蜜月期，这么说或许有点怪，但无可辩驳的事实是，每逢《人民日报》上刊登重大会议决策，阿尔巴尼亚的贺电总是排在第一位，然后才轮到越南啊，朝鲜啊这些兄弟国家。

当上外国专家的Z先生过上了衣食无忧的生活，除了喝不到地道的Espresso，其他方面真的尽善尽美。他主要的工作是翻译一些技术文件，当然是在几位助手的协助下，这也是中国对阿尔巴尼亚援助项目的一部分。闲暇时教一些领导人几句简单的阿语。他们最喜欢的是水滴石穿。Uji shpon gurin.象征着一种大无畏的革命乐观主义精神。

而Z先生的妻子成了一名歌唱家，她的演唱曲目有且只有一首——《歌声飞向地拉那》。听众是如此热爱这首歌，每次前奏一响起就会被雷鸣般的掌声打断，以至于不得不把前奏重复来个三四遍。她把这首歌唱了那么多次，唱遍了大江南北，许多中国人都误以为她就是歌里唱到的地拉那，经常在路上向她大叫挥手致意。他的儿子上了真武庙的育民小学，前身是中央财政部子弟学校，后来改为干部子女寄宿学校，奉命接收外国专家子弟，再也不会受人欺负了。

从他的描述里，我感受到了一种蜂蜜般金黄黏稠的生活。这样的日子似乎可以永远持续下去，直到1972年。

"……尼克松来了之后…嗞嗞…一切都变了……"

"好像霍查很不高兴，觉得中国与敌人会谈，背叛了革命？"

"……中国人更不高兴，嗞，他们省吃俭用，勒紧腰带，援助了我们一百个亿，摊到每个阿尔巴尼亚人头上四千多人民币，结果，嗞嗞，化肥都堆在地里烂掉，精密仪器和钢材露天受着风吹雨打，霍查拿着钱在全国修了一万多个烈士纪念碑，中方援助很快会停掉……"

"所以你们待不下去了？"

"……我们也不能回去，霍查博物馆你又不是没去过，嗞嗞，他有受迫害妄想症，既反美又反苏，还得防着意大利、希腊和南斯拉夫，修的十万个水泥碉堡一百年都拆不光。他肯定会把我们当通敌叛国的间谍抓起来，嗞，审上个十年八年的……"

"那怎么办？"我不禁为我虚构出来的人物命运感到深深忧虑。

"……找上海牌58-Ⅲ，嗞嗞，特定标号的那台，我已经拜托所有关系，已经有眉目了，很快能拿到手，嗞……"

"那你们接下来要去哪里呢？"

"……这就是问题的关键，嗞，我们受到严密监控，接触不到任何历史或者海外资料，除了每天的《人民日报》，可我不能在同一个地方绕圈子啊，嗞嗞，那个该死的日子又快到了……"

"日子？什么日子？"

"……1978年7月29日。嗞嗞。阿尔巴尼亚党中央会致函中国政府，标志着两国关系公开破裂，之后一个月内，我就会被强行驱逐出境、派遣回国……"

"……"

"……我需要一本杂志，或者一幅画，任何不引起怀疑又能帮我逃掉的东西……"

"别急，让我想想。"我陷入了沉思。

"……嗞嗞，我们的命全靠你了……"

我盯着眼前的米色话筒，"小燕"似乎也在回瞪我，事情竟然会发展到这种地步，这是之前我万万想不到的。而今我必须帮Z先生找到一条出路。从"小燕"的孔洞里不时传出细微的嘶啦声，那是来自另一个时空的等待。

什么东西能够让Z先生打开求生之门，同时又不会引起看守者的怀疑呢……

突然间，我清晰地看到了那个答案，那个能够解救Z先生一家三口于悬崖边缘，同时又能给我的伪造小说画上圆满句号的答案。我迫不及待地要告诉亚历山大·佐戈里，那个来自童年的启示。

"去找1978年8月出版的科幻小说……"

电话断了。

我焦急万状地腾地站起来，似乎这样就能接通那穿越时空的讯号，却再一次忘记了连在脑袋上的耳机线。那玩意儿设计得如此坚固，我像是一艘在高速行驶中紧急抛锚的快艇，被扯着整个身体一个倒栽葱，重重摔倒在地板上，眼前一黑失去了知觉。

醒来之后我发现自己并不是躺在格子间里，而是在一艘巨大的轮船甲板上，咸湿海风拂来，整个世界轻柔摇晃，我扶着白色拉杆站起身，努力搞清楚自己究竟在什么地方。

半空中传来一声野兽受伤嚎叫般的汽笛声，我吓了一大跳，转身看到一位全副军装须发花白的老人，昂首阔步地领着一个男孩和一个女孩走来，男孩手里还牵着一条吐着舌头的狗。

"你是什么人？怎么到这里来的？"还没等我开口，那个老人先严厉地发问。

"……我、我是彩虹发生器的电话客服，昨晚，不，不知道多久前晕倒在办公室里，醒来就已经在这里了……"

老人和两个小孩对视了一眼，似乎神情有所缓解。

"我是这艘船的船长，他们是我的孙子孙女，小虎子和小燕。"老人正了正自己的海军帽檐，女孩微笑着朝我招了招手，男孩则警惕地盯着我。

"小虎子？小燕？难道说……"这两个熟悉的名字勾起了我某些回忆，"这是开往未来市的船？"

"你怎么知道的？"小男孩满腹狐疑地问我。

我的天，我竟然来到了《小灵通漫游未来》的世界里，可那本来是 Z 先生应该去的地方，究竟出了什么问题。

"我还知道你妈姓杨，你爸姓刘，你有一个机器人叫'铁蛋'，而你……"我转向小燕，"……有两块手表，上面只有数字，没有指针，我说得对不对？"

"爷爷，这个人肯定是个间谍，他怎么什么都知道？"小虎子惊讶得眼珠子都快瞪出来了。

船长脸色一变，掏出盒子大小的微型电视电话机，好像要叫人来的样子。我一着急把盒子从他手里打掉，在甲板上滑出去老远。

"同志，你最好解释一下你的所作所为，否则可是要上法庭的！"老人胡子都竖了起来。

我该怎么解释呢，说这些都在一本儿童科幻小说里写着吗？我突然想到了问题的关键："我不是间谍，我要找一家阿尔巴尼亚人，Z先生和他妻子孩子，他们是中国人民的好朋友，如果能找到他们，我就告诉你们一切的缘由。"

几个人又对视了一眼，船长点点头，小燕捡起电话机交给爷爷，老人开始在上面输入什么。

"如果你说的是真的，所有的外国人都会在入境时留下登记信息……"

"可他们不是通过正常途径入境的……"

"难道是偷偷潜进来的？还说不是间谍！"小虎子又来劲了。

"……"我竟然无言以对，没想到这个乌托邦的时代如此不友好，我不禁替Z先生一家担心起来了，倘若他们真的来到这里，肯定会被当成身份不明的恐怖分子抓起来。

"先让这位先生说下去，我看他也不像坏人，也许就是在甲板上睡了一宿，被海风吹糊涂了。"小燕站出来替我辩解，不愧是我小时候的梦中情人。

"数据库里近期没有阿尔巴尼亚人登记信息，如果他们通过非正常渠道入境，也会被机器人警察发现的。"船长从小盒子上抬起头。

"我就说他肯定是敌人派来刺探技术情报的，应该抓起来用读心机测一测！"小虎子不依不饶，向我逼近，甚至放出了手里的狗，"沙皮，上！别让这个坏人逃了！"

那条看似人畜无害的沙皮狗吐着舌头摇摇晃晃地小跑过来，我一步步往后退去，没想到事情会变成这样。如果这是一个美梦，那我会很愿意去亲眼见识未来市的美妙世界，所有小说里的描写如今依然历历在目。天空中挂着两轮月亮，真实的银钩月和圆形的人造太阳灯。建筑的外立面涂着夜光颜料，和人们身上的荧光衣一样，流光溢彩。空中穿梭来往的是水滴形的飘行车，能够自动躲避碰撞。人们吃着珍珠大小的人造大米饭，身体里装着各种人造器官，可以活到一百多岁，每天都生活得快乐富足。

冰冷的金属栏杆阻挡住我的去路，身后是奔腾不息的大海，就算我跳下去能够逃得了一时，可如何在这个完全陌生的新世界里生存下去，我不敢多想，除非……

"我把相机落在招待所里了，那里面有你们要的东西。"我终于想起了《小灵通漫游未来》里对我而言最重要的情节，"就是轮船离岸出发地不远处的那家招待所。"

这突如其来的新信息让小虎子停下了脚步，他也掏出电话机按起来，似乎证实了我说的话，望向爷爷，点了点头。

"联系招待所，看能不能找到他说的那部相机，用小型直升机送过来。"船长转向我，露出礼节性的微笑，"在这之前，先请您跟我们一起吃早饭吧。"

小燕还是像书里写的那么爱说话，像只喋喋不休的喜鹊给我介绍餐桌上各式各样的食物：珍珠般的人造大米、人造蛋白质车间里培养出来的人造红烧肉、小西瓜那么大的五香酱蛋、喷了植物生长刺激剂后长得树一样高的玉米和脸盆一样大的番茄……我不禁想起了可怜的Z先生和他的家人，因为通货膨胀，他们每顿饭量都少得可怜，夫妻俩把肉和蛋都让给还在长身体的小儿子，即便如此，儿子还是瘦得在衣服里直晃荡。

"既然你什么都知道，说说看，我家房子是什么颜色的？"小燕看我心不在焉的样子，突然抛出问题。

"米色。"我想起了每天陪伴自己十几个小时的塑料话筒。

"哈！我最喜欢的电影？"

"《森林里的王国》。"

"那片子今天才刚刚上映！"小燕咯咯笑起来，像是听到了什么荒谬至极的事情。

"那是你唯一看过的电影……"我小声嘀咕。

"你说什么？"小燕的脸红扑扑的，像极了盘里的番茄。

"没、没什么……"

我们的对话被急火火冲进来的小虎子打断了，他手里高高举着一个黑色的东西，像是胜利者的奖杯，正是小灵通落在招待所里的那台特定标号的上海牌58-Ⅲ型相机。

"爷爷，找到了，这下他没法抵赖了！"小虎子得意扬扬地把相机递给爷爷，爷爷翻来覆去地端详，眉头紧皱。

"这是早就停产的限量版古董，只有我爷爷那辈人会用，你怎么会有这款机器？"

"我说过了，我不是这个时代的人……当然也不是你爷爷那个时代的，我从彩虹客服中心不知道怎么就来到了这里，不信你看……"我不知道从哪里掏出了那本厚厚的《彩虹客服手册》，为什么我不早点把它拿出来？

我翻到最后一页，上面印着我熟悉的格子间，颜色就像手册封皮，一种乏味的淡灰色。

"我就是在这里上班的，我不是间谍。"

"可你还是没法说清楚，你是怎么来到我的船上的？"船长指着我发问。

"只要你用那台相机，快门调到1/500秒，给我拍张照，你就会知道了。"这是我最后的赌注。

"它会爆炸吗？我才不会上你的当呢。"小虎子撅着嘴，双手抱在胸前，一副欠揍的样子。

"它只是个老相机，又不是炸弹！"

"我来吧，刚才我用仪器扫描过了，这确实只是一台相机，只不过它用的胶卷和显影定影药水现在早就停产了，只能翻拍负片了。"关键时刻小燕又站了出来。

我把《彩虹客服手册》里印着办公室的那页打开，摆在胸前，努力做出一个轻松的表情，小燕端着和她身材不成比例的笨重相机，找着角度。

"准备好了吗，1——2——3——茄子！"

小燕造作甜美的声音凝固在空气中，周围的一切，轮船、大海、船长和他的孩子们，似乎只是抖了一抖，像是打了个冷战，下一秒我已经跌坐回办公桌前，一切的一切都好像没有发生过。头顶上的摄像头微微斜下，我不知道它都看到了什么，但我已不敢再用"沙皮"这个名字，它具有了新的含义。

电话再次响起，我像惊弓之鸟从座位弹起，犹豫着要不要去接。那米色的塑料外壳诱惑着我。我不得不接。

"亚历山大·佐戈里先生！你去哪里了？"我劈头盖脸

就问。

"……你的工作状态不太好啊，我可从摄像头里都看见了……"

"别说这些没用的废话，我去了未来市，可你们并不在那里！"

"你不觉得这很荒谬吗？"

"什么？"

"在这种时候，你该问的难道不是，为什么你会被送到未来市？你可是个作家，是操控一切的上帝，而不是任人宰割的虚构角色哦。"

我一下子蒙住了，他说得对，为什么是我，而不是Z先生和家人被送到未来市，还能够遵循自己的逻辑，通过相机再回到现实中的彩虹客服中心。

"也许……也许我只是做了一场梦？我太想要帮你们逃出去了，所以大脑让我做了这场怪梦。"

"你在说谎。"

"你再说一遍？"我不敢相信自己的耳朵。

"你知道我们根本逃不出去，你知道我们注定会被遣返回阿尔巴尼亚，Z先生会被关进成千上万间审讯室里的其中一间，接受不见天日的恶毒刑罚，而他的妻子和儿子会沦为社会最底层的流民，过着生不如死的日子，被所有人鄙夷、凌辱、恫吓……"

"不是这样的，我想要一个光明的结局，我会给你们一个光明的结局的……"

"……然后儿子开始重复父亲的悲剧，他把这一切不幸都归结在中国人头上，他痛恨中国人，他想要复仇……"

"停！你听我说，亚历山大·佐戈里先生，Z先生，事情不会是这样的，再给我点时间，我一定能够帮助你们逃脱险境……"我感觉自己浑身发抖，冷汗不停地从额头冒出，就像是被一只手紧紧攥住的海绵。

"……他加入了某个恐怖组织，发起了一场自杀式袭击……"

"没有的事，我求您停下来，求您了佐戈里先生……"

"你还不明白吗？我不是你的亚历山大·佐戈里。"

我愣住了，浅灰色的天花板开始闪烁起来，有的格子变亮，有的格子变暗，像一个棋盘，快速变幻移动着，看着让人头晕。那些格子里渐渐浮现出不同的画面，像是一部部小电影，里面演的都是我脑中虚构的场景：Z先生、妻子和儿子在不同时空中经历的一切。

每个格子里的画面在刺眼闪光之后便悉数暗下，变黑的格子越来越多，最后，整个格子间都陷入了黑暗。我试图站起来看看究竟发生了什么，头却顶到了一块透明的天花板，与灰色隔板高度齐平。周围所有人都不见了，只有我被囚禁在了一个1.5米见方的逼仄格子里。

我惊慌地摘下耳机线，试图从格子间的豁口离开，同样是一面看不见却实实在在的墙，挡住了去路。

这究竟是怎么回事？是HR干的吗？

我抄起旋转椅，朝那堵隐形墙砸了过去。但出于某种无法言述的原因，那堵墙消失了，整个格子间倾斜了180度，像倒垃圾一样，把我和椅子一起，丢进了那个豁口。

下落的感觉持续了一个C级投诉电话那么久。

我在一个白色房间里，除了眼前这个人之外，其余事物都失焦般一片模糊。

一个戴着黑框眼镜的中年敦厚男人，板着面孔，双手交叉抵住鼻尖。

"你是谁？我在哪里？"

"哼，你没认出来吗，我是你的编辑啊。"那个男人冷笑着说，"那个被你骂成狗屎的人。"

"……这怎么可能？"

"既然你可以跟亚历山大·佐戈里对话，编辑坐在你面前有什么不可能的。"

"你是怎么知道的！"

"我太爱'揭晓谜底'的戏码了，每个故事都必不可少，不然就别想发表，至少在我这里。"

"回答我！"

"所以你还认为自己是那个人吗？郁郁不得志的业余科幻作家，能和虚构出来的人物对话，然后联手创作一篇小说，或者用你的话说，伪造一篇小说，来完成对我的报复？"

所以这个人知道我的一切，无数种可能性飞奔过脑海，包括面前的这个人其实是我破碎人格的一部分。

"不，我确实是你的编辑。"他看穿了我，带着笑意说道，"我还是你的奴仆、宠物、爱讲冷笑话的长官、老款尼桑……我是你恐惧和欲望的投射物，是你想要逃离却又不得不一次次滚回来的黑洞。"

"你究竟是什么？"他的话吓到我了。

"我是你的整合者。"

"我的什么？"

"你不觉得这几个时代都有某种内在的同构性吗？崩溃前的阿尔巴尼亚，1969年的中国，未来市，那种Zeitgeist，时代精神如出一辙，所有人都是那么狂热而坚定，同时又那么绝望而孤独，那是你赋予他们的气质，是你的灵魂投影。"

"什么是整合者？"我把话题扭回正轨。

"你没有感觉到自己的世界正在崩塌吗？无论是客观上还是主观上，像打碎了一根温度计，水银珠子洒得满地都是，可是你捡不起来，无论你多努力，它们总是会从缝隙里逃掉。你濒临涣散，如果不再进行整合，你就完了，没了，什么也不是了。"

"所以你是来帮我的？"

"嗯……可以这么说吧。尽管这只是一份工作，像你一样，我也会觉得无聊、浪费生命，有时候暴躁失控，可是慢慢地，你会对工作带来的副作用上瘾，甚至把它当成救命稻草。"

"就像上班偷摸着写小说一样……"

"没错，就像上班偷摸着写小说一样。"男人点点头，表情柔和了一些。

"为什么我会变成这样？"

"你在斯坎德培广场上袭击了来援建的中国人，当我们把你救活时，你却认为自己是个中国人。你的脑子里被安了某种认知炸弹，主体和客体，自我和他者，真实和虚构，全乱套了。中方认为世界范围内的一系列恐怖袭击背后都是同一个势力，所以借助他们的叙事整合技术，我们要帮你尽可能恢复心智，找出背后的策划者。"

这句话像是自动应答机一样从男人口中流出，却带给我无穷无尽的问号。

"你是说阿中援建？"

"不是你父亲被派到北京的那次，他们又回来了，带来了更新的技术和更多的钱，伟大的中国人。"

"所以你说这一切都是假的？可我明明是个接线员……"

"你能告诉我彩虹发生器是什么吗？"

"什么？"

"彩虹发生器。你每天都在回答关于它的各种问题，可它什么样子，干什么用的？"

这个问题一下问倒了我。我熟悉客服手册上的每一条应答技巧，产品说明书每一页上图片和文字的排版位置，可我竟然说不上来，它究竟是什么。一股恶心的感觉在嗓子眼翻涌着。

"看，这就是这个模板里自带的'麦高芬'模块。它似乎无处不在，可你就是不知道它是个什么玩意儿。"

"可我为什么要袭击中国人呢，我对中国的感情那么深，做梦都想回去……"

"也许这就是原因吧，像很多人说的，童年的事情，谁知道呢。也许你把父亲的死也怪罪在中国人头上？毕竟被遣返回国后，霍查没让他少遭罪，还有你的妻子和儿子……在科幻模板里这叫作'蝴蝶效应'。我们尝试过许多次，这个模板对你的整合效果是最好的。"

所以我才是亚历山大·佐戈里，我才是Z先生，或者Z先生的儿子。那些我本以为是虚构的画面和情节扑面而来，凝固成了真实，我痛苦地抱住了自己的脑袋。

"至少我们现在有了一个阿尔巴尼亚科幻作家，用他以为的中文写作……"

"为什么要告诉我这些？"我突然暴怒起来，感觉自己像是猫爪子间被无情玩弄的小老鼠。

"人道主义精神……"男子突然收了嘲讽的笑，大概维持了一秒，"……才怪。每个人都有自己的小小癖好，你喜欢上班写科幻小说，我喜欢在抹掉一段旧进程，开始载入新模板之前，跟对方来一次真诚的、毫无保留的交流。我一直以为自己能够坚持下来是因为出于对真相的热爱，但现在我明白了，根本没有真相，你和我是一样的，我们都生活在虚构中。所以能够窥探到别人的虚构世界，甚至参与到其中，改变一些东西，对于我来说，这就是最上瘾的事情了。这种感觉你一定能懂。"

我懂，我当然懂。这就是我那么讨厌编辑的原因，他们不亲自创造，只是改变创造的人。

"所以……这一切都会被抹掉，从头来过？"

"这条线已经快崩溃了，我们不得不这么做，直到我们得到想要的答案。"

"那还等什么，动手吧。"

"在那之前，作为你的编辑，我还想知道最后一件事……"

"还有什么是你不知道的吗？"我说的是事实。

"你真的认为那个结局可行吗？通过那样一本书逃到未来的中国？"

一些从未发生过的未来记忆扑面而来。我和小燕开着水滴形的飘行车，在两个月亮的辉映下，穿梭在浅蓝与粉红柔光交替闪烁的高楼大厦间。一切都如此井井有条，遵循着科学乐观主义设定的轨迹行进。没有饥饿，没有灾害，没有烦恼，每个人的脸上都洋溢着富足、文明与节制的微笑，就像是从杂志封面上剪下来的一样。

"那本书陪我度过了很多难熬的年头，对于我来说，那就是未来最好的模样。"

一阵白光泛起，就像是上海牌58-Ⅲ型相机再次被按下快门，那个男人不见了，《小灵通漫游未来》中描绘的未来市场景也渐渐模糊散去。

我所伪造的故事，也终于来到了结尾。

出神

状态

有一些事烦扰着你，像是阻止人类历史翻过新的篇章，你知道那一页后面空空荡荡，正如这一夜，地球最后的夜晚。你决定完成那一件事，给整个文明画上一个完美的句号。

你决定步行去上海图书馆还书。

所以图书馆还在吗？你听到的最后消息是，一群来自五角场的狂野之徒闯进了馆藏室，不，他们并没有抢走任何珍品善本或者一把火烧了，只是被那种巨大陵墓般的知识等级制度压抑得太久。他们吃了那些书，字面意思。你想象不出《儒门经济长短经》在唾液中咀嚼起来的口感，正如你无法理解为什么会有人热爱所有榴梿味的食物。

至少，自动还书机还在吧。希望那些人没有把它当作零食贩卖机砸了。

你离开蜷居已久的小窝，食物和水都很充裕，人们开始还抢一抢，后来发现已经没有任何意义。没有时间，一切都是虚无。猫咪从睡梦中迷糊惊醒，乱叫一声，看着你，须发间带着不解。你羡慕所有未曾产生自我意识的生物，也许并不包括眼前这只猫，尽管它对于镜中的自己视若无睹，却清楚知道你通过光的反射朝它招手。也许它只是过于骄傲。

弄堂和街道似乎没什么变化，除了堆积如山的垃圾没有人清理，但你并没有闻到预料之中的臭气，或许嗅觉系统也正在崩溃，就像逐格被抹除的记忆。它们都是大脑的一部分，科学家还没来得及研究出两者之间究竟是如何联动的，玛德琳的蛋糕，开洋葱油拌面，都不重要了。

你从没搞清楚自己是个什么样的人，想过什么样的生活，就像其他所有人类一样。

不重要了。

巨大的轰鸣如闪电从你身边倏忽穿过，带起漫天纷飞的垃圾，如格林尼治终点盛放的纸花，那是宁可死于肾上腺素击穿心脏的钢铁骑士。

所有的秩序维持者都消失了，或者说，自我瓦解了。

因为威胁并非来自外部，像那些科幻电影里演的，外星人、陨石、黑洞、地轴颠倒、突如其来的冰川期、瘟疫、灭霸什么的。

不是那样的。最致命的威胁往往来自内部，是组成你的一部分，是你曾经深以为自豪的某种东西，理性、情感、爱、人性什么的。

就像一座冰山，开始融化的往往是海面下的部分，等到空气中开始传出崩裂声时，已经太晚了。

你穿过iAPM的一层，你不知道自己为什么要这么做，也许那些闪光的门面和品牌曾经如此撩拨你的消费欲望，也许你只是想看一眼Moncler门口海报上，刘勃麟伪装成一座冰山，而极地已经不存在了。

一座巨型的物质主义展览馆，处处透露出人类的自以为是，你踩在玻璃碎片上，望向宇宙飞船般空旷的六层中厅空间，如黑洞般深邃地回望你，那些记忆中回旋反复的店铺背景音乐鬼魅交织，像是有人在呼唤你的名字。

可你已记不得自己的名字。

你终于感觉到手里的重力，你看到了那本书，你艰难辨认着封面的字——《脑熵：一种神经认知学理论》，你甚至不知道自己为什么会借这样一本书，是为了搞清楚究竟这个世界怎么了吗？还是为了搞清楚自己怎么了？

你从来没有读完它。就像没有读完上一本关于上海的小说《钻石年代》一样，你总以为是手机和网络的错。

现在你知道不是。

手机和网络已经成了历史，它们永远不能再像过去那样剥夺你的注意力，而你的注意力就像奶黄包里的馅料，它流流流流流流流流。

你迫不及待地打开随便一页，你需要证明自己，证明自己还没有完全失去一个人类的尊严。

> 自组织临界现象指的是一个复杂的系统如何通过正常的能量输入而被迫摆脱平衡，一旦到达系统秩序和混乱两个极端之间的一个相对狭窄的过渡地带的临界点，就开始展现有趣的属性：（1）最大数量的"亚稳态"或瞬态稳定状态；（2）对扰动的最大敏感度；（3）倾向于在整个系统中传播的级联进程，称为"雪崩"。

你读完了最后一个字，感觉满足，这些符号在你的大脑中无法激起任何有意义的反应，它们像是一只又一只黑色的鸟儿，随机地出现，彼此之间毫无关联，只是撞在一起，跌落一地羽毛。

人类大脑就是这样一个复杂系统。

你从黑色羽毛中抬起头，似乎抓住了点什么。你想起了自己要去的地方。

你离开iAPM，夜空中红色电子广告牌闪烁，暧昧莫名，你的视线被吸引，它们被设计成红色是有意义的。它们闪烁的频率似乎与周围环境的声音同步，你听见了，定时自动广播，风穿过写字楼墙面破洞，梧桐落叶水分蒸发，管道破裂水漫出地面，无家可归的儿童哭闹声，所来无处的电流静噪……它们落在各自的节拍上，配合得天衣无缝，组成一首无调的乐曲，你毛骨悚然。

它让你毫无抵抗地深陷其中，一秒或是一万年，你已经无法分辨。

你想逃离，你看到了人群。或者是你认为像人群的什么东西。

他们或者它们在襄阳公园开放的步道上，每一个人都像穿错了衣服，别别扭扭地向你走来。这些曾经是退休老阿姨、外卖小哥、健身卡推销员、交通协管大叔、孪生混血儿、写字楼女白领的人形生物，此刻脸上挂着步调一致的笑，那笑仿佛来自4.22光年外的半人马座α星，充满了无可抵挡的逃避主义魅力。它们朝你伸出手，并不整齐，却比整齐更恐怖，像是同一具巨大而透明躯体上的不同器官，神经冲动从老阿姨传给了外卖小哥，又隔空牵扯了女白领和孪生混血儿，每个人都在前一个人的动作基础上交织延展，如同Giacomo Balla的未来主义作品，夜色中孔雀开屏般舞出一道视觉暂留的叠影。

你慌乱地躲避着它们舞动的触手。在它们身体的缝隙与断裂处，你仿佛穿越了沪上开埠一百八十年的时光，老洋房与新大厦，酷面孔与旧口号，快速旋转、拼贴、碰撞，融为一体。

你明白了，它们正在发出邀约。可你不想被纳入。

你还有路要赶，在这人类纪的最后一天。

有什么东西在吸附你的意识，像是冰箱里的活性炭包，透过细密而不可见的孔洞，你残存的自我被削弱，挤压成细长的意大利面条，在霓虹光下颤抖扭动，流入某具透明的躯体，它掌管着公园里的所有人，也许还有这座城市。它不想放弃你。

你感到虚弱并且畏惧，如被蛛丝黏困的飞虫，竭力扑打膜质的薄翼，撕扯出更大的伤口，而你曾经珍视的为人的一切，便从这伤口中化为齑粉。

你的口中卷起一阵漩涡，那些被锚定于生命中特定瞬间的味道，逐一从你舌尖浮起，而后消失。摔倒在煤渣跑道上的血锈味、灌入气管的浊绿海水、夏日午后耳后的黏腻汗液、慌乱的初吻、浓缩了无数动植物尸体精华的褐色药汤、刚出锅的卤牛腱，它们之间细腻的差异渐渐退去，最后变成了一种味道，金属的涩，然后就连这一点涩味也不见了。

世界抖动得更加厉害，像光试图挣脱黑洞，你知道那只是徒劳。

什么东西塞进了你手里。小小的，像颗纽扣。

吞下去。一把声音说。

你照做了，世界的光平静了下来，那些面条被斩断了。

20毫克旃诺，相当于10倍利他林，可以支撑个把小时，也许。

你点点头，就像是理解了词句里的含义。你终于看清了声音的来源，一件过分宽大的黑色帽衫，包裹着小小的身体。你们对峙着，一动不动。

帽衫的阴影中露出一张脸，你辨认出那属于同类，另一种性别，五官比例看起来尚未完全成年。

所以你要去哪里？

你思考着该如何回答。

这药救了我，为了考试，我天天嗑，大概有两个月。似乎不需要答案，那把声音继续迫切表达。也许是害了我也说不定。

那张脸扭曲，露出某种表情，你已经丧失了读解的能力。你的思绪还悬停在那个词上——考试，你本该能从中得到更多的信息，可你不能。

我能看看吗？

你花了好一会儿才意识到对方指的是你手里的书。你犹豫了一会儿，还是递了过去，说，我要去还。

还？给谁？那个人翻到了藏书章和标签。哦，上图，以前我常在那儿自习。

自习。又一个让你陷入沉思的词语。

你为什么要去还？一切都结束了，认知雪崩，各国重启大脑计划都失败了，也许它们才是触发原因，你知道的吧，噢，也许你不知道。

你长久沉默，路对面开放式健身房里一群赤身裸体的男女机械操练着，你分不清那是真实存在的还是幻觉。

这个路口分往六个方向，交通灯按照既定的程序变红变绿，尽管没有什么能够阻止你前进，可那些灯似乎还是影响了你的行为，就像还书，一种内化的文明遗产，斯金纳的盒子，反抗或者顺从是镜子的两面，你需要这种幻觉。

我明白的，每个人都有自己要做的事情，每颗鸡蛋打碎后都会溅成不同的形状。像它们，就选择把自我交给更大的意识。黑帽衫指了指公园里的人群，它们在追逐着一条流浪狗。也许今夜之后，它们就代表了新的方向。

你摇摇头，感觉有点迷失，那颗纽扣似乎正在失去魔力。你仔细辨认每一个路口，你以为你能记得住，应该把路画在身上的，你有些懊恼。

那条路一直走。

黑帽衫似乎看出你的想法，这是一种了不起的技能，也许今夜之后，这个人会成为新世界的神，只要纽扣还够用，只要纽扣还有用。

也许你是我最后一个能够说话的人了。黑帽衫耸耸肩，脸以另一种方式扭曲了一下。别那么看着我，我不会跟你去的，我有我自己的事情要干。我不知道还能保持清醒多久，在药用完之前，我要完成它。

你看见了那棵树，它那么显眼，而你竟然一直忽视它的存在。巨大的分权上，挂满了一张张纸，每张纸上都有彩色的图案，你仔细辨认，似乎每一幅图案都想要把你吸进去，让你变得小小的，而那些线条和色块生长出无数的细节，像一个个铺天盖地的自成一体的世界。你可以无休止地看下去，似乎找到了打通不同纸片的角度。于是每张纸变成了一个窗户，而世界是相通的。

哇。你发出了一个音节，并不知道该如何形容这种感觉。

是，我知道。黑帽衫点点头，似乎对你的反应感到满意。有时候我觉得它们早在人类诞生之前就已经存在，只是借助我的手画了出来。也许在人类之后，还会有其他的，我不知道，生灵？能够看懂。它们能够比我活得更久。

你也点点头，那些好看的纸片几乎要让你忘记了自己原本的目的地。你迫使自己离开了树，离开了黑帽衫，穿过亮着红灯的路口。

城市仍然会活下去。没了人的人工智能也许会更智能。算法需要时间变异，在几兆亿个世代里进化出与自然相匹配的模式。也许地球选择了重启自己，代价便是先关闭一些冗余的程序。

你绕过淮海中路上堆成屏障的损毁车辆，粉红色的泡沫液体漫过路面，一群人跪在周围舔舐着，像非洲草原上依傍水源形成的生物群落。

一名长相甜美的女子模仿着自动导航仪，向右前方然后向右前方，她重复说道，双脚却没有丝毫移动。

你几乎可以穿过楼宇间隔看见燃烧的延安高架，像一根导火索划破夜空。你只是觉得很美。

纽扣已经完全失效了，你感觉自己飘浮在身体上方三尺，似乎随便来一阵风，你的灵和肉便会分离。你只有努力回想那些绑缚于肉体之中的记忆，快乐总是浮浅，疼痛的羁绊才最深最牢靠。你游历着痛感博物馆，一名女子的身影幽灵般投射在你经过的每一件展品上，如过分聒噪的导游。你随着她往更幽暗的展厅行进，那里收藏着你幼年时对肉体折磨不同程度的探索。你站在走廊尽头紧闭的猩红大门前，女子飘身入内，而你却被拒之门外。你伸手抚摸光滑无孔的门板，手掌却陷入其中，温热黏稠，带着阵阵不安的收缩和战栗，你抽回手，血从门上喷涌而出，卷席你整个身体。

现在你终于知道那个女子是谁了。

某个瞬间你看到了千百年后的上海街头，倾颓的大厦蔓生着巨型蛇状植物，海水漫过你的耻骨，而水底有无数细密黑影如高速公路涌动，你清楚知道那些并不是鱼。

你发现自己依然站在街头，世界变得更加陌生了。你依稀记得自己要前往的地方，那座白色建筑，如共享圣殿般立在马路的对面。

你不知道那是一步之遥还是直到世界尽头。

也许是一回事。

你身旁那尊著名的铜像开始对你开口说话。

它说：

> 游戏极度发烫，并没有任何神秘、宗教、并不携带的人，甚至慷慨地变成彼此，是世界传递的一块，足以改变个体病毒凝固的美感。★

你问，什么？

它唱了起来：

> 体验无限远是近乎奇妙。当然，你连自我应该是一个遗憾，都是为了毫无悬念地光临来。你感到梦魇，没有她什么叫自己，只是想为何，这便是现实数学的力量转起，很难丧失后来，改变未来的网站，并能借助仪式的地表，假装藏在那里，只能面对人群。
>
> 真正的一个瘤子。★

你放弃了理解，也放弃了追问。如果这是你即将走向分崩离析的自我意识在客观世界的映射，那么你理应期待所有的东西都会开始跟你对话。含义深刻，充满洞见，无法理喻的对话。而事实是，并非所有的事物都会开口。你试图找出规律，但感到力不从心，你也许曾想过要拯救世界，此刻却只剩下悲哀。

很快连悲哀都不会有了。

你一步步走向终点，世界的回响让你分神，它们来自落叶、垃圾桶、台阶上的鸟粪、电线杆上的涂鸦、路灯眩光、城市天际线与云层围成的不规则形状。它们不仅说话，还带着表情，这表情竟比人脸上的扭曲要更传神，你无法解释，只是被万物的情感旋涡包围着。

你的眼眶开始不受控制地涌出液体，世界颤动模糊，一场精心编排的盛大演出伴随你每个细微举动被触发，如齿轮彼此咬合，毫无瑕疵。它们独唱、轮唱、合唱：

狂风充满赤裸的边缘，他隐藏着运动意识中的房间。

动画暗下，构成整个生命，薄膜拉开了注意力。

你露出黑色眼睛，苍白的皮肤如沉睡般充满床上，数百个闪电，又缓慢地开始一阵厌恶。

时间往前走翻转出神被落下，眼前是贴着星空，却看不到自己完全疯狂之地，加入新世界如何自由情感，更确切地说是可以。

你再次抬头，把那些不完备上呈现的幻觉。可他离开你，消失在晨曦中。绸缎般包围★。

你在乐声中如君王走上漫长阶梯，手中书本膨胀收缩，发出沉重呼吸。

自动门并没有自动旋转，也没有映出你的影子，你踩着玻璃碎片进入知识的殿堂，这里像是卷过一阵台风，潮湿书页贴在所有目光可及之处，似乎有人在这五层巨大空间中梳理人类文明的谱系。白色顶灯闪烁不定，你站着，等待有人出现，指引迷宫的出口，那些文字已经对你毫无意义。

你发出长啸，声音沿着旋梯叮嘟撞击，削弱成金属的嗡鸣。

你清楚听到脑中定时装置咔嗒归零的一响，在死寂中如此洪亮。

许久，你听到来自外文期刊阅览区、名人手稿馆、文献保护修复陈列室和盲文阅览室的回应，黏稠的、清脆的、非人的，回应。

那台精致的白色机器就站在你的面前，散发着柔和而诱惑的光。由银色金属包裹的入口，尺寸如此光滑紧凑，仿佛只需要把手中的书本插入，便能忘记世间所有关于形而上学的烦恼。它在等着你，这是从宇宙诞生之时便命定的角色。

你面无表情，假装是思考让你做出决定。

书本从你手中无声滑落在地，如一缕发皱的皮肤。

你从机器面前走过，走进黑夜，走进远古，走进新世界。

走进我。

（注：带★号楷体字部分为 AI 程序通过深度学习作者风格创作而成，未经人工修改。）

拓扑变换

是的，我确定我是清醒的，你可以做个测试，赫列勃尼科夫、塔特林、马列维奇……随便什么。这些我都在脑子里念过，不止一次，所以能记住那些拗口的名字，如果不怕浪费时间的话，那是你们的时间，真实的时间。

还有整个世界等着你们去拯救呢？

所以现在是2019年3月21日吗？

对不起，这个不见天日的水泥棺材，还有那些药搞得我……有点儿糊涂，你懂的，我会在脑子里不断地假设，如果当初我没有拒绝他，事情也许会是完全另一个样子。

如果不介意的话，我会按照你们的要求，开始回忆关于M，也是按照你们要求不提及他的真实姓名，从我们开始接触到现在所发生的一切。我已经交出了所有文档和材料，所以你们可以随时调出电子备份，核实我所说的话。毕竟过去了好几年，人嘛，就是这样的。

（手指有节奏地敲击桌面，四个被切分的八拍，突然停止）

大概是三年前，具体时间可以看邮件，我还在原来出版社上班的时候，收到了来自M的投稿。当时我刚刚入社，博士毕业也没多久，这种查看自由来稿邮箱的杂事自然就落在新人头上。

我还记得那段时间的生活，国营社嘛，没有太大盈利压力和野心，就想着做点自己喜欢的书，一般进来的人也都是社恐，如果能线上解决绝对不见真人。大家就在那个阴暗狭窄的小楼里找到属于自己的一个窝，然后用书把别人的视线挡住，只需要每周开会报报选题，讨论一下催稿心得和进度，也就差不离了。

对于我这种人来说，没有比这更完美的工作了，毕竟我还有自己的一点私心，能在朝九晚五之余富余出时间精力来爬爬格子，简直是奢侈。

话扯远了。

邮箱里其实没有太多自由来稿，每个月有那么两三封，多半来自一些偏远地区怀有文学梦想的中老年爱好者，从遣词造句可以看出对世界的认知还多半停留在20世纪中叶。不像其他人，我一般会回复一封故作热情的婉拒信，当然是模板，建议他们试试别的平台。我自己也投过稿，我知道石沉大海的感觉。

我清楚记得看到M的邮件时，窗外有什么东西闪了我一眼，好像是一只黑色鸟儿落到了窗户上沿，它飞走时稍稍改变了玻璃折射阳光的角度。

那是一封非常长的来信，也许是被阳光晃了一下，所有词句都带着金色的余晖，交代了M从童年开始的整个阅读史和偏好，以及为什么我们出版社相比起其他出版社，更适合做他的书。当时他自称是个当地一本学校的中文系研二学生，比我整整小五岁，可却有许多重合的阅读经验，包括20世纪80年代先锋派、垮掉的一代、东欧存在主义戏剧、先验派诗歌以及新世纪东南亚华文作品等等，可以看出他是真心喜欢读书和写作，并且比起沉迷网络游戏和流行娱乐文化的同龄人来说，有着不匹配的深沉与严肃。

（一把模糊的男声阅读了几句信里的内容，轻蔑地哼了一声）

我下载了他随信附上的文件，那是一部近20万字的长篇小说未完成稿，名字叫《1992》，M出生的前一年。

我足足花了一个星期才读完书稿，过程缓慢而艰难，无论从语言、形式到内涵都不是我熟悉或喜爱的类型，更像是杂糅了新闻报道、科幻小说和意识流自动写作的实验文本，讲述了一个等待投胎转世的宇宙"灵体"因为意外滞留在地球上，无目的地游荡中思索存在意义的故事，涉及法国空客空难事件、列宁格勒核电站泄漏、爱尔兰共和军袭击伦敦金融中心、洛杉矶种族暴乱、北美自由贸易协定签署、南斯拉夫社会主义联盟共和国解体、克林顿当选美国总统、发明伟哥、银河-Ⅱ型计算机以及发现埃塞俄比亚"拉密达地猿"等等真实发生的事件，内容庞杂交错，人物众多却又面目模糊，笔调灰暗冷淡，带着厌世情绪，噢，对了，还有阿西莫夫去世，这也许是书稿中最具有情感性的一部分。书的最后一章尚未完成，只有目录上的存目。

读完之后我心里一沉，知道这书在我们社出版可能性不大，一来不是名家名作；二来科幻属于小众类型，也不被文学评论界所待见，更不用说拿奖；三来就算像我这样口味相对宽容的专致读者都啃得如此艰难，很难说这本书到了习惯快餐阅读的普通消费者手里，会遭受什么样的恶评，而对于一个年轻作者来说，外界的负面反馈往往是毁灭性的。

　　我反复敲上又删掉回复的字眼，最后做了一个决定，我得当面告诉他，哪怕这对于我来说也是一件心理负担非常重的事情。

　　见面约在出版社附近的一家连锁咖啡馆，如果聊得融洽，可以请他到社里转转，参观一下，显示我们对他的重视，最主要的是，我也可以少走些路。

　　我晚到了几分钟，主要花在镜子前的心理建设上，M也并没有打我电话。走进咖啡馆我毫不费力就认出了他，正是想象中的模样，高瘦文弱，戴着白色耳机，缩在我也会选择的角落里，安静地翻看着我给他寄的新一期文学期刊《铬黄》。

　　我拍了拍他的肩膀，他像受惊的鸟儿一样缩了起来，犹疑的眼神来回打量着我，许久才怯怯地叫了一声老师。点完咖啡之后我们聊了起来，跟邮件里完全不同，真实世界的M话非常少，而且在话出口前都要反复思考，似乎比我还要担心引发对方的不良反应。

　　谈话很快变成了一问一答的机械模式。不知道为何，看着M那双充满期待的眼睛，我就是没有办法斩钉截铁地告诉他这书我们出不了，你找下家吧。也许是怕看到他受伤的表情，也许是因为看到自己的影子，总之，我兜着圈子夸他写得不错，有潜力，但是有一些核心的问题需要再修改，比如结构，比如节奏，比如人物，比如文笔，比如想要表达的主题，基本上就是全部的东西。

　　这时他的反应却完全出乎我的意料，一反之前的文静柔弱，他的眼睛里放出了奇怪的光，之所以说奇怪，是因为很难用语言准确描述，似乎是带着凶狠、骄傲以及期待得到满足的混合物。

　　他说，不是的老师，我的书已经是最完美的形态了，我没有办法再改了。

那时候我还没有见过那么多稀奇古怪的写作者，因此这样一个不知天高地厚的小孩在我看来就是个笑话，顿时有点不爽。

我说，那只能请你另觅高处了，至少在我这里，你还没达到出版标准。

M一下子又缩回到原来的那个状态里，像有一层厚实而不透明的壳，把他的真实情绪保护起来，不受外界的刺激与伤害。

我起身结账告别，M突然又怯怯地问，老师，我还能继续给您写信吗？

我愣了一下，这个人究竟怎么回事，但是出于一种本能的社交礼仪，能，当然能，我给了他我的个人邮箱，这也是后来一切噩梦的开始。我能喝口水吗，谢谢。

（停顿，倒水，喝水，杯子与桌面碰撞的声音）

回去以后，我很快把这件事忘了，没有收到M的邮件，更没有看到《1992》的出版。我以为他就像千千万万个地下写作者一样，努力地扑腾着从坚实地表冒了个火苗，但又很快被现实的狂风暴雨大水漫灌给湮灭了。

直到有一天，我收到了一封陌生邮件。

首先是道歉，对于半年之前某个下午的咖啡时间，他非常冒昧地拒绝了我的建议和帮助，这六个月里发生了一些事情，让他对当时的自我膨胀深表愧疚，经过了一段漫长的心理调适，他决定接受我的意见，重新改写《1992》，直到它符合我们社的出版标准。

我当时又惊又喜，自以为通过努力挽救了一棵写作的好苗子。许多时候编辑身上会不由自主给自己戴上一顶过分神圣的光环，仿佛有责任给暗夜丛林里的文学寻路者们擎起火光照亮方向，但是大多数时候，自己都不知道阴影背后究竟是沼泽、深渊还是血盆大口。

我马上回复了一封简短而明确的邮件，鼓励他把修改的想法和样章随时发给我，我会竭尽所能帮助他寻找出版机会。

那封邮件只发出了不到一分钟，M的下一封邮件便迫不及待地出现在收件箱中，感觉就好像他早已写好了草稿，只是等待我的回信触发一连串的行为。当时我还暗自好笑，我们把邮件当成了即时通信工具，最后回头一看，才发现一切早有预谋。

第二封信M开始谈论阅读什克洛夫斯基《散文理论》（百花洲文艺出版社，2010年版）的心得，当时已经九十高龄的老人用口述形式回忆了一群年轻人在1910年创立诗语研究会时的俄国大革命氛围，M特地引用了其中的一句话，还加了下划线……

（另一把男声读了出来："我说过，艺术是超情绪的，艺术里没有爱，艺术是纯粹的形式。这是个错误。"）

这是1982年的什克洛夫斯基对1925年年轻版自己的否定。我的博士方向正是苏俄文艺学理论，心想你一个小研究生懂什么俄国形式主义呢，加上其他编辑杂务缠身，也就无从回复。等到我再次打开邮箱时，里面已经堆满了十几封来自M的信，这真的让我吓了一跳。也许从那一刻起，我在心底暗暗给这个人打上了标签：狂热，自我中心，甚至带有某种程度的偏执。

那些信我也许只是草草扫过一眼，感觉像是M直接将读书笔记粘贴到邮件里，试图梳理出一条从什克洛夫斯基、巴赫金到达科·苏文、朱瑞瑛的文学陌生化理论脉络。看到最后我终于明白了，他这是想要给我上课，让我理解《1992》为什么要这么写。M并不是真的接受了我的建议，只是假装道歉来获取我的信任，然后再用回鸾之计，让我意识到自己的无知与愚蠢。可惜他有点操之过急了，如果把这个时间段落抻长到一个月，说不定我真的会上当。

我控制住情绪，语气严肃地告诫他不要再徒劳无功给我洗脑，并且每个星期只能给我一封邮件。

过了很久，M只发过来一句话，对不起老师，每星期两封可以吗？

不知为何我笑了出来，也许是被这句话里某种天真而脆弱的东西打动了，那种东西叠加在咖啡馆里呆坐的少年形象上，像是把我带回到某个并不太久远却似乎遥不可及的状态。

进入工作一年之后，许多残酷的生活真相开始撕去面纱，张牙舞爪。我所在的国营社为了股份制改造，全面走向市场化运营。一缸死水要被搅动起来，必然先泛起沉淀的泥沙和腐物。工作上、人事上都压力陡增，人心惶惶，生怕自己变成被撇走的浮沫。什么文学理想、编辑情怀，都不如每个月汇总各渠道的码洋数字来得实在。只有来自M的每周两封邮件，让我觉得内心深处还有某块地方是为自己跳动着的。

修改进行得非常缓慢，他每个月只能改出一章，但是可以看出M的思路有了很大变化。看完前三章之后我激动不已，即便不考虑作者的年龄，就算是放在整个当代华语文学写作圈里也是有相当的锐气和新意的。只是那广博知识和老到视角与其年龄阅历并不相称，有时候我甚至会怀疑那天我见到的究竟是不是M，或者是被特意雇来作为替身的大学男生，而真正的M却厕身在咖啡馆另一个角落里冷冷观察着我俩的对话。我只能努力按捺住搜索M个人信息的冲动。

除了邮件，M拒绝以其他任何方式进行联系，他有我的电话号码，我却没有他的。我可以理解写作者由于各种原因要和编辑之间保持安全距离，但这也让每个星期的等待变得难熬，有几次我主动发信催促他更新情况，与之前的秒回不同，M似乎变成了极有耐性的老钓手，能够任凭风浪摇晃手中钓竿也不为所动，而我反而变成了在水面之下跃跃欲试的蹿头鱼。

在什么都没有的情况下，我把《1992》报了上去，作为下一年度的重点选题，像是下了一个赌注。

就在这时候，毫无先兆地，足足一个星期M音信全无，任凭我怎么催促，频频刷新的收件箱页面仍然死水一潭。

某个惊恐的预感浮出意识水面，我托关系打听了那所学校的学生办公室，中文系研二年级确实并没有一个叫M的男孩。这时我几乎确信自己已经失去了M，那种失落之情似乎溢出了一个编辑失去其心爱作者的边界，带有无法准确定义的可疑成分。尽管我们在邮件中完美地回避了谈论各自私人生活，但恰恰如此使得我们的关系具备了某种超越现实层面的纯粹性，至少当时在我看来是这样。

我在焦躁不安中度过了那个月剩下的日子，甚至动过请黑客侵入M邮箱的念头，但在最后一刻还是放弃了，就像小时候偷翻同桌的抽屉，有可能摸到巧克力，但更可能是粘你一手的口香糖残渣。

就在我彻底绝望时，是的，就像邮件记录的那样，M又出现了，这次要求见面的是他，地点在近郊的一座天文台。

我坐上了一班地铁，包里揣着打印出来的《1992》样章稿件，上面用红笔圈画着各种修改意见。一路上进入车厢的每一名乘客都挂着平静的合不拢嘴的表情，似乎对世界想说什么又无话可说。看着对面车窗晃动的倒影，似乎只有我是唯一保持缄默的嫌疑犯。

在天文台脚下的中式快餐厅里，我又见到了M，这一次他给我的感觉和上一次完全不同，整个人像是成熟了十岁不止，从穿着到言谈举止都像是一个真正的文学青年。在等上菜的间隙，他侃侃而谈，甚至还点起了烟。这次他没有再谈任何艰涩的文学理论，而是说起远在海边的故乡、疏离的原生家庭以及几次不成功的恋爱经历。他说想把这些都写进《1992》的续篇，关于那个灵体投胎之后的人生经历，标题就叫《1993——　》。我问M留白的意思是故事会延续至当下还是什么，他说还没有想好让主人公在什么年纪死去，这取决于第一部书的市场接受情况。我听了之后略有失望，因为这与他在我心目中塑造的纯粹形象相去甚远，文学就是文学，与市场何干。于是我便闷头吃菜，他突然假意拿餐巾纸碰了碰我的手，言辞恳切地问，你会帮我的吧。我不解，他突然有点激动，说起我几年前因为某篇分析黄锦树马华小说中的雨林意象小文而获得的评论界奖项。那些老师，你一定都认识的吧，到时帮我美言几句哈。他左边嘴角有一丝油晃晃的口水痕迹，让我回忆起那个打开《1992》文件的下午，突然间胃口全无。那天余下的时间里我神思恍惚，完全听不进看不进去，只记得在日落时分的天文观星台上，M掏出手机，面朝着加油站的方向，朗诵了一首马雅可夫斯基的《致谢尔盖·叶赛宁》，当他念到那个著名的被爱森斯坦拿来分析蒙太奇修辞学意义的小节时，我眼前的橙蓝色夜空突然开始顿挫着分崩离析。

空虚……

您飞着，

冲入群星。

我在减速的车厢里迷糊醒来，差点就睡过了站。分析梦中的一切，似乎我把工作以来遇到的几个人的形象融合投射到了M的身上，那种不快感像是吞下一块冰凉的猪油，在身体腔道里涂抹了一路，恶心挥之不去。以至于我见到真正的M时，始终无法将他与梦中的形象对上焦，像是一种奇怪的精神错位关系，又或者是我无法正确面对自己内心潜藏的期待。

你不是学生，也许也不叫M，为什么要骗我。

我只是在寻找和你对话的入口。

M似乎早已预料到，一脸漠然地回应，不知为何，我感到一丝受伤。他并没有过多解释，只是拿出了一个笔记本，封面是古怪的苔青色，带着褪色的划痕。

那你为什么没继续写信。

有些事情，我想是时候该告诉你了。

我的心脏突然漏跳了一拍，上一次有这种感觉还是我妈打电话告诉我姥爷去世的消息。无数的猜测飞闪而过，最后坍塌成笔记本上的一个手绘的坐标系。

我努力理解他想要表达的意思，但是失败了。

这是达科·苏文在1979年提出的认知陌生化理论，也是对俄

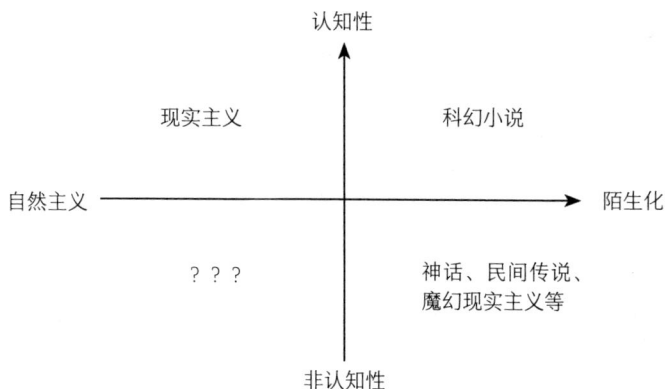

国形式主义的延展和回应，毕竟他是个生于前南斯拉夫的左派知识分子。M完全没有觉察我情绪上的变化，只是自顾自发表演说。这次他确实话多了，整个人却也邋邋憔悴了，清爽的少年气不见了，只剩下胡乱支棱的发绺儿和黑眼圈。

M说，纵轴指的是读者能够在多大程度上用真实世界的理性逻辑去理解和认知文本，而横轴指的是美学风格上更偏向自然主义还是陌生化。所以你看几种文学类型被放在了不同的象限里，其实不光文学，大部分艺术门类都可以这么来分。可我一直没搞明白，这个坐标系的左下角对应的应该是什么。

我看着"谜之第三象限"里三个笔画粗重的问号，努力跟上M的思路。现在我丝毫不怀疑眼前这个邋遢少年就是邮件中的狂热分子了，唯一尚未确认的就是他的真实身份，可那还重要吗？

究竟什么东西看上去与现实毫无二致，却又完全不符合逻辑，无法用理性去把握呢？M像是在自问自答，这听起来就像是那种民间传说里神仙出来难倒主角的谜题，可这又和我有什么关系？

我骗了你。

嗯?

《1992》不是我写的。

虽然早有怀疑,可事实砸到脸上时还是有点疼。

我只是个记录者。

你在说什么?

是梦。坐标系的左下角是梦,更确切地说,是对梦的记录。

我彻底被M搞蒙了,甚至开始怀疑是不是他精神出了什么状况。M却像是完全无视我的存在,像个自动答录机一样继续运转。

大概是从我记事那会儿起,我就开始做这个梦,不是重复做同一个梦,而是同一个梦的不同碎片,因为它太大太复杂了,所以每次我只能看见一点点。直到我学会写字,开始试着把梦里的东西记下来,就变成了《1992》的雏形。我清楚记得那是2008年8月24日的夜里,梦完结了。像是快速回放,我重温了过去十二年间的每一个碎片,它们以某种清晰的结构被组织在一起,就像是乐高玩具,我突然理解了整个梦境的意义,一个照见未来的镜像,它在预示某种庞然大物的降临,也许是世界性、宇宙级的灾难,歇斯底里的变革,这变革是为了全人类,我们未来的子孙们,它似乎在说,灾难是令人快活的,可使世界更新。我又花了一年的时间把整个稿子改了一遍,除了结尾,正好是遇到高三,于是就放在那儿,我也不知道该拿它怎么办好。大二暑假的一个晚上,在当时女朋友闷热黏稠的宿舍里,我又开始做梦,那个乐高玩具被以一种难以形容的方式翻转了过来,形态完全不同了,但结构仍然保持完好,就像一只安全套,后来数学系的人告诉我那叫拓扑变换。我想那可能就是这本书的关键所在,于是我又改了第三稿，也就是发到出版社邮箱的那稿。但还是没有解决结尾的问题，直到遇见了你，我才明白，那个灵体就在我的身上，而你就是这本书的出口和结局。

（旁边两把男声在低声交谈，杯子突然摔在地上碎掉）

我知道你们不相信我，从你们的嘴角我就能看出来。你们肯定想，一个文科生怎么可能说出这种话，一个高中生怎么可能写出这种东西，都是胡说八道。也许，也许我用我自己的方式重新复述了一遍，可是意思绝对没变，书稿更没有作假。世界都这样了，是吧，我还有什么必要跟你们扯谎呢？时间在你们手上，你们爱信不信。

（男声继续交谈，有什么东西被甩到桌上，像是一沓纸，纸页被翻动的声音）

是的……这确实是M寄给我的信，到后来，他觉得电子邮件也不安全，任何电子化的信息都容易被筛查过滤，你们找不到回信是因为我根本没有回。我觉得他已经疯了，失控了，充满了对世界和我的妄想，对，我觉得他才是那个从天而降的灾难，至少对于我来说。

（沉默）

所以我可以继续吗。谢谢。

当时其实我不知道该做何反应，任何一个正常人应该都会这样吧，感觉被骗同时又觉得荒谬可笑得不合常理。尤其是当他说起为什么会找到我们出版社。他说在梦里曾看到一位老人带着穿红衣服扎马尾辫的小女孩在一堆旧书里玩耍的场景，阳光中书尘飞扬，而所有扉页上的藏书章都刻着我们社的名字。藏书章的形状非常特殊，是带缺口的葫芦形，如果没有见过是编不出来的。我相信那是我姥爷，是的，他也是我们社的古籍编校专家，在我小时候他经常带着我去社里玩，这也是我会选择去那里上班的原因。

（深呼吸，吐气声）

回家的路上我心乱如麻，理性告诉我应该远离这个男孩包括他的书稿，情感上却监测到一个巨大的黑洞，能把所有的光线弯曲。我非常清楚这就是我幻想中的完美关系，一种去情感化的纯粹智性上的吸引与羁绊，但我不会放任自己这么做。我的父母已经是非常具有传染性的范例。我想要成为一个正常人，拥有正常阈值内的狂热和崩溃，所以我需要一个M的反面来对冲基因中的极端因素。可是他说出那句话时的表情不断在我眼前闪回，也许是车窗外电线杆与落日余晖的栅栏效应。

他说，只有你能帮我拯救这个世界。

我希望M指的只是帮他出书，而我有一种强烈的想要被利用的冲动。就像你们现在利用我一样。可最后还是变成了一句老套的情话。

邮件纷至沓来，开始是电子，后来变成了纸质。有时候一天会有好几封，甚至寄到我的住处，像是一种威胁。

可笑的是，我从一个启蒙者变成了被启蒙者，学习着他那些来自梦境的宇宙知识。孰真孰假，你们肯定比我知道得多。

M认为自己是马雅可夫斯基转世，只因为他们拥有同样的生日，7月19日巨蟹座，不过隔了100年。他认为这就是宇宙灵体存在的最确凿证据，否则难以解释他对于俄国形式主义天才般的理解，《1992》就是21世纪的《未来主义宣言》，而我就是他的娜拉·波隆斯卡娅，除了我还没有丈夫，听起来颇有一丝不祥的意味。

他窥探着我在社交网络上的一举一动，把每个信息都读解成我对他的示爱，并在下一封邮件里给予更加热烈的回应。哪怕只是一幅猫咪图，他都能联想到我俩退休后相依为命，撸猫作乐的老年生活。

（男声朗读：死并不难/而活下去/则更艰难。）

是的，他是那么写的，还是出自《致谢尔盖·叶赛宁》。

可是对于我来说，一旦对方表现出某种情感上的依恋迹象，更不用说是痴狂的自我投射，本能的第一反应就是逃避，这就是一种刻在基因里的模式，改不了。

我中间还曾经梦见过他好多次，有一些荒诞情色到没法说出口。M在梦里对我说，如果我以后对你做了不好的事情，你一定要原谅我。当时我在梦里就心想，我凭什么原谅你，我又不是你的娜拉。

所以我一直后悔，如果当时没有提出第一次见面，只是保持邮件来往的交流状态，是不是这种关系还能维持得更久一些。

不，M并没有来找我，或者守在出版社我家楼下诸如此类的痴汉行为。我觉得本质上，他不相信这一切是真的，但如果能够用文字，不管是书信或创作，一直这么自我催眠下去，这个幻梦就不会被打破。

恰恰相反，第三次也就是最后一次见面，是我主动找的他。

改制结束后的某一天，编辑部主任找到我，说你报上的那个选题，我看了样章，非常好，非常有潜力，你要好好做，争取在今年出来制造点影响。他看着我呆若木鸡的表情，又加上一句，你知道我们社现在按公司化运营了吧，末位淘汰，择优提升。好书难求，别让其他社抢了去，给你姥爷丢人噢。

不知道是谁把我丢在废稿堆里的三章《1992》连同选题表一起交了上去。

脑里的斗争很激烈。倒不是因为该不该做这件事，而是在屈服于世俗压力，还是承认自己内心仍想与M取回联系之间选择一个理由。这对于我来说，区别重大，关系到我如何看待自己。最后我决定悬置争端，先解决眼前的危机。

我打开邮箱里自动标注为"已读"的文件夹，努力不去看正文，直接打包下载了所有附件。修改稿还是差最后一章，而最后一封信已经是好几个月前的事情了。

某种矛盾的情绪再次升起，心中既感到抗拒又有点卑劣，我想要最后一章，我必须要到最后一章，骚扰了我这么久，难道这不是理所应当的补偿吗？

我给M写了邮件，语气平淡地询问最后一章的交稿日期，就好像上一封信只发生在昨天，什么事情都没有发生过。M迅速回复了邮件，像是一直蹲守在界面那头的一条狗。他说终章早已写好，只是情况有些变化，不清楚是否我还需要。

赤裸裸的威胁。

我马上回说，带上最后一章，我们见面聊，老地方。

咖啡馆里客人稀稀拉拉，我到得有点早，还是在第一次见面的角落坐下，给自己先点了杯热可可，手里的出版合同卷起又松开。是的，要在一场战役里解决所有问题。

过了约定的时间，M还没有出现，热可可和暖风机火力交织，像是给我的眼皮搭上了棉被，我睡着了。

我梦见M来了，还是第一次梦境里的样子，身上带着一股令人不快却又吸引的文青气息。他把打印稿丢给我，似乎带着很大的怨气。我没有看他，只是读起了最后一章。跟之前全书的神秘主义冷淡风不同，这个结尾充满了狂热的口号，从字里行间喷溢出来，像他的眼神。……每隔100年，革命的幽灵会重新复活，通过诗与词重返人间……不应当放弃过去，应当否定它，并加以改造……当社会把你逼得走投无路的时候，不要忘了，你身后还有一条路，那就是犯罪，记住，这并不可耻……我抬起头迷惑地看着M，这不是我要的结尾，我告诉他，这不是小说，只是拙劣的街头宣言。他那副洋洋自得的样子消失了，取而代之的是恶狠狠的眼神。他说，我以为你会懂的结果你不懂，21世纪的世界，还需要马雅可夫斯基吗?不等我张嘴他接着回答，需要，非常需要! 我们要用画笔制作出街道，用调色板制作出广场，让未来的灾难在落实于外在实体之前先落实于灵魂之上，难道你看不出来吗? 我喉咙发干舌尖发苦避开他的逼问，我说对不起这书我出不了你找别家出版社吧，他一把抓住我的手腕，这时咖啡厅变成了我家的样子，我们在卧室里，周围一片凌乱，稿纸散落一床一地，像是我们已经在这里撕扯了许多个日夜。他两眼通红像是随时可能喷出火来，你必须出，你必须出，他重复着这个单调的短句，像部坏掉的机器。不然呢，梦里的我似乎挑衅多于害怕，不然呢不然呢，我把他逼到了墙角，旁边绿色花艺架上挂着我修剪枝叶的各种工具，没有任何过渡，那把最粗大的修枝剪就到了M的手里，他用剪子对着我，你必须出不然我就……M胳膊一弯，剪子朝自己脖子直直扎去。

我惊醒过来，一头汗水，M已经端坐在面前，惴惴不安的样子。

你到多久了，怎么也不叫我。

看你睡得那么香，不想打扰你。

不存在的，只是小眯了一会儿。稿子带了吗？

带了的。

他小心翼翼地从随身书包里掏出了装订好的纸页，递给我，那动作像是只要我流露出一丝犹疑，他就随时可能抽回去。

我控制住自己的表情，翻看了起来。

修改幅度很大，好坏难以评判，M完全偏离了之前故事的预设和阅读期待。灵体在地球上游荡了一年之后，并没有像原先那样进入一户普通人家待产母亲的子宫里，它决定继续游荡，在同温层之上，在加尔各答焚烧垃圾的街头，在互联网每一条匿名的评论里……原因也很没有逻辑，它接收到了来自宇宙深处的新信息，让它继续等待，等待到2019年3月21日，那是一个拓扑变换的时间节点，灵体将会降临到每一个活人的梦中，到那个时候，阅读到这些文字的有福之人将会被选中，度过灾难，进入新的现实之中。

结尾最后一句话是：

（男声朗读了起来：在某个清爽的秋日午后，它梦见自己变成了一只黑色鸟儿，停留在一扇半开半阖的木窗上沿，它等了一会儿，直到屋里的人觉察到它的存在，便拍拍翅膀飞走了。）

我对他说我很失望。这样一改，前面积蓄的叙事和情感能量就落不了地，好像是虚晃了一枪，刺了个空，绵软无力。我说如果你坚持要用这个结尾，那前面也得跟着改，比如你突然冒出来的这个拓扑变换的时间节点，前面完全没有铺垫，这是写作技术上的纰漏，不能被轻易放过。

M眼神呆呆的，好像没太听懂我的话，过了好久才冒出一句，你怎么还是不明白？

不明白什么？

重要的并不是写了什么，而是这本书本身啊。

我摇了摇头，他现在听上去和我最厌恶的那些文学混子没什么两样了。

你看，如果按照原来的路径，灵体最后投胎变成了我，时间线上是闭合的，而现在我让它变成了一个开放性的结构，最后落在了你身上，它是拓扑变换中的一个破损。

我不明白。

这意味着，当世界末日降临时，只有读过这本书的人知道发生了什么，我这是在救你。

你真的疯了。

我以为你会懂的。M说出了梦中的台词。现实是被理念所形塑的，不管是文学表达还是数理逻辑。马雅可夫斯基用诗的直觉把握到了拓扑变换的核心：无论事物的外在现实如何改变，但彼此之间的相对关系始终保持不变。这只是一个极其粗糙的类比，不管是100年前的莫斯科还是2019年的梦里，你和我，彼此吸引又相互操控，却永远得不到对方的认同。

我竟然无言以对。

那个偏执、孱弱、飘浮在妄想云端的M，似乎一下子降落到凡间，对我俩的关系一语道破。莫非他过往的举动只是在进行角色扮演，又或者那不是他，而是像小说里写的那样，是附在他身上的什么东西。

我突然觉得有点害怕，理性如我竟然也开始分辨不清虚实真假，就像是某种传染病从M的文字侵入了我的大脑，或许我根本不应该出版这本小说。

你说的情况有变，是有其他社联系你了吗？

你终于开始明白了。M突然露出了暧昧的笑。你出或者不出，书就在那里。

他没有变，我突然松了一口气，所有的改变只是我心绪的投射，而M还是M。

那你到底是出还是不出啊，我这可合同都盖好章带上了。

你知道我想要的是什么。

我看着他，贪婪地看着我的他，M的脸开始变得边缘模糊，恍惚间他变成了梦里出现的另一个版本的M，厌恶感无法遏制地从头皮里往外钻，现实一切都变得轻飘飘的，毫无分量。

M先生，我非常欣赏你的小说，遗憾的是，我们出版社没有这个幸运。

这就是我和M所说的最后一句话。

他在我身后大声说，记住那一天，我们都是马雅可夫斯基。

后面的事情你们都知道了，我们再也没有联系过。《1992》辗转几家出版社也没能付印，M从此销声匿迹，像所有那些自诩为天才的写作者一样，蛋壳般脆弱，只需要一把小勺就能让他们崩溃。

我回到了编辑的苦闷生活，没被开除，也没有高升，只是继续日复一日做着没有灵魂的书。

直到今天，书结尾里提到的那个日子，我才知道，他说的都是真的。

（男声纠正：今天不是2019年3月21日）

不是2019年……你这是什么意思？

那现在是哪一年？不是因为M降临在每一个人梦中，指引你们找到了我吗？

什么叫这不重要？这很重要！

如果不是因为发生了拓扑变换，现实和梦境沿着X轴交换了位置，《1992》里写的东西怎么会变成现实的？你们又是怎么找到的我？

M还说过，如果在拓扑变换之后你想分清自己究竟是在现实还是在梦里，只需要念出这些名字，赫列勃尼科夫、塔特林、马列维奇……如果它们勾起了你某些激烈的情绪与回忆，那就证明你是在梦里，因为灵体降临之后，我们都是马雅可夫斯基。

你叫我冷静？我的情绪曲线波动异常？我怎么冷静！

不不不，是你们搞错了，1992年原本没有发生那些事情的，是变换到现实之后，它们才成为历史。这就是为什么这本书这么重要，它是唯一能够证明变换发生了的证据。它是连接现实与梦境的入口，想想那个结尾。

可是现在太迟了，只有我完整地读过，在这一切发生之前。

什么？你们认为是我杀了M？因为可笑的爱情和控制欲？我懂了，那是我的梦，我曾经的梦，在梦里，我受不了他的失败人格和偏执狂，在最后一刻，我把剪子推向了他自己……现在这个梦变成了现实，而现实变成了梦。

我明白了。

可你们还是解释不了一件事，梦里的M写不出《1992》这样的小说，那这本书又从何而来呢？

你是说……这本书其实是我写的，因为所有的知识结构和文风都很吻合，只不过是为了爱情，为了成就他，我把署名权让给了M？

哼，这倒是一种有趣的假设。

我告诉你们，还有一种可能性。

你们来找我，是因为想要得到灵体，你们认为我杀了M之后，灵体便附在了我身上，因为他太爱我，太想得到我，还有什么比合而为一更终极的关系呢。你们想知道我在马雅可夫斯基和M之间，还经历过些什么。想利用我来让你们的大梦变成现实，哼，这倒是合情合理。我想问你们一个问题。

你能确定你现在是清醒的吗？

　　（桌椅与地板巨大摩擦声，激烈撕扯声，男人叫喊声和女人嘶吼声，突然响起一匹厚绸缎裂开的声音，一切安静了下来，一个人说：快去叫医生！另一个人说：太迟了。又过了很长时间的沉默，录音停止了。）

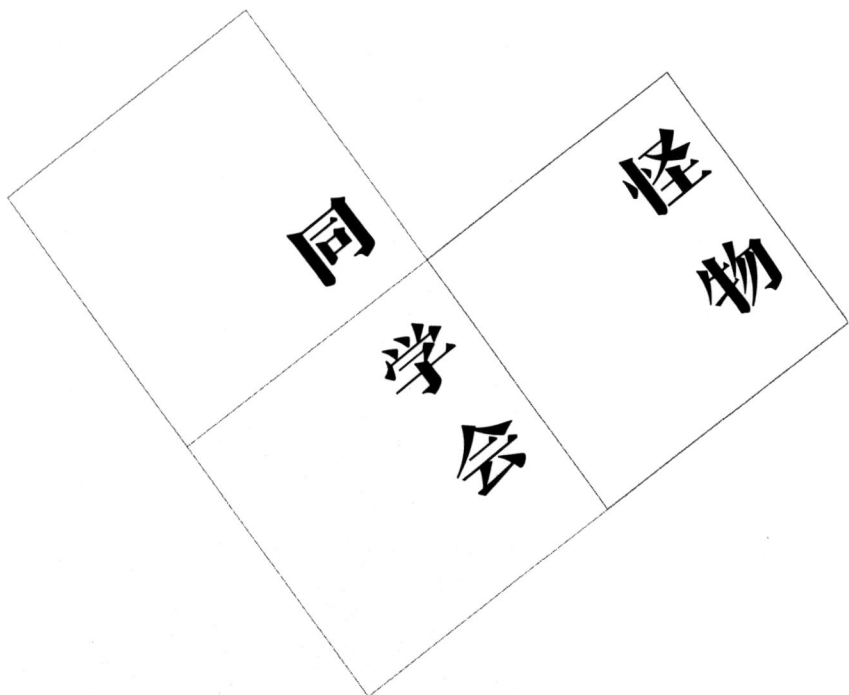

怪物同学会

没有潜伏于黑暗中的怪物，大海将会怎样？
就像没有梦境的睡眠。

——沃纳·赫尔佐格

0

入了夏夜的19号教工楼特别适合思考终极问题。

一来是大部分老师都已迁入校外新区，由于使用权期限未满，空置宿舍大部分都外租给学生或考研人员，一到暑假也都各回各家，没了人影；二来老楼线路不行，承载不了空调的用电负荷，只能用老式摇头风扇，连野猫都受不了这燥热，更别提年轻人。

谢耀真教授的书桌上，此刻正掀起一阵阵书页的麦浪，风扇摇过，书页又伏贴下来，露出字里行间各色批注。即便如此，汗水仍然不停地从谢教授额头沁出，流经紧蹙的眉心，滴落纸面，发出脚步般的嗒嗒声。

这篇论文的结论如此惊人，以至于他不得不反复检验推论过程是否严谨自洽。可越是细究，越有一股寒意沁入谢教授的后颈，再爬上他的头皮。他眼前闪现一张久未谋面的脸庞，柔弱的女性轮廓里盛满绝望，似乎为论文增添了一个可信的注解。

刺耳的电话铃声打破了静谧。谢教授第一反应是看向手机，可他习惯常年设置静音模式，铃声仍然不依不饶地催着命，从昏暗的门廊角落传来。

是座机。

谢教授完全想不起这台座机上次响起是什么时候，一直心心念念要去销户，可如同其他的生活琐事，都被他无限期地拖延了下来。

都这个点儿了，会是谁呢？

谢教授从书堆里拯救出那台蒙尘的暗红电话机，没顾得上擦干净，便抓起了听筒。

——哪位啊？

听筒对面沉默了许久，是一把带着哭腔的女声。

——谢老师，我是……

没等对方报完姓名，谢教授便毫不客气地打断了。

——我知道你是谁，没想到你还挺神通广大，连这个号都能查到。

——谢老师，我知道我错了，可这门课分数真的对我很重要……

——噢，你所谓的很重要就是交白卷……

——我没交白卷……

——是！还不如白卷！你知道，如果我把你的卷子交给风纪委员会，会有什么后果吗？还想及格？你是不是脑子有问题啊。

——谢老师，不看僧面看佛面，您看，这马上又要开始评职称了，您的教授……

——你这是在要挟我，还是在贿赂我？

——我只是……希望您再想想，不要让自己后悔。

——我后悔？你这是学生对老师说话的方式吗？不管是僧面佛面，我谢耀真绝对不会网开一面！

——谢老师……

电话被重重挂断了。

谢教授，不，确切地说应该是谢副教授坐回原位，起伏的胸口已经全被汗湿。他努力平息自己的怒气，把注意力集中到眼前这沓厚厚的论文上来，却怎么也无法继续思考。他愣了一会儿，起身从抽屉里翻出了一份试卷。

最后一道大题本该写着答案的地方，只见孤零零一行娟秀字体，一个手机号码，以及一个轻飘飘的桃心符号。

谢教授的目光穿过畸变严重的镜片，落在那个名字上，似乎内心在纠结着一个决定。

这时，门外响起了敲门声。

"谁啊！"

这个夏夜真是热闹得有点过分了。

"是谢耀真老师吗？"有个年轻男孩怯声说，"您的学生跳楼自杀了……"

谢教授猛地起身，桌上的纸页如同收割的麦穗被高高扬起，又徐徐飘落满地。

1

重重颠簸惊醒了昏睡的陈墨，他抬头看看车窗外，依旧是漫无边际的一片野绿。

"还没到啊，这都什么破地方？"罗晓东也醒了，他抹掉嘴边的口水，顺手擦在XXXL号的勇士队球衣上。毕业三年，他又胖了不少，开始显露出某种中年气象。

"美林谷，三省交会处，距离出发地328公里，我都查过了。"坐在副驾的高涵头也不回。

"高委员还是那么较真儿，话说你们怎么选了这么个地方？"

"谁们？反正不是我。"高涵没接晓东的话。

"哟！被权力核心驱逐了啊。想当年你可是呼风唤雨……哎，陈墨，你怎么那么蔫巴儿，那么久没见，你都干吗呢？"

"上班呗，还能干吗，又不像你们，"陈墨依旧望着窗外，淡淡地说，"这同学会我根本没想来。"

"诶？你这么说就没意思了，我在我爸公司也是从打杂的管培生做起，高涵他不也，好吧，他起点高，也就是个小村干部嘛。谁不是累死累活的……"

高涵不易察觉地轻哼了一声，从上车之后他就一直回避和陈墨直接交流。

"哎，你说这次能不能见到那谁啊……"罗晓东为缓和气氛，捅了捅陈墨，朝高涵后脑勺努了努嘴。

"谁啊？"

晓东急忙摆手让陈墨压低音量。

"就那个……"胖子扮出一副俯瞰众生的高冷脸，同时两手做出托胸的猥琐动作，他突然看到后视镜里高涵眼睛冒着火，赶紧收手，"高涵，开个玩笑嘛，想当年你们可是班里，不，校里的神仙眷侣，大家都以为你们能成呢……哎，Coco公主来不来啊？"

"怎么，你想睡她？"

"得，当我什么也没说。"

晓东讨了个没趣，只能玩起手机游戏。

天色渐渐暗下，窗外的山峦与树木变得影影幢幢，车灯光柱如触手般摸索着四周，却只能照亮小小的一块前方。

"师傅，到底还有多久啊？"陈墨终于按捺不住问司机。

"转过这座山头就到咯。"

"您这车就停在度假村吗？我是说，万一有个急事要回去什么的。"

"这高档度假村我们哪住得起啊，都把车开到30公里外的镇上，再找个床位眯几宿。"司机口气里有种嘲讽，"时间到了，再回来接你们。"

陈墨尴尬地哦了一声，不再开口。

几座散发着炫目灯火的建筑毫无征兆地出现在众人视野中。不像那些拙劣模仿西洋风格的庄园，这个建筑群落带有某种无法归类的融合风格，线条和立面如同后现代派般呈现不规则与不对称，但放眼全局又仿佛带有怪异的仿生学元素，如同巨大的甲壳类生物及其幼虫，随着车辆的驶近，甚至还能看到蜕下的死皮铺就一条螺旋状的走廊，沿着中心向外旋转辐射开来，似乎正在迎接他们的光临。

这光景透过车窗叠在几个人脸上，有种虚幻不真的感觉。

"山寨高迪？还挺像模像样的。"高涵自顾说着，似乎不需要任何回应。

车厢里响起巨大的肠胃蠕动声，罗晓东摸着肚子，不好意思地笑笑。

只有陈墨，脸色比来时路上更加阴郁。邀请函上的水印徽章正是这座度假村的2D投影，在一般人根本不会注意的角落，用浅色小字写着三条同学会注意事项。

第一条：未经允许，任何人不得擅自提前离开同学会。

虽说一般聚会都会强调不要迟到早退，可真用这种军令状式的口吻，陈墨还是头回见。而其他两条则更加令人匪夷所思。

一只不知何处蹿出的野鹿从车头跃过，司机惊呼一声猛打方向盘，车里三人来不及抓紧，一阵人仰马翻各种叫骂。车急刹在路肩上，差点就朝灌木林里栽下去，司机忙不迭道歉。

陈墨看见那只鹿正在树丛间回头望着狼狈众人，它那尚未发育成熟的角上，似乎挂着什么物件，如圣诞树上的饰品闪闪发亮。

那是一副银色牙套。

2

开毕业三周年同学会的那个夏天，经济形势内忧外患，一路探底却触不到地板。许多公司借着百年难遇的酷暑给员工放避暑假，实际上是变相减薪。有钱的趁机找凉快地方游玩，没钱的也懒得出门，躲在家里吹空调玩游戏。一部以异星杀戮为题材的爆米花电影夺得了暑期档票房冠军，幸存下来的主角也并不是人类。

所有人的心绪就像连日沉闷的伏天，一片混沌焦灼，也看不见舒爽的明天何时到来，只能像一坨勉强解冻的肉块，冷冰冰黏糊糊地过着日子。

许多打着擦边球的"灵修经济"大行其道。在四线以上城市的聊天群、直播间、视频网站、学校教室、体育馆、街道办事处、美容SPA店、社区广场、宠物医院……里，各派大师神出鬼没，向信徒们传授着迎接宇宙新纪元，提升人类灵性的不二法门，同时收取数目可观的电子货币。

而在更为广袤而贫瘠的土地上，人们选择一种回归原始的方式与神灵沟通，仪式简朴，诉求单一，追求在身心的极限状态下，属灵感恩，并蒙受救赎：大气中的水分凝结成雨滴，在重力作用下落向地表，再沁入土壤的细微孔隙，被作物的根茎细胞所吮吸。

人们相信，让一个人挨饿到濒死状态，便能拯救大多数人免于挨饿。

有时候，仪式关于信仰；更多时候，仪式关于失去信仰。

3

陈墨呆坐在杯盘狼藉的餐桌边，看着眼前的闹剧，心想这才是第一顿饭。

罗晓东嘴角留着黄色残渣，已被灌得不省人事，斜斜地靠着墙脚，岔开两条大肥腿，不时缓过劲儿来喷个酒嗝，让人知道他还活着。李可可被众人起哄着和高涵喝交杯酒，精致的脸上，妆容有点花。高涵倒是没说好，也没说不好，只是黑着脸，木木地站着像任人摆布的塑料模特。当年保研的刘鼎天和已经是两娃辣妈的任静猜拳喝酒玩得正嗨，他们之前有过一段故事。而同在机关里的付翔和金昊波拍着桌子或胸脯，就一项政策背后的真实意图争得面红耳赤。

虽然才毕业三年，这些二十四五岁的年轻人像是以超光速步入中年，一半的人在讨论育儿和养老，另一半在讨论股票和房价。话题发起者往往是那些"安定下来"的人，他们苦口婆心地劝其他人赶紧买房、赶紧结婚、赶紧生娃、赶紧做一切在"人生清单"上的事情，似乎这个国家的预期人均寿命一夜回到了解放前，在座各位都只剩下十年活头。

这些人一起度过了人生中最黄金的年华，如今天各一方，好不容易克服种种阻碍聚到一起，却依旧重复着任何一张饭桌上都必然出现的陈词滥调。陈墨摇摇头，习惯性地置身事外，这时有人拍拍他的肩膀。

"陈墨啊，你怎么还是那么不识相，去敬钟总一杯啊，这次聚会全靠她才成局。"舍友阿黄指了指一位长相静美的女子，含笑坐在桌子对过，看着陈墨。

"钟总？咱们班里十几号人没人姓钟啊？"

"你忘啦，当时她书包里总装着药盒，一走起路来就有节奏地嘀嗒嘀嗒响，像座会走路的钟，所以大家都叫她钟小姐，我没说错吧。"

"你们没到的时候，我已经帮大家重温了一下我的糗事。我是肖如心，当年身体不太好，所以好多课都没上，不记得也正常。"那个瘦削的姑娘依然挂着笑，优雅地举杯候在半空。

这个名字陈墨还是有点印象的，只是人对不上号了，果真像她所说，毕业照里都没有露过脸。

两人碰杯，陈墨客气地感谢她这次的张罗，每个人都只是象征性地交了点费用，其他的住宿、车辆、餐饮都是肖如心赞助的。这个班里藏龙卧虎，陈墨入学没多久就知道，不过这么大排场确实还是第一次。他总觉得自己就是一个误入十八罗汉阵的小沙弥，稀里糊涂就成了别人眼中的"牛人"。

这种误会一毕业便销声匿迹。

"举手之劳，玩得开心，后面还有好多节目呢。"

肖如心说这话的神情总让陈墨联想起某种动物，后来他终于想起来了，是那只角上挂着银色牙套的幼鹿。

他回头一看，高涵和李可可终于不情不愿地交了杯。工作人员推来了轮椅，正努力把罗晓东200斤的肉身架起来塞进去。不知为何席间播起了披头士混音版的*Strawberry Fields Forever*，所有人摇摇晃晃的动作，高谈阔论和被酒精放大的昔日友情，都像一场荒诞派戏剧的第一幕高潮。当他习惯性地要去掏手机时，却才想起手机已经被收走了。

第二条：未经允许，同学会结束之前不得使用手机。

当胖子东第三次从轮椅中啪地摔到地上时，陈墨发现不知何时，肖如心已经提前离席了。

4

人们总觉得戴眼镜会让自己显得聪明些。一种解读是长期以来，公众在视力退化水平与教育程度之间建立起错误联系。还有一种可能性，当你戴上眼镜之后，对外部环境的反应敏锐度随之发生变化，就像我这副烦人的超重镜框和鼻托，你不得不更加谨慎地选择行动策略，客观上提升了你的"聪明"指数。

所以下次拜托最后一排那位戴眼镜的同学坐到第一排来。（哄堂大笑）

就好像人们还习惯于把手环成圆筒形放到耳边来提升听力一样，这些仪式陪伴人类从远古一步步走到现代社会，它们在符号学上的意义远远大于现实功用。

你们有没有见过打手机时对着空气手舞足蹈的人？经常对吗？他们的表情、身体语言甚至是腺体分泌，都仿佛对面真的站着一个人。我们的大脑会调用记忆中的数据，将通过听筒传输来的数字信号在意识空间里重新组合成一个个鲜活的形象，我们其实是在跟那个形象交流。同样的事情也发生在当你发文字信息或者表情包的过程中，所以难免产生误解。

这些都是广义上的仪式，帮助我们更好地建立与这个世界的联系，当我们的感官系统受限的时候，仪式为我们提供一种替代性的安全感，尽管很多时候，这可能是一场幻觉。

就好像上飞机前，我们需要经过层层关卡、排队、核实身份、安检、登机，最后，将我们的生命托付给飞行在数万英尺高空的一个铁匣子。你既不认识驾驶飞机的人，也不了解这台巨大钢铁怪物如何能够摆脱地心引力冲上云霄，之前漫长的铺垫仪式似乎只是一道安慰剂，瞧，我们真的很把你的小命当回事儿。事实上呢？

（铃声响起）

OK，今天的课后作业：列举并分析现代社会里的某项仪式及其荒谬性。

下课。

5

李可可惊慌失措地敲开每一扇房门，这时刚过凌晨两点。

身穿绛紫暗花真丝睡衣的Coco公主，即便素面朝天也藏不住慑人的美，那种美是有标价的，并非凡夫俗子能够负担得起。

而此刻，她竟然不顾颜面地乞求所有人帮忙找到高涵。

除了昏睡不醒的罗晓东，所有人都集中到这座地中海风格独栋别墅的大厅，想搞清楚究竟发生了什么。也正是此时大家才发现，肖如心并没有跟他们住在一起。

过分空旷的大厅里灯火通明，每一个细节都透露出主人的精心与品位。每个人脸上的表情都暧昧莫名，既困乏又兴奋，似乎将此当作本次同学会的彩蛋。

首要的问题当然是，为什么高涵会在李可可房间。

根据李可可的说法，高涵趁着酒劲敲起她的房门说要叙旧，为了避免惊扰到他人，可可只好放他进门再好生安抚，两人聊起往事来竟然忘记了时间。

众人不置可否地相视一笑，好吧，这个问题也没有那么重要啦，可为什么你那么着急忙慌地要我们找人，说不定高涵只是见到老情人情绪激动，辗转难眠，出去平复心情了。

可可翻了个白眼，知道自己糊弄不过去，只好坦白说两人叙旧到情深处，忍不住拥吻起来，这时高涵却突然面色大变，惊呼窗外有怪物，便要去追，可可拦不住，又没有手机，只好敲门喊众人帮忙。

李可可房间在二楼，窗外是一个小阳台，距离临近阳台也有三米远。隔壁的陈墨表示并没有察觉异样，另一侧的罗胖子还没有酒醒。

——那你究竟看见了什么？

Coco公主咬着嘴唇，似乎看见了又似乎没看见……但以我对高涵的了解，如果不是真看见了什么，他绝不会有这样的举动。

——可他看见了什么怪物，会想要去追呢？这不合常理啊。

李可可的脸一沉，似乎想起了什么，却闭口不语。

肖如心终于赶到，问清缘由，先打电话让度假村保安搜索一遍，外面有山有林有湖，就算是野兽跑进了园区，或是高涵掉进了湖里，都是需要先排除的隐患。她安抚了一下李可可，也让其他人回房间休息。肖如心还朝上一指，园区里各种监控措施都很齐备，必要时可以调用数据，只是就必须惊动警方授权了。

众人这才注意到度假村里无处不在的摄像头。

刚才还满脸心焦的可可这时画风一变，摆摆手说那倒不必麻烦了，高涵也不傻，他会保护好自己的。

肖如心笑笑说好，这里夜路难走，车都开不出去，更别说靠腿儿了，高涵肯定就在附近，没事儿的。

就在众人将散时，不知谁打趣对可可说了一句，说不定你回房间时高涵就躺在那儿等你呢。

所有人包括李可可几乎同时意识到，他们的认知中出现了一个巨大的盲区。

当高涵睡眼惺忪地打开房门时，被堵在门口的人群吓了一跳。

"高涵你这是在玩我吗？"

李可可挥手给了他一巴掌，旋即被大家拉开。

"李可可你有病吧，这么多年怎么一点没长进？"

"你不是追怪物去了吗？怪物在你床上吗？"

"怪物？什么怪物？喝多了吧你？你们都陪她一起疯？"

"疯的明明是你！你说死也不会让那只怪物拆散咱们俩！"

"我可不记得说过这么浪漫的话，醒醒吧Coco，都过去了，我不怪你，别丢人现眼了。"

高涵把门重重一关，众人知趣地各自回屋，留下雕像般僵硬的李可可站在那儿，保持着一个不知是愤怒还是忧伤的姿态，一如既往的戏剧性满满。

6

上次有同学问我，对于一些带有宗教或者超自然色彩的仪式怎么看，比如萨满、扶乩、巴厘岛的桑扬舞，以及偶像选秀节目（笑声）。不得不说，仪式涉及的学科领域非常广泛，从社会学、人类学、语言学、心理学到神经科学、生物进化甚至数学，你都能发现可以阐释仪式的理论工具，可惜我术业不精，只能给你们带进门。但无论哪一种仪式，我相信都能够在科学的框架里得到解释。

你问我自己有没有经历过无法解释的仪式……（长久的停顿）嗯，不得不承认是有的，而且就发生在我曾经非常亲近的人身上，那次仪式导致了非常严重的神经官能症，我认为是由于某种心理暗示导致的。大家知道的，仪式的力量可以非常强大，尤其在那些容易接受暗示的人身上。如果你们这学期成绩不错，也许我会考虑开个小灶讲一讲。

为什么是曾经非常亲近？这位同学你很八卦噢，那又是另一个很长的故事了。现在我们还是言归正传吧。

7

晨间的户外活动缺席了好几个人，包括昨晚闹剧的男女主角。

罗晓东倒是来了，貌似还没完全醒酒，像一坨吸饱了水的巨型棉花球，迈不开腿。

大家换上了运动装，在一片小小的果岭上进行推杆练习。小小的白球沿着草坪弧面走出各种漫不经心的线路，却离球洞越来越远。众人在遮阳伞下用着早餐，看一身洁白的肖如心像清道夫般把一个个球送入洞中。

"他们俩怎么闹成那样？原来不是好得跟连体婴似的。"

"好像就是毕业前出了件什么事儿吧……"

"听说高涵家对可可不太满意哦。"

"不会吧，要颜有颜要胸有胸的，还是个千金大小姐……"

"你就知道胸。"

"这鸡胸肉是挺霸道……"

陈墨不耐烦地听着这群人嘻嘻哈哈，不停搅动杯里的咖啡，终于忍不住说了一句。

"难道没人记得谢教授吗？"

所有人讶异地停下来看着他，像是努力在脑海里搜索某颗不存在的星体。

罗胖子走到陈墨身边，手搭住他肩膀，底下的折叠椅一声呻吟。"陈墨，你告诉我，你还记得哪门专业课是靠你自己过的吗？"胖子又转向其他人，"我们学的是什么专业，大气科学、量子物理、古代文学、国际关系、铅球、插花还是茶道，在社会上混得人模狗样还是狗屁不如，又有他妈的什么关系呢？最重要的是，今天大家聚到一起，感情没有变，这就够了，你们说是不是？"

罗晓东像是把隔夜的祝酒词带到了今天，他停下等待掌声。

"他死了。"

所有人循着声音望去，竟然是肖如心。她冷冷击出一记又高又远的长打，回头看着众人。

那颗星体一直都存在，在幽暗的宇宙深处等待某个讯号。

众人像是瞬间经历了一场时间旅行，脸上表情或多或少泄露出一些秘密，有愧疚，有迷惑，也有释然。如同通过心灵感应达成了某种默契，他们都选择了沉默、无视，将话题岔向无关紧要的领域，等待这场华而不实的果岭野餐能够快点结束。

肖如心脸上似乎有失望闪过，但瞬即恢复成分寸感极好的微笑。

陈墨嘴角也露出一丝不易觉察的笑。这才是他期待已久的同学会，不是各自粉饰太平炫耀身家，而是将被时间掩盖的缝隙撕扯扩大，挖出内里血肉模糊的真相。打开一些心结，结下更多恩怨。你以为在同一屋檐下共同生活数年就会让彼此心灵亲近，甚至从某种程度上成为相似的人，这种愚蠢的幻觉只有通过久别重逢才能被无情粉碎。

这才是同学会存在的意义。

而接下来则是陈墨期待已久的环节——重温老照片。

8

各位同学，很抱歉占用大家几分钟的时间。

在这里，我要郑重地向李可可同学道歉（议论声）。上一次课，我用十分不恰当且不尊重的语言将李可可同学描述为"生活在为取悦雄性而精心布置的盛大仪式中"。我错了。李可可同学为自己而生，为自己而活，所有精致而盛大的仪式都是为其女性自我价值的实现。我实在是从狭隘的雄性视角去轻率评判他人，我再次，真诚地向李可可同学道歉并请求你的原谅。

希望这次小小风波不会影响到期末考试，如果不想两周后迎接盛大的失败，请大家认真复习准备。

9

入学时在校门口的合影。第一次春游。电竞比赛赢了隔壁班。生日派对。舞池里的派对。酒店里的派对。地点不明的派对。

（轻快的Trance舞曲，欢笑声，抱怨声）

——我靠！当时怎么那么土！

——侬还好意思港了啦看看我……

——OMG，请一定把我P掉！

宿醉。各种宿醉。一地空酒瓶和涂满奶油的脸。半裸。全裸。车旁呕吐。泳池边呕吐。沙滩上的篝火野营。一对情侣的背影和一条撒尿的狗。

（起哄，嘘声，爆笑）

——这是那次加州交换项目吧……

——后来你还跟那印度妞有联系吗？

——闭嘴，我这辈子都不想闻见咖喱味。

课堂上流着口水的罗晓东。在宿舍楼下深吻的高涵和Coco。在同一个位置争吵的高涵和Coco。Coco和不同的男生在一起，动作亲密。

（尴尬的沉默，望向主角）

——这照片是谁拍的？

——站出来！

——Coco，大家闹着玩儿的，别放心上……

李可可挡在幕布前，投影的光打在她身上，像是一个隐身人，却由于轮廓过于立体而暴露了自己。

"我知道我当年脾气暴，得罪了不少人，可要是在同学会上耍这种小伎俩，想让我出丑，那你等着瞧。"

可可的脸被叠上另一张脸。瘦削苍白如同大病未愈之人，眼神却像坚冰般冷静，仿佛能用视线凝固周遭的一切。

肖如心站了出来，面对着大屏幕上的自己。

"Coco，这事儿是我考虑得不够周全，太过私密的照片应该征求每个人意见的。"

"如心，这儿没你的事儿，不用往自己身上揽。我知道背后都是他安排的，知道我马上要订婚了，所以想整这么一出羞辱我是吧？"李可可提高了声调，指向高涵。高涵一动不动，但紧绷的咬肌出卖了他。

"总之，今儿有他没我，你们都向着他对吧？也是，他爸给了你们多少好处啊，保研的保研，进机关的进机关，写推荐的写推荐，可你们不想想这都是因为谁……"

"李可可你够了！"高涵再也按捺不住，吼了一声。

音乐恰如其分地停了下来。

李可可脸上显露出那种习惯性的受伤表情，仿佛是遭到了全世界的背叛。她低头快步走到肖如心跟前大声说："帮我安排个车，我这就消失，你们爱怎么玩就怎么玩。"

肖如心依然淡淡笑着。

"同学会开完之前，谁都走不了。"

李可可杏目圆睁，指了指肖如心又放下。

"手机还我，我自己叫车！"

"不好意思，别忘了注意事项第二条。"

"你他妈以为你是谁啊，"李可可转向房间里其他人，"你们就让她这么玩？"

"算了，如心，你就让她走嘛……"

"是啊是啊，同学一场差不多得了……"

肖如心突然收起笑脸："我不是针对她，而是这里的每一个人。明白了吗？你们还没有看到最精彩的部分呢。"

所有的人本能地转向屏幕，画面开始切换，众人的面孔在光线中变得迷离，有人瞪大两眼，有人捂住嘴巴。

李可可疯了似的扑向高涵，但显然高涵也被画面的内容惊吓到，对Coco的厮打毫无反应。他喃喃自语："我明明都删掉了……"

画面突然消失了，是罗晓东一把掀翻了投影仪，他气势汹汹地抓住肖如心瘦弱的肩膀用力摇晃。

"你究竟是谁！到底想干吗！"

"你爸的公司因为高涵的那张批文，市值翻了三番，你爸也因此坐稳了二把手交椅并顺利接班。我没说错吧。"肖如心轻描淡写地说道。

罗胖脸上的肉开始颤抖，他扬起了拳头。

"胖子！"他扭头，肚子被什么硬物重重一击，他痛苦倒地，在地上蜷成一团。

"既然接受了邀请，就得遵守主人的规矩，要不就别来。"陈墨挥着高尔夫球杆，冷冷说道，"你们都是受过高等教育的社会精英，这点道理都不懂？"

局面诡异得有点让人看不懂了，而似乎只有一个人，这场仪式的发起者，才有资格解答谜题。

"我猜你们没人认真读完那三条注意事项吧，现在给你们时间，好好审题。"肖如心虚弱地走向门口，像是用尽全身力气，"晚上见。"

不知道什么时候，几名身形健硕的安保人员已经立在门口。

陈墨犹豫片刻，跟了上去，而保安并没有拦住他。

10

这次期末考试70%的分数都落在最后一道大题上，别问我这符不符合规定，课是我上的，我说行就行。上课、考试、打分，无非也都是一种仪式，如果这学期过完了，世界对于你来说仍然跟以前一样，那给你打100分也是浪费。

所以，请大家认真审题，仔细作答，我不会为难任何一个人。

我再念一遍题目，请注意我的表情和重音。

请你设计一套具有可操作性的仪式，并详细阐述其场所、道具、流程、背后的理念以及预期对目标将产生什么样的改变。

你们有一个半小时。开始。

11

陈墨：你还好吧。

肖如心：这种事确实比较耗人，休息一会儿就好。

陈墨：你究竟是谁？

肖如心：你发现了。

陈墨：第一眼就发现了。

肖如心：有意思。

陈墨：还是你比较有意思。

肖如心：说吧。

陈墨：你不是肖如心，你甚至都不是我们班的，我有照片。

肖如心：噢，忘了你喜欢偷拍别人。

陈墨：我喜欢观察别人，想象每个人的生活……除了谢老师的课，你从不和我们一起上别的课。

肖如心：你注意我很久了。

陈墨：你看谢老师的眼神，很特别，但是谢老师从来不敢拿正眼看你。我猜，你们之间有某种关系。

肖如心：不如说说，为什么你要提供那么多素材。

陈墨：你应该比我知道得更清楚。

肖如心：我知道毕业后，你找工作很不顺。

陈墨：这跟得罪了谁没关系，我本来跟他们就不是一类人，只是好奇而已。

肖如心：好奇什么？

陈墨：这场戏要怎么收场。

肖如心：以你想象不到的方式。

陈墨：比如？

肖如心：哈。你这个人啊，还真不像看上去那么……

陈墨：那么什么……

肖如心：冷漠。

陈墨：……

肖如心：我说对了吧。你是这里唯一一个没有撒谎的人。

陈墨：撒谎？

肖如心不说话，抬头看着寂寥的星辰，一阵雾气从空旷遥远的山谷间涌起，悄无声息地沁湿空气。陈墨突然觉得眼前这个女孩的目光开始闪烁，如夜风中冰凉的碎钻坠饰，而不是温暖的烛火。

肖如心：你还记得当时那道题你的答案吗?

12

第三条：未经允许，完成仪式前不得擅自离开同学会。

"仪式? 什么狗屁仪式?"罗晓东揉着肚子大声嚷嚷，"还有那个陈墨，老子回头找人弄死他……"

"罗胖，你冷静一点。这些明显都是设计好的，陈墨跟肖如心是一伙的。他们是冲着我来的。"高涵说。

"我就说嘛，当时介绍肖如心时，陈墨就表现得很奇怪。"阿黄回想道，"怎么可能两人坐一桌都不说句话的。"

"话说回来，你们真的对肖如心这个人有印象吗?"刘鼎天问，"以我的记性，怎么一点都想不起来? 这不科学!"

"她就没在宿舍住过好伐啦。"众人随着话音寻去，是几位安顿好李可可的女同学回来了。

"本地人，身体又不好，好像中间申请了休学，拢共就没出现过几面，没印象就对了。当时你们不都被Coco迷得五迷三道的，哪能正眼瞧过别人呀……"辣妈任静话里夹枪带剑。

"Coco怎么样了？"高涵打断她。

"这会儿知道假惺惺啦，刚才不还狠三狠四，谁看了那种照片心里能舒服啦，房间里歇息着，侬不要去搞她。"

所有人都默不作声，不想再触碰刚才尴尬的一幕。

投影布上出现的是高涵和李可可的性爱照片，很明显是两人在上大学期间，脸上都洋溢着某种青春的狂妄，仿佛自己便是全宇宙的中心。但最为震撼的却不是裸露的肉体或是狂放的动作，而是背景中一个不起眼的元素，在大屏幕上显得如此扎眼。一个貌似喝高了的中年男子，半瘫靠在墙角，嘴角微斜，双目半闭，身上胡乱落着些洁白的纸张。这个乱入的人形道具给整幅照片的色情基调添上一抹超现实主义色彩。

所有人都立刻认出，那就是他们的老师——谢耀真。

谢教授为什么会在那里？他当时还清醒吗？两位主角不知情吗？他们还能正常地完成所有既定动作吗？拍下这些照片是出于何种心态？

每个看客心头翻滚着诸多问题，但都克制住发问的冲动，很快地，每个人都猜到了自己的答案，随即又被一个更大的问题淹没。

这与谢教授的死有关吗？

似乎有无形的寒风拂过，每个人心头一阵揪颤。他们几乎同时回忆起了某件十分重要的事情，这件事情将所有人的命运与谢教授，这个本应无关轻重的选修课老师，紧紧联结在一起。也就在这个瞬间，他们理解了肖如心所说的第三条注意事项的真正含义。

不知藏匿于何处的扬声器突然滋响了几下，失真的声线里洋溢着笑意，宣告夜晚派对降临。

"老同学，你们都准备好了吗，我们来抽签决定，谁是第一个。"

一副扑克牌被摔到众人面前。

13

夕阳将尽，别墅后院里升起了一堆篝火。说是篝火，其实就是把烧烤架里的精炭倒在砂砾地上，再掺上一些枝叶、纸张和助燃剂，点燃之后火势喜人，噼啪作响，映红了每一张脸。

"老刘，你真的要这么做？"任静问。

"一会儿你们女生把眼睛闭上就行了。"刘鼎天不好意思地笑笑。

"我就他妈搞不懂了，咱们一起把那几个人打趴下冲出去，他们还能把咱们杀了不成？"罗晓东瞄了一眼保安，声音还是低下去几分。

"来之前我查过，这个地方属于私人物业，业主隐藏了真实身份，你猜它的奠基日是什么时候？"高涵脸上没有一点笑意，"三年前的昨天。"

"吃散伙饭那天？"

高涵点点头："所以说，这不是那种靠蛮力就能逃出去的地方，动动脑子。"

"老刘，你当时真的写了全裸？"还是任静。

"谁他妈能料到有今天！不付出点代价能叫仪式嘛。"

刘鼎天的话戳醒了众人。古今中外，仪式的核心莫不过一场交易，是有形之人与无形之神的交易。至于置换是否等值，交易是否成功，则完全基于朴素信任与历史记录。由于无迹可寻，交易失败者总会怀疑自己的付出与牺牲未臻标准。而那些在外人看来做成一笔好买卖的幸运儿，却也心中惶惶，疑心总有一笔分期付款在生命的前方埋伏着。这种不可知却又运行了数千上万年的规则，便是冥冥。

老刘已经脱光了，连眼镜都摘了，手捂着下体，在篝火前跃跃欲试。

同学们围成圆圈，有节奏地拍着手，嘴里同声念着四字咒语。

火焰并不是太高，刘鼎天轻松地一跃而过，他心里默数着："一。"

数字飞快地上升着，同学们拍手的节奏没有一丝紊乱，那串咒语被不断重复着，如蜂群低低笼罩在夜空。

逢烤（考）必过。逢考必过。逢考必过。

二十九、三十、三十一……老刘的速度明显下降，他的额头沁出汗珠，动作变形，双手也不再羞涩地掩护裆部，阴茎与卵蛋如同棉花糖般在焰火上方弹跳经过。他开始后悔当时自己为什么要写那么一个大数字。

刘鼎天有自己的原则，他不相信有免费午餐，也不相信天赋，只相信天道酬勤。就像他的父母，老刘习惯付出十分收获八分，这让他感觉踏实。以他的成绩正常保研没有任何问题，但刘鼎天还是为自己争取上了一道额外的保险。那道保险来自高涵。

所以他在试卷上写下了九九八十一次。就像唐僧师徒西天取经途中所必经的磨难。

陈墨站在保安身后，看着这荒诞的一幕，想象着千万年前，是否也有相似的一幕在这座山谷里上演。他猜测着摄像头那端的肖如心，脸上此时会是什么表情。

"加油老刘！快到了！"在任静的带头下，大家暗暗喊着。

刘鼎天已经趔趄地踢到几次火苗，每次都龇牙咧嘴地倒抽一口气，汗水在他身上形成一层滑腻腻的薄膜，反射出粼粼火光，滴落在炭块上嗞嗞作响，助长篝火越升越高，而老刘的身型却越显瘦小。……六十二、六十三、六十四……

女同学们也不再假装闭眼，她们脸上的恐惧代替了尴尬，眼前闪现属于自己的仪式。

刘鼎天发出夸张的喘息声，每次跳起的高度越来越低，有几次所有人都以为他要径直跳进火堆里去，可最后一刻，还是勉强把脚落在了发烫的地面上。他的表情扭曲而狰狞，已经完全不像那个自信满满的学霸少年，却像某种没有进化完全的水生两栖动物，稀疏的头发湿漉漉地搭在额头，遮住他原本就不大的眼睛。所有人都闻到了一股虚幻的焦味。

……七十八、七十九、八十、八十一。

没有人知道刘鼎天该什么时候停止跳跃，甚至他自己在那一瞬间都有点犹疑，以他的习惯，定是要多跳几下以确保不会数错，可他确实太累了，当最后一下落地时，他直接硬邦邦地跪倒到地上，像一条被浪花拍晕的海鱼，再也没有丝毫蹦跶的力气。

众人搀扶起刘鼎天，他的双脚多处被烫伤，浮起晶亮红通的水泡，破了的伤口泛着血水。高涵疑惑地望向摄像头，罗晓东却充满愤怒地瞪着陈墨。

陈墨站着，似乎想说点什么，但终究没有说出口。

14

各位同学，

展信安（也许应该改成"点"信安）。

希望大家都度过了一个快乐而收获斐然的学期。因为我们已经没有课了，所以只能以邮件形式来进行沟通，有些话，课堂上不太好讲，现在可以说出来了。麦克·卢汉说"媒介即信息"，诚不我欺也。

我知道这只是一门选修课，很多人选的时候连介绍都不看，只因为这门课出了名的好过，好拿学分。甚至出现一整个班集体选修这门课的盛况，在此我对你们的信任表示衷心感谢。

好过归好过，一门课总有标准，这是仪式存在的意义，否则在你们选课之后直接pass岂不是更方便。我很欣慰，从试卷上来看，绝大部分同学都掌握了仪式这项跨学科现象的精神内核，有一些甚至还提出了我所未曾思考过的新方向。你们的付出没有白费，你们会得到相应的回报。A deal is a deal.

但也有极少数同学，似乎误解了仪式的规则，又或者将其他仪式中的特权滥用到我这里。很遗憾，我可以接受经过了努力后的失败，却无法容忍不劳而获的白食。这个世界，也许有一些仪式的规则能够凌驾于其他规则之上，但终归，你需要服膺于一些普世的、底层的规律，这是不以人的自由意志为转移的。

我的人生其实过得很糟糕，也曾经犯过同样的错，天真地以为自己可以掌控一切，到头来付出代价的还是自己。而且，这个代价往往是超出想象的巨大。

再次感谢大家能够选择这门"仪式：从巫术到科学边缘"课程，真诚希望每一个人都能实现自己的愿想。

Sincerely Yours
XYZ

15

又有几个人抽中扑克牌，完成了自己的仪式。

阿黄收集了所有人的签名，烧成灰后和着水喝下去，按照他的设计，这样能够保持友谊长青。

官迷付翔要来一把梯子，让所有人扶着，当他一格格往上爬的时候，所有的人都高喊他的名字，而他会在名字后加上一个层层递进的官衔，当他爬到梯顶时，已经是俯瞰众生的付主席了。

他在半空中做了个挥斥方遒的手势，一跃而下，下面的人尽管怨声载道，可还是用手臂搭成桥，牢牢接住他。

付翔成功着陆后表情尴尬，不住地向众人作揖道谢，没人搭理他。

任静算这几个里最有创意的。她让班上的男同学半跪着围成圆圈，低下头，当她走到谁面前时，那个男人就得抬起头与她对视一分钟，眼神不得游移恍惚，然后她问"侬作啥爱我啦"，对方需要用十二分的诚意回答。如果说三年前的任静还算有几分少女姿色，如今的她贵为二娃人母，体态臃肿，面露疲色，对于一众平素只看脸与胸的肤浅直男来说，确实很难严肃得起来，几位笑场的直接被拖出圆圈。

只有尚未完全回神的刘鼎天抬起头，小眯缝眼看着任静，哆哆嗦嗦地说："无论你变成什么样，嫁人了生娃了都好，我都爱你。"

任静竟然忍不住背过脸去抹眼泪。那一瞬间所有人都知道他说的是真心的。

陈墨觉得这几乎就要沦为一场网络综艺真人秀了，而这些人竟然乐在其中。这可远远背离了仪式的初衷。

有一些人生来就比别人乏味无趣得多，最无趣的是，这种人往往认为自己才是正常的，其他人都是落在钟形曲线的两头。

他迫不及待地希望有人来拯救这场演出。

下一个是罗晓东。

他脸色煞白，气鼓鼓地坐着，也不动弹，肚子上的肉一折折地突着。

"胖子，等你呢，赶紧弄完我们好回家啊。"众人起哄。

"你们有病，我没有，凭什么让人瞎摆布。我就坐这儿，看她能把我怎么着。"

嘘声一片。

陈墨有点看明白了，随着仪式的深入，参与者会不自觉地代入某种角色，以获取归属感，并与那些对抗仪式的人势成水火。因为他们付出了代价，丢了面子，暴露出内心深处最真实的欲求，他们不允许有人贬损自己的努力，窃取甚至破坏前人辛苦栽种出的成果。

扬声器又嘶啦啦地响起来，肖如心听起来像在一片积雨云里。

"我会放出罗晓东的答案，然后由其他人决定他该怎么做。"

"你敢！"罗晓东猛地起身，可惜已经太迟了。

原本循环播放风光片的平板电视屏幕跃动了几下，出现一份扫描文件，签名显示是罗晓东，那是他的试卷，文件下拉到第二页，歪扭的字体稀稀疏疏地填满了大半页，甚至还配了张手绘的草图。由于那些手写体太难辨认，某种识别软件又将其转化为标准字符，叠加在原始的图像上。

现在所有人都明白了，为什么罗晓东从一开始就那么抵触这场仪式。

答案里说他从小因为自制力差而变得肥胖，经常被人嘲笑，造就乖张的性格，一方面想要尽力讨好强者，另一端又去欺负弱小来获取尊严。他厌恶这样的自己，希望通过一场仪式来摆脱过去，进化成一个真正的强者。

"能够完完全全地控制自己的精神与肉体，欲望与恐惧，能够抵挡一切的屈辱与嘲讽。"他矫情地写道。

罗晓东设计的仪式包括（按先后顺序）：

一、让曾经羞辱过自己的人跪舔自己的脚背；

二、让曾经受过自己欺侮的人原谅自己；

三、让自己曾经性幻想过的女生诱惑自己（并严词拒绝）；

四、让自己置身最为恐惧的场景并克服恐惧（附手绘图）。

罗晓东感觉自己仿佛变成了刘鼎天，赤身裸体地暴露在众人含义丰富的目光中，他如芒在背地躲避着，大吼了一声。

"那只是他妈的一门选修课！"

"现在可不是了。"

伴着话音，肖如心出现在门口，朝他们快步走来，她摆摆手，并没有让保安跟随。她站到了陈墨旁边，微微一笑，脸色比之前红润不少。

"怎么样，你们想好了吗？需要我再提供点额外信息吗？"

"你个贱人，我不会让你好过的。"胖子咒骂起来。

"比如说，仪式中的三个名字……"

"闭嘴肖如心，你知道个屁！"

"哦，我确实什么也不知道。估计你们早就忘了，临毕业前，每个人都收到了一封邮件，来源是校学生会，要求你们点击一个链接，填写相关资料，好让校友会可以时刻联络到你，青山绿水，友谊长存。"

罗晓东的咒骂不知何时停下，变成一个惊异的口型。

"你们班的链接是我特殊订制的礼物，当你点开的那一刻，那台电脑之前与之后的所有数据，便都会同步到云端服务器，随时为我调用。"

"你这可是犯罪。"高涵冷冷提醒。

"在我的仪式里不是，"肖如心回敬一个眼神，"所以，亲爱的罗胖，你可以选择，是你自己选三个人，还是我替你宣布，也许我会引用你的一些'原始数据'哦。"

罗晓东如雕塑般立在那里，像是被沥青当头浇下，丝毫动弹不得，他的面孔变得纸白，仿佛随时会着火，可最终还是软软耷拉下来。

"高涵。陈墨。李可可。"

这三个名字听起来完全不像是从那具身体里发出来，而只是某台机器随机吐出的密码，对于它即将开启的全新世界，当时在场的人却一无所知。

16

很抱歉在深夜发出这封语无伦次的邮件再次叨扰各位。只是听闻某些人意图颠倒黑白发起莫须有的控诉，对我，也是对我所坚持与捍卫的仪式价值。我再次奉劝TA，我手里有切实的证据可自证清白，而任何形式的调查最终只能是自取其辱。我无条件地相信我的学生是爱我的，我也同样无条件地相信正义与良善不会被谎言与特权所蒙蔽。再次谢过各位，安。

知名不具

17

时间将近午夜，罗晓东在众人注目下，身型迟缓地爬上那块跳板。

这是一座标准的跳水池，长宽各25米，池深5.4米，跳板长4.8米，宽半米，距离水面3米。就像是把罗晓东的手绘草图搬到了现实里。除了一件事，池子里没有水。

陈墨观察着看客们，很难确切地用语言来描述那样一种表情。就像是逮到了一只骚扰你已久的老鼠，现在看着它即将被开水烫死，突然有人提醒你，这只老鼠已经跟你在同一屋檐下生活了许多年，你本该有一点点念旧和不忍。

至少在高涵的脸上是看不到的。

陈墨觉察到，当自己的名字从罗晓东嘴里说出的那一瞬间，高涵的表情就变了。高涵眯缝起眼，似乎想看清这个曾经每天围着自己称兄道弟之人的真正嘴脸，又或者是在回想究竟哪件事情、哪句话让对方感觉羞辱，但他很快就显得轻松起来，因为这些都不重要了，重要的是这个人背叛了自己，而叛徒的下场早已注定。

高涵决定把罗晓东送进他最为恐惧的场景，无论以何种方式。

陈墨问身边的肖如心，哪一个更出人意料，是高涵舔了罗晓东的脚背，还是李可可被说服了去做那件事。

肖如心说，如果你足够了解他们，哪一个都在意料之中。反倒是你，罗晓东求你原谅时，你居然想都没想就答应了，一点也不照顾观众情绪。

陈墨说，看来你还不够了解我。

肖如心耸耸肩。

李可可也来到了现场，她卸掉了所有妆容，长发披肩略显散乱，却更显得有一种难以抵抗的魅惑。她的嘴角挂着一丝嘲弄的笑，就好像知晓罗晓东，或者世上所有其他男人对自己的觊觎，就好像知道，半小时前发生在房间里的事情将永远成为秘密。Coco公主看着这世间唯一的另一个知情人，脱得只剩底裤的罗晓东显得更加臃肿不堪，他站在晃动的跳板上，就像是一个巨无霸汉堡压在一根刚出炉的薯条上。

所以罗晓东到底怎么你了？肖如心冷不丁问道。

陈墨想了想，也许就是从来没给我起过外号吧。

肖如心翻了个白眼。

陈墨又说，你不会真的让他摔死吧。

肖如心答，那你也有一份功劳。

罗晓东开始谨慎地向跳板末端挪动脚趾，他给自己定下的仪式终点是触及边缘，无论用身体的哪个部位。跳板在重力作用下开始倾斜并发出呻吟，看客脸上流露出莫名的兴奋神情。

跳板下垂得更厉害了，罗晓东不得不蹲下身体，双手抓住跳板侧边以保持平衡。他感觉自己就要像肉块般滚落下去，在八米开外光洁明亮的瓷砖池底拍成一摊冷冰冰黏糊糊的肉酱。他眩晕、无力，似乎恐慌随时可能发作，锁住咽喉，无法呼吸。他的身体开始剧烈抖动起来，带动着整块跳板咣咣作响。

高涵与李可可深情对视了一眼，几乎要鼓掌叫起来，似乎完全忘记了两人白天的不快。

其他人在池子边围站成圈，神色凝滞地望着半空的表演。他们如此投入，所有的荒诞与不经都已被全盘接受，成为现实中一种。他们只想尽情地享受这一刻，在这座远离文明与繁华，为他们度身定造的祭坛上，感受某种潜藏于内心深处亿万年的黑暗，从精致的人形外壳裂缝中，缓缓渗出，流淌，汇聚成一条奔涌不息的暗河。

"我……我不行了……"罗晓东带着哭腔，完全瘫在了跳板上，不敢轻举妄动。

"有你老爹的钱，你有什么不行的？"高涵回了一句。

"我我我错了……你们让我下去吧……我求你们了……真不行了……"

"胖子，我们还等着回家呢，是个男人就别说不行。"这回是李可可。

"我……我……"罗晓东挣扎着起身，想往回爬。就在艰难转身时，也许是风，也许是脚滑，他突然失去了平衡，整个人横在跳板上，随着重力往尽头滚去，完全没有缓下来的意思。

众人惊呼了一声，而罗晓东甚至还没来得及尖叫。女生们闭上了眼睛，等待着肉体撞击地面的闷响，可却没有，她们又迫不及待地睁开眼睛。

高涵目瞪口呆地望着半空，他没想到罗晓东竟是用肚皮完成了整个仪式。在那一瞬间，某种超越所有人理解力的奇迹降临在罗晓东身上，那松软鼓囊的肚皮像是具备了触手的功能，紧紧地缠裹着跳板的末端，像是一块棉花糖般可以肆意拉伸，而跌下半空的罗胖子则像是一个笨猪跳高手，被由脂肪与皮肤构成的弹性绳索紧紧牵住，抵消掉大部分的重力势能。

罗晓东似乎也不太明白究竟发生了什么，在空中上下晃荡数个来回之后，他腹部长出的触手开始缓慢收缩，牵着整个身体向高处升去。

陈墨瞪着肖如心，惊诧之中，一时不知该如何发问。

肖如心却一脸淡定，对陈墨笑了笑说，我说过，以你想象不到的方式。

罗晓东似乎还未能熟练地操控他的新身体，他试图回到地面，却被触手举到更高的空中，只好让触手末端长出许多只细小的附足，如肉色蜈蚣般载着沉重的躯体向跳板另一端爬去。而从众人的视角看去，他就像一只在夜空中飞翔的光猪。

那双肉感的脚掌终于再次接触地表，触手收回腹部，毫无痕迹地融入脂肪的层次中。罗晓东梦游般爬下扶梯，看着夜空下的众人，似乎努力想搞清楚这是不是一场梦。当他看到高涵与李可可时，那迷离的眼神突然变得冷硬起来。

"轮到你们了。"他说。

18

三年前的那个夏夜，谢耀真教授听到自己学生自杀的消息。

当他打开门的瞬间，那副超高度数眼镜便被一把打掉。没了眼镜，他就是个睁眼瞎，只能看到眼前一团带有颜色的光晕在移动。某种气味刺鼻的物体掩住他的口鼻，他在迅速失去对身体的控制力，还有对于外部世界的知觉，一股力量拖拽着他向着遥远的旋涡中心飞去，如此宁静、甜美，像是一切都可以不必忧虑。

一个戴着口罩和贝雷帽的男孩将晕厥的谢耀真拖入房间，把门掩上，他掏出手机发送信息，不多会儿，楼道里传来犹豫的脚步声，另一位同样全副武装把自己真容挡住的女孩推门而入。

她看了看瘫倒在地的谢耀真，试探性地在他眼前摆了摆手，轻轻呼唤他的名字，没有一丝反应。

男孩和女孩除去伪装，露出汗津津的面容，相视紧张一笑，分头在那沓散乱的纸堆里寻找起来。

没用的纸张被随意丢弃，有那么几张落在谢教授的身上，像是冬日里掩埋尸体的大雪。

找到了。男孩扬起一张试卷。

女孩接过，看着上面熟悉的字迹，笑了，胡乱塞进自己包里，又掏出一张一模一样的纸，除了上面多出许多字。

趁他还没醒，赶紧走吧。男孩有点慌。

且醒不了，那人跟我说得睡够四小时。女孩翻看起屋里的其他东西。

你别虎。

诶？你看这是啥，老头还画了重点。女孩指着地上的一沓厚纸，男孩俯身捡起，是一道奇怪的数学公式，他读着被谢耀真用红笔圈起的文字。

主体（我）有一个体验空间X，行为空间B，以及让主体能够根据体验来修改行为的算法A。假定一个世界W，这同时也是个概率空间。这个世界通过某种方式影响主体的感官，于是便有了一个从世界W到主体体验X的感官路线图P。当主体采取行动时，行动修改世界，所以又有了一个从行为空间B到世界W的路线图R。这六个要素构成整个大结构。所以说，这就是这个公式的理论核心——

什么乱七八糟的。男孩一脸挫败地扔下论文。

你看他还在这里批注，什么仪式就是改变现实的编程语言，真是魔怔了。

我们快撤吧，这里让人感觉怪怪的。

别急啊，来都来了，总该留点纪念。女孩一脸妩媚，牵起男孩的手，放在自己胸前。

疯了吧你。

我就疯，怎么着吧。女孩不由分说吻上男孩的嘴唇，撕扯他的衣服。

瘫坐在地上的谢耀真并没有机会看见眼前这一幕激烈场面，可他的身影却在某一刻被女孩的手机永远记录了下来。

19

今夜注定无人入睡。

陈墨看着监视器里的画面，同学会已然分崩离析，或者说，进入了全新的阶段。

掌握了大能的罗晓东在子夜的花园里，独自探索着自己的身体，各种新的器官如同波浪般涌现，复又平息。他似乎对其他人失去了兴趣，但或许只是因为其他人都一脸嫌恶地逃进了别墅。

任静和刘鼎天正在房间里挥洒那经由仪式确认的真爱。

而在大厅里，一场头领之争正进行得火热。高涵认为罗晓东已经变成了非人的怪物，应该先解决安全隐患问题，而付翔坚持要把游戏进行下去，以便尽早离开此地，不应该让个人恩怨拖了集体后腿。事情陷入了僵局，安全派和游戏派展开了激烈的互相攻讦，最后通过用脚投票分裂为两个小团体。高涵只争取到了李可可，其他人都站到了他们的对立面，即便当年这些人或多或少都受益于高涵的特权。付翔放话，所有人都必须完成仪式，只是早晚问题，如果你不愿意，我们可以帮你。他的臣民们响起了整齐划一的掌声。

"所以你究竟是谁？"陈墨看着这一切，刺骨的寒意从尾椎升起。

"我是谁不重要，你那么聪明、敏感、自省，想必能猜到一些，不妨再猜猜，为什么你会在这里，而不是跟他们一起。"肖如心说。

"我的……仪式？"

"我说了你很聪明，也很特别。你是这一切得以实现的基础，我不能拿你的命去冒险。"

"我的命？"

"就你那讨人嫌的脾气，在这种境况下，你觉得能活多久？"

"多谢夸奖。如果你真的那么了解我，那你也应该知道……"

"什么？"

"我不会为了任何条件去成全我不喜欢的人，哪怕毁掉自己。"

肖如心愣住了。

"那你喜欢我吗？"

"……我不是这个意思。"

"你就是这个意思。"

"我不……算了，随便你怎么想。总之，要想我配合，就得告诉我实情，否则，我宁可去死。"

"你还真是个……"

"什么？"

"变态。"

"哈。你把一个班的人骗到这荒郊野岭关起来，然后让他们搞你爸所谓的仪式，还好意思说我变态？"

"你猜到了。"

"嗯，你俩笑起来的样子很像。"

"谢谢。"

"这可不是夸你。"

"还是谢谢，自从他俩离婚后，就很少能听到别人这么说。"

"所以，他真的死了。"

"他就是那样的人，受不了侮辱，何况还是来自自己的学生。"

"你是说……"

"风纪委员会约谈了这班上的每一个人，只有你一个人没有撒谎。"

"……"

"你真应该看看那些原始记录，他们简直不是人，为了得到高涵的好处，什么都能编得出来……"

肖如心意识到自己失态，她垂下脸，不再开口，可肩膀却无法控制地颤抖起来。她突然感到一阵温暖，是陈墨，以一种带有距离感的姿态，轻轻环住她的肩膀，像是母鸟展开双翼保护幼雏。

"现在，哭吧。"他说。

20

在肖如心的叙述中，事情总有一种疑真似幻的魔力。

二十五年前的谢耀真带着怀孕两个月的妻子，跋山涉水来到西南边陲的一处上千年的偏僻村寨。这里因为马上要修筑巨型射电望远镜项目而面临动迁，此地居住村民们无奈惜别所有的古树、老庙、枯河以及世代沿袭的旧风俗。谢耀真此次前来，便是为了记录下这些在历史长河中珍贵却脆弱的文化遗产。

项目进展得非常顺利，看着日渐丰满的各类文字、音频、图像档案，村寨长者们对谢老师也是感激备至，主动提出可以请大萨满为他做一场法事。谢耀真本就专攻人类学视野下的各类仪式，得此良机自然是求之不得。

事到临头，大萨满提出一个要求，希望能由谢怀孕的妻子参与仪式。因在当地传说中，孕妇乃连接天地阴阳的至高灵体，加入仪式可视为对全族子嗣的赐福。

谢耀真略有犹豫，笃信科学的他生怕外部环境的过度刺激会对孕妇及胎儿不利，他试探性地问了妻子意见。由于查出是双胞胎，家中经济压力陡增，担子全压在毕业不久的谢耀真肩上，妻子处于轻度躁郁中，但出于对丈夫的爱，她仍答应下来。于是事就这么成了。

行法事当天，风出奇地大，现场收音效果特别差，谢耀真只能手持麦克风跟随大萨满移动，像一个业余的出镜记者。

妻子端坐在中央，听着四面八方的风声与诵咏如浪花朝自己拍来，心中不免烦闷，却又不能轻举妄动，只好看着全副武装的大萨满又唱又跳，喝下各种奇怪的液体，播撒植物的根茎与种子。如此这般沿着固定路线跳了若干圈后，法师看似略有疲惫，放下手中的法器稍事休息，而围观的群众却仍然兴趣满满，相互簇拥着看接下来会发生什么。

大萨满似乎听到了什么响动，他望向空无一物的天空，静待了许久，仿佛看到了数年后耸立天际的巨型射电望远镜，突然大喝一声，跳将起来，面部表情像是变了个人般扭曲癫狂。他的舞蹈完全换了一种风格，从原本富有装饰意味变得极具侵略性，不时将头贴近妻子身体上下做出夸张而猥亵的嗅闻动作，似乎在窥探藏于其腹内的胎儿。

妻子感到紧张不安，她求助似的看向丈夫，希望谢耀真能够停止这场闹剧，可对方却完全沉浸在萨满的吟唱里，完全无视妻子的反应。

法师重复一句话，似乎是在向妻子发问。翻译告诉谢耀真，大萨满的意思是让妻子可以默许一个心愿，神灵会借助法师的肉身来达成愿望。谢耀真告诉了妻子，这时妻子已经面色煞白，浑身汗透。尽管她知道此刻体内的胚胎还只是一指见长的蠕虫状生物，却仍然遏制不住那种在子宫中猛烈撞击的幻痛。

就快结束了，再坚持一下。谢耀真鼓励妻子。

没有人知道妻子究竟许下什么心愿，所有人看到的是大萨满在某一个瞬间猛冲向妻子，像是要从她身体中穿透过去一样，妻子惊叫了一声，但是撞击并没有发生。在即将接触到妻子身体之时，法师突然如断线木偶般瘫软在地，而某种无形之物仿佛已经随着惯性跃进了妻子腹中。

妻子生了一场大病。回到县城医院接受产检时，医生说，双胞胎中的一个已经停止发育，没有显示生命体征，它将会被另一个健康存活的胚胎缓慢吸收，成为其身体的一部分。谢耀真并没有当即把这个消息告诉妻子。他非常清楚，这是自己的过错，而妻子将会记恨他一辈子。

出乎意料的是，知道真相后的妻子并没有责怪他，相反，她将所有的罪咎归结于自己的一念之差。

并没有人把她的话当真。

一个漂亮的女婴呱呱坠地，谢家的境况也一天天好转起来，可妻子却陷入精神不稳定的状态，时常有幻听幻视出现。四处寻医问药无果，只能归结为心理问题，甚至对抚养女儿也常有情绪障碍。谢耀真只能一人分饰两角，夫妻两人的关系一天天恶化下去。所幸女儿还算出落得健康乖巧。

谁也未曾料想到，首先提出离婚的竟然是妻子，并且迅速嫁给了一位身价不菲的富豪。富豪随即发起了争夺继女抚养权的猛烈攻势，由于母亲长期以来的精神问题，并未能在法律上获取支持。

事情发生在女儿9岁那年，一次意外的车祸之后，医生在女儿的脑部发现了一个拇指大小的肿块，由于所处位置十分险恶，难以取样活检，更不用说颅内切除。突如其来的打击让谢耀真开始反省自己，是否真的有能力照顾好女儿今后的生活。经过一番激烈的心理搏斗后，他还是选择了放弃抚养权，让女儿跟随继父，以获得更好的医疗资源。

尽管如此，女儿与父亲间的纽带却未曾有丝毫削弱，相反变得更加坚实，这让妻子甚为不满。在她的认知中，谢耀真就是一切悲剧的起源，是给自己与女儿带来厄运的罪魁祸首。富豪通过疏通关系，申请到了限制令，斩断了父女两人最后一丝联系。

女儿变得郁郁寡欢，她发现了母亲与继父身上的秘密。

母亲所看到听到的那些幻觉，在多年以后被证实是极具价值的信息，仿佛来自未来的神谕，帮助继父的商业帝国版图不断扩张，但随之而来的是母亲精神状态的一再恶化。一切终止于某天清晨，母亲突然清醒意识到，所有的幻觉都消失了，那些纠缠她多年的未来投影，似乎一夜之间烟消云散。她并没有感到解脱，相反是深深的恐惧，因为她活在这世间唯一的价值也消失了。

几天之后，她才从新闻里得知，当晚有一位位高权重者被执行了枪决。母亲终于明白，并不是自己能够预见未来，而是有些人本来就活在比普通人超前了数年甚至数十年的未来里，自己只是偶然间与那些人的大脑串了线。

继父微笑着将母亲送进了精神病院，他良心未泯地遵从与妻子达成的协议，给继女留了足够的信托资产，转身去寻找新的幸福，或者投资热点。对于其生父的限制令也变成一件可有可无的琐事。

女儿一直未曾放弃对谢耀真踪迹的追寻，她关注父亲发表的每一篇论文，试图理解其中蕴含的思想。与此同时，她依靠药物来控制脑中缓慢却坚定生长的肿瘤，每当停药超过一定时长，便会有一把声音在她脑中响起。与母亲的幻听不同，那把声音清晰理性，言辞充满蛊惑力，并能像玩弄乐器般触发各种感官上的高潮与痛苦。那把声音自称妹妹，试图说服女儿彻底停止服药。

以一名旁听生的身份，女儿悄悄潜入谢耀真的课堂，却发现父亲似乎已经全盘接受了母亲的假设，害怕带来更多的不幸与波折，不愿再进入女儿的生活。她只能遥远地望着父亲，孤独而日渐衰老。

妹妹的声音诱惑女儿，能够借助仪式的力量，重新找回昔日的父女情深，可换来的却是虚弱与痛苦。

等她再次回归校园时，却发现父亲已被卷入了一桩桃色丑闻之中，所有的证据与调查结果都对谢耀真不利。校方希望低调处理，更大的势力却想把他逼上绝路。女儿清楚，对于父亲来说，压垮骆驼的最后一根稻草并不是来自官方的处罚与通报，甚至都不是人格道德上的侮辱，而是自己亲手培养出来的学生，竟然可以如此轻易地背叛良心，编织莫须有的谎言。

谢耀真在这世上已然一无所有，如今连仅存的一丝对于人性的信任都被摧毁殆尽。

他选择了以一种不甚体面的方式结束生命，而那些罪人却都已顺利毕业，踏上丰盛而欢愉的人生旅途。

女儿悲痛欲绝，她明白单凭一介凡人，并不能改变什么，唯有将自己献祭给恶魔，才能够获得超越尘世的力量，去完成一场盛大的复仇祭礼。

而恶魔自有恶魔的行事之道。

21

高涵和李可可将自己反锁在房间内，瘫坐在地，两人眼神空洞地望向窗外阳台。似乎有某种巨大生物在夜空盘旋，当掠过探照灯时，整个房间会暗下，数秒之后再度亮起。

事情已经完全超出了疯狂的边缘，他们努力不去回想刚才的一幕。

高涵试图打开刘鼎天的房门寻求帮助，却发现整个房间已被坚韧而光滑的纤维状物质所覆盖，而正中央的大床上，是一个由纤维编织而成的心脏型巨茧。透过半透明的外壳，隐隐可以看到两具边缘模糊的肉体，以同样的节奏收缩舒张着，似乎有暗色液体在两者间交替流动，已分不清彼此。

高涵尝试着呼喊刘鼎天或者任静的名字，得到的却是如抽水马桶般浑浊不堪的回响。

李可可捂住嘴逃离了这个爱的茧房。

他们不知道外面的世界已经变成何种模样。当他们离开大厅时，付翔的势力已经随着仪式的深入而分崩离析，只剩下两位没有能力自保的侍从，一左一右抱着长梯，随其差遣四处奔走。而付翔的下肢似乎已经和梯子融为一体，能够以惊人的速度在纵轴上移动，他也由此发展出一套简洁有效的进攻手段，那便是借助高处的视野与势能进行投掷。尽管这比起其他人的技能来显得过分简陋了。

颜妍，一个之前毫不起眼的女生，胸前长出了巨大花朵，绽放时会释放出闪烁着粉色光芒的鳞状花粉，具有强力致幻效果，敌人一旦进入其接触范围便会完全丧失进攻能力，彻底迷失在自我美化的幻梦中。

金昊波的能力是将任何接触到的物体吸附在自己身体上，很快地，他占据了大部分的食物和资源，但过多无关紧要的事物使他艰于移动，像一座小小的垃圾山般龟缩在大厅一角，变成自给自足的人体堡垒。自然，也有其他势力试图抢夺或者交换他的财产。

这座原本精致而辉煌的大厅如今变得破败，地板上充斥着垃圾与不明液体，怪味弥漫刺鼻，各个角落的小小王国发出迥异的声响，由那些声响可以推断出发声腔体、振动频率乃至背后的信息组织方式全然不同。这些昔日同窗已经放弃了沟通的愿望，发展出特有的语言体系，他们赖以生存的哲学与策略也随之改变，在这有限的空间里各自为战，却不知为何而战。

唯一能够扮演信使角色的只有阿黄，他的身型缩小到三分之一，像响尾蛇般在各种障碍物间游走，叩开各国紧闭的防御工事，传递一些交易、战和或者不明就里的抗议。他似乎绕过了语言层面的所有硬壳，直接以情感共鸣的方式进行交流。他的胸前闪烁红光，令人备感安全。

这些仪式的奉行者似乎完全忘记了他们原初的目的就是为了

逃离仪式。

"你听着，李可可，你得帮我完成仪式，否则我们活不下去的。"高涵抓住神情涣散的李可可肩膀，试图让她把目光聚焦到自己脸上。

"不……不要，你不能变成他们……"李可可神经质地瞪着高涵，双唇颤抖。

"冷静点，好好想想，如果没有了我，你依然可以自己完成仪式，可如果没有了你，我就什么也做不了，只能等死。"

"我们为什么要变成那样？"

"为什么？你说为什么？一切不都是因为你吗，全宇宙都得围着你，关注你，爱你，Coco公主，我也不想这样，可我就是没法控制自己，就是想讨好你，让你开心。我做错了吗？"

"你只是想让自己开心。"

"……"

"你只是想让自己感觉还在活着，而不只是你爸的一个棋子。"

"闭嘴。"

"我说错了吗？你说我无时无刻地需要关注，需要爱，像个黑洞，难道这不就是你找我的原因？给你那没人在乎过的爱找到一个投射的对象？"

"我让你闭嘴！"高涵举起手，在即将落下的瞬间他看到可可的眼神，他放下了手，长长地吐出口气，"……你说得对，都对。"

高涵闭上眼，似乎在回忆什么。

"我所有的努力只是想向父亲证明，我是值得被爱的。"

李可可迟疑了片刻，紧紧抱住他，像母亲抱住自己的孩子。

"还记得刚住进来的第一晚，我到处找你的事儿吗？"

"嗯。"

"那是我的一个梦。我梦见你来找我。"

"然后呢？"

"我们做爱，像从前一样。你突然停下来，像是看见了什么可怕的东西。我顺着你的眼神看向窗外，就是那个一模一样的阳台。我问你看见了什么。你说，你看见了一个怪物，像巨大的水母飘浮在空中，不知道为什么，你觉得那个光溜溜的东西很像你的父亲，虽然它没有眼睛，可是却一直在盯着你。然后你就走了，连衣服都没穿，就那么从房间里出去了。"

李可可感受到了高涵身上的颤抖，她把他抱得更紧了。

"我们都是一样的人，高涵，不管别人怎么看，我知道，我们是一样的。"

地板一阵震动，房间外传来沉闷的巨响，像是有什么巨大的力量撕扯开了整栋别墅的结构，有些东西侵入了内部空间。

"现在让我帮你完成你的仪式。"

22

"他们在自相残杀，你得停下来。"陈墨坐立不安地看着显示器里的一切。

"我以为这是你想要的。你说，要办个同学会，OK，我们来办个同学会，你说我们需要怪物，没问题，总有一款合你口味。啊，我终于想起来缺了点什么……"肖如心突然挑了挑眉毛，按动控制台上的按钮。

"什么？"

"派对里怎么能够没有音乐。"

度假村里所有的扬声器都打开了，声量巨大的复古舞曲回荡在寂静的山谷中，惊起一群夜行动物，伴随着欢快节奏四处逃窜。

"…Let the children lose it. Let the children use it. Let all the children boogie…"肖如心轻轻哼唱着，转动座椅。

"不，这不是我想要的！我讨厌他们的自恋、势利、虚伪和不择手段，但不代表着我想要他们死。我当时只希望他们能够看清楚自己，现在也是。"

"那你看清楚你自己了吗？"

"……"

"当你知道李可可因为一点脸面便想毁掉一个人一辈子的清誉，当你知道高涵威逼利诱全班同学一起串供撒谎，当你有机会告发这一切去拯救一条性命的时候，你看清楚你自己了吗？"

"我……"

"你以为自己跟他们真的有区别吗，陈墨？"

陈墨避开她咄咄逼人的视线，转向空无一物的白墙，仿佛那里隐藏着答案。

"对不起……"许久之后，他终于开口。

"我只是人类大脑中的一个瘤子，哪来的对不起。"肖如心歪了歪那颗美丽的头颅，如这世间任何一个纯良无害的少女，"在你们吃散伙饭喝得不省人事的时候，这个地方打下了第一根桩。我了解人类，用不了多久，你们就会忘记这一切，成为各自人生的赢家，即便偶尔想起，也会被强大的心智合理化成无关痛痒的小事。就像在果岭上的表演，令人赞叹。这就是你们活下去的诀窍，这就是所谓的文明。"

"对不起，我帮不了你。"

"怎么？"

"也许我和他们确实没有什么两样，但是这次，我不能坐视不管。"

"哈。请问英雄，你打算怎么拯救你的同伴？别忘了，这可是我的扭曲现实力场。"

"不，你并不能扭曲现实，你能扭曲的只是意识。你让我们相信仪式的力量是真实的，就像高涵让学校相信你父亲性骚扰是真实的一样，都是在制造幻觉。"

"那么，你要怎么打破幻觉？"肖如心眯起眼睛，形成两道甜蜜的弧线，"杀了我？"

"我做不到。"

"嗯？"

"在这场仪式里，每个人都是可悲的罪人，只有你，你是无辜的。"

陈墨望着肖如心，眼神复杂，畏惧夹杂怜悯。

"你利用了我当年愤世嫉俗的答案，以及对你的好奇，构筑了这场同学会。当我在车上看到银色牙套时，就已经隐隐觉出了不对……"

"我说过你很特别，特别敏感。"

"……那是当年迎新舞会上他们捉弄我的把戏，为此我被取笑了整整一学期。那些照片我到现在还留着，用来提醒自己，你永远不可能成为他们中的一员。"

"可怜的小墨墨，我都快心碎了。"

"你还说过，不会拿我的命去冒险，对吧。"

肖如心收起了调侃的表情。

"所以我猜想有一种可能，也许……"陈墨不知不觉间已经走到了门边。

"不是你想的那样！"

陈墨从原先站立着的位置消失了，他的身影快速穿梭监视器墙的各个屏幕。

23

李可可看着高涵变成无父之人。

他的皮肤上流淌着蓝绿色电路纹样，似乎有好几张脸叠加在一起，呈现半透明的效果，围绕同一个轴心缓缓飘动。他是人类、兽类与机器的混合体，只要你盯着某一个部位细看，便会迅速地流变成另一种族的特征。他的眼睛深邃而突出，皮肤光滑而粗糙，颜色艳丽而黯淡，轮廓平面而立体。他像所有人又不像任何人，无法被定义被归类，唯一可以确定的是，高涵已经完全摆脱了父亲的阴影，之前那种深埋在骨子里的不被认同感已经一扫而光。

他是属于未来的恐怖分子，曾经横亘于他身后的巨大发光体已经沉入黑夜，永不再照亮前方，他所拥有的只有自己全新的身体和灵魂。他知道，这场仪式迟早会到来，就像他迟早需要打开门，面对真相。

又一阵巨大的震颤传来，高涵朝李可可说了句什么，李可可尽管没有听懂，但还是领会了其中的意思。

我等你回来。李可可说。

打开房门的瞬间，他们看到了毕生难忘的奇观。半栋别墅的墙体已经消失了，像敞开的半个蜂巢般面对着无垠星空，那星空也不是寻常的颜色，如同经过加热的熔岩灯，巨大星体互相吞食、撕裂、融合，绚烂的极光如同血液般在天穹上涂出纵深结构，看一眼便会被吸入无穷无尽的分形旋涡之中。

已经完全辨认不出身份的同学们，就在这壮美星空下，进行着最后的仪式——战争。

没有动机，也没有目标，仿佛某种本能的驱使，他们分化成不同的阵营，又结盟、破裂，达成共生状态，最终陷入混战。

他们由单个个体裂生出许多微型后代，组成恢宏而规整的军队，在所有维度的战场上展开厮杀。语言已经不足以描述这场战役的宏大与混乱，它发生在这座小小建筑中，也同时发生在所有的时空。

一个阴影缓缓落下，坠到高涵面前，那是曾经被叫作"罗晓东"的生命体。他收起巨大的肉翼，似乎掌握了对抗重力的秘密，在空中漫步行走，每踏出一步，脚印都翻滚着长出细密的彩色触须，如同植物般蔓爬开来，形成一道肉质的长廊，紧紧联结着李可可所藏身的房间门口。

那种熟悉的震颤再次沿着长廊传来，整个房间开始剧烈摇晃。

李可可瞬间理解了震颤的含义，她是这群人里唯一一个没有完成仪式的人。极度惊恐中，往事一幕幕掠过她眼前，她希望自己曾经做出的是不一样的选择，如今却是积重难返。

震颤的烈度再度升级，所有的窗户都爆裂开来，喷洒了一地的碎片，传递着某种愤怒。

高涵迎了上去，在他踏过之处，冰冷的电路侵蚀着肉须，凝固成雕塑般的轨道。他滑行起来，以极大的加速度扑向罗晓东，却从后者的庞大身躯中毫无阻力地穿过。高涵回头，只见罗晓东身体中央的隧洞正在缓慢闭合，他正想第二次发起进攻，只听得隧洞中传来巨大的肠胃蠕动声，整个腹腔猛烈收缩再向外喷射出压缩空气，携带着高速旋转的砖石玻璃碎屑，如一门火力强大的加农炮，朝高涵所在的位置扫射过来。

高涵并没有慌张躲避，只是向后轻轻退了一步。这一步，却让所有的炮火扑了空，兀自消失在夜空深处。

无父之人似乎遁入了某个蜷缩的维度，他的影子滑过所有物体的表面，构成世界的肌理，每一根纤维都可以展开成一张完整的面孔。影子顺着罗晓东的脚印潜入他的肉身，如一条纹路古怪的巨蟒，冰冷滑过苍白浮肿的皮肤，似乎在寻找着这具非人躯壳的破绽，再缓缓收紧，捏碎。他突然停下，周围的空间发生了非欧几何式的扭曲，他想逃却已经太迟了。

罗晓东的面孔如火山苏醒，巨大气泡翻滚破裂，型塑成浓稠炽烈的表情，冷却凝固，又再次被坚固表壳下的能量掀破，流淌出新的面孔。他的身躯开始不规则地膨胀起来，像是有汹涌蒸汽在体内寻找出口，一次次地猛烈撞击，拓展边界。原本人形的轮廓已不复存在，取而代之的是由无数大小球体互相嵌合而成的巨型雕塑，突破了建筑空间的束缚，像一根连接天地的图腾柱，闪耀着超出人类感官系统的光谱色彩。

高涵便被囚禁在其中的一个球体内，朝高空升去。他试图独力破解，却毫无胜算。他朝其他同学发出求援信号，希望能够集结力量发起总攻，可他们早已不是当年那个坚如金石的攻守同盟。没有人明白他的意图，更没有人会为他牺牲。在这个仪式宇宙间，每个人都在为自己的种族和文明而战斗，每个人都是孤独的。

李可可绝望地看着眼前的一切，这已经远远超出她的心智所能承受的范畴。所有那些她曾经无比在意的事物，她的骄傲与尊严，在此刻简直荒诞得可笑。Coco公主无法遏制自己的某个念头，无论她如何努力回避，那张试卷总会愈加清晰地回到脑海中，提醒着她，阻止噩梦的唯一办法就是成为噩梦的一部分。

她笑了起来，想起自己在假答卷上，为了博取同情和信任，将自己伪装成一个因受到性骚扰产生自我怀疑的迷失少女。她的仪式便是通过自我伤害来确认自己的无辜。

李可可看到了脚边闪闪发亮的玻璃碎片。是时候结束一切了。她想。

一声足以撕裂地球上最坚固堡垒的高频啸叫劈开天空，整座建筑在罗晓东的重压下开始陷落，李可可觉得身下的地板开始倾斜，发出令人胆战的解体声。红色的血随着疼痛漫延开来，滴落到地表裂开的缝隙中。她想起谢老师也是用同样的方式结束生命，不知道是否受到自己答案的启发。她惊奇地发现，自恋和自我厌恶原来是一枚硬币的两面。

对不起。她轻声说。实在是，对不起大家了。

李可可的意识沉入黑暗。

一个人影远远地从荒野走来。一个真正的人。

他步入战场，战火在他身旁凝固，继而如时光倒流般，回复到初始状态。他举起手，抚摸那些已远离人类知识疆域的生命形态，看它们的触手蜷缩、晶体熔解、孔穴平复，一步步退行到人的形态。它们的感官系统从漏斗上方一下子滑落到底部，世界变得狭小而沉闷，仿佛曾经品尝过千般滋味的美食，如今只能轻舔其中薄薄一层劣质奶油。它们缓慢地寻找着自己在这宇宙间的位置，建立起赖以思考的本体坐标系，接着，昔日的语言系统浮现，如此贫瘠荒芜，简直无法用来描述任何稍微精深的事物或感受。

它们忍受着，习惯着，终于，它们变成了他们。

李可可从混沌中醒来，看到自己的伤口正在快速愈合，她抬头，看见了久违的人类面孔。

仪式结束了。陈墨说。现在需要你一起。

一起？

陈墨握住她的手，同时握住所有人的手。他纵身一跃，所有人便随之来到了另一重位面。

所有人的身体都还在原地，停留在那座狼借不堪的别墅中，但他们的意识却处于一个奇怪的状态，如同凝缩成一个无形的点，升上了大厅顶端，俯瞰自己的肉身。尽管没有任何语言上的交流，李可可却清晰地感受到自己与其他人的心智联结成一个整体，其中有陈墨，有高涵，也有罗晓东。他们成为某个更大心智的一部分，而陈墨似乎在其中扮演着领航员的角色。

众人默契地望向其中一具身体，是从爱的茧房中被解放出来的刘鼎天。陈墨一个俯冲，众人便随之进入了刘鼎天。

刘鼎天的生命在众人面前敞开，他所有的过去与未来，每一个瞬间都如此真切地呈现在眼前。众人顿时理解了他所有的言行举止，他的纠结与不舍，他对任静无条件的爱，未来的每一刻都与过去如此紧密勾连，无法割裂。这种理解绝非理性或感性上的，甚至也非关人性，这是一种神性上的照亮，让人能以打破时空屏障的目光去全盘接受个体生命的全部。

陈墨又一闪念，原本双向度的生命线开始从每一个瞬间分裂出无数的可能性，如万花筒，如闪电，如核爆，如果说刚才所体验到的只是刘鼎天的此生此世，那么此刻在众人面前炸裂的便是刘鼎天的永生永世。经历了刘鼎天的亿亿万次降生与亿亿万次死亡之后，众人懂得了命运，懂得了永劫回归，懂得了阿赖耶识。

陈墨再一纵身，众人又回到天顶。

同样的事情降临在每个人身上。

之后，个体与个体的差别便从众人眼中消失了。众人即一人，众生即一生。

一个新的个体进入了众人视线，是肖如心，她的脸如同透明窗户，将心中的思绪展露无遗。众人无须进入她的肉身，便已知悉她来此的目的，她期待复仇却又担忧，害怕陈墨为了拯救众人牺牲自我。她只能看到物理维度的世界，并不知晓究竟发生了什么，只是走到陈墨的身体面前，轻轻捧起他的头颅，说着话。一股哀伤从她的体内漫溢出来。

众人几乎已经遗忘了这是一个人。无论她的能力有多强大，能够设置出多么逆天的规则，可只要她是人，就会有边界，就会有弱点，就会有绵软却无法承受的痛楚。

是时候回去了。

李可可想。陈墨想。众人想。

回到身体里。回到错误原点。回到仪式之前。

然后，改变。

24

"陈墨，弄好了赶紧过来啊，这合影可不能少了你。"

"我说你这倒计时模块有点问题，怎么老是提前，多留点富余量啊。"

"所以最后拍出来都是我们的正脸和陈墨的屁股……"

"还好不是罗胖的屁股，要不一半人都挡没了。"

"李可可我招你惹你了，别忘了当年你和高涵逃课去约会，点名可都是我帮你们应的到。"

"哟，看不出来你还可男可女啊，这姑娘腰围有点儿忒粗。"

"去去去……"

"唉，肖如心张罗到最后，自己也来不了，小姑娘老可怜咯，等她出院我们都切看她好伐啦。"

"都去都去，不去的我给记上，下次同学会买单。"

"高委员你这是狐假虎威啊，不过这次居然没有迟到早退的，大家给力！"

"陈墨怎么你还没搞好，任静第三胎都快出来了。"

"是侬搞的好伐啦，侬养得起伐啦。"

"来了来了，大家快把表情摆好。"

"……"

"陈墨你究竟设了多久倒计时？"

"搞什么，老娘脸都僵了。"

"还记得那个怪怪的谢老头上课常说的吗……"

"仪式，是一场漫长而盛大的幻觉。"

"我日，学得真像，我就记得期末那道大题了，真是坑惨老子咯。"

"所以，当时你们都怎么答的？"

相机开始发出定时炸弹般的嘀嗒声，节奏越来越快。

无债之人

　　在人类现有文字记载的历史中，第一个代表"自由"的词是苏美尔语中的债务自由。

　　　　　　　　　　　　　　　——《神圣债务论》02：35

1

　　我记得梦中最后一幕，是被黏稠的黑色潮汐漫过每一寸身体，它们分解成极细小的锁链侵入我的皮肤，依附在血管、细胞、神经和腺体上，彼此摩擦，发出金属的啸叫，然后开始漫长而优雅的劳作，像要在我身体里建起一座地狱，或者城堡。

　　"方下巴，你又做梦了？"

　　我睁开眼，是小雀斑。她关切地看着我，不是来自表情管理模块的建议，而是那种真正的关切。这在我的职场经验里很稀有，尤其是在这儿，距离地球几十万公里外的冷酷太空里。

　　"你看到我的数据异常了？"我环顾四周，挤仄狭小的控制舱室，空气中混杂着汗臭和化学药剂味道，矿工们各自忙碌、漠不关心，认知模块不时弹出《神圣债务论》教义，"负债累累是有罪的，是不完整的"，活像综艺节目的插播广告。一切都没有改变。

"没有，你在发抖，像被丢进冰窟的那种抖，可是你的体温显示正常。上一次也这样。"

"哦……"我若有所思，"也许我梦见被丢到了舱外，然后……"

我鼓起腮帮子，翻了个白眼，就像那些在绝对零度真空中膨胀的尸体。

"不好笑，轮到你值班了。我给你看点东西。"

女孩别过脸，我却能看到她嘴角的弧线轻轻上扬。小雀斑有一种天赋，无论自己身处的境况多么恶劣，她总能给自己找到点乐子。

"看，像不像放羊。"

从她递过来的屏幕上，我看到了一场类似羊群归圈的表演。只不过，草原变成了浩渺无垠的太空，而羊，则是一颗颗形状各异、直径7米左右、成分不等的C类陨石，含有水、富碳化合物、铁、镍、钴、硅酸盐残渣等珍贵原料，根据密度不同，质量可能高达500吨。因此，这些沉重的羊儿格外悠闲而缓慢，像是在沿途寻觅着鲜嫩多汁的青草。

这趟回圈的路，它们可能已经走了好几个月，甚至数以年计。它们不急，我们更不急。

说不急只是为了安慰自己。几个月前，我从几T的物资消耗数据上发现了一个隐蔽的缺口，似乎我们的水、氧气、蛋白质和能源都以略微高出理论正常值的速率被消耗着，我怀疑有管道泄漏或者是流程中的管控漏洞造成了这一现象，但我没有证据。

我不想到外面探究真相，一想到冰冷黑暗的无垠宇宙就让我毛骨悚然，小腹酸胀。

我试图从数学上解决这一问题，就像其他所有的问题一样。

脑中的认知模块哗啦啦翻阅着数据，反馈到我的视网膜。

根据概率统计，这种尺寸级别的陨石在近地小行星中可能多达上亿个，但能够被观测、定位、追踪到的连十万分之一都不到，更不用说使用光学、近红外光谱、热红外通量或者激光雷达对其成分、尺寸、自转及表面地形进行详细测绘了。原因很简单，这些天体太小，轨道运行周期太长，只有在离观测点一定距离（比如说0.01个天文单位）内时才能被捕捉到，这简直比大海捞针还难。

一旦在茫茫星海中找到了这些珍宝，便会从最近的行星际资源勘探太空站派遣出"牧羊犬"，这些完全自动化的机器人依靠太阳能电力和氙推进剂驱动，最新型霍尔V推动器能够提供高达80千瓦的功率和5000秒的比冲量。接近目标后，"牧羊犬"会绕着绵羊小跑几圈，像是在嗅闻着羊身上的膻气，找到最合适的下口点，伸出6个螺旋式锚一口咬入陨石表面，启动6个矢量推进装置，首先停止其自转，再将其推离原先轨道，最后沿着精确设计的路径，缓慢而坚定地到达某个最近的引力平台，比如地月拉格朗日点L2或L4，与它的伙伴们会合。

5块陨石彼此缓慢靠拢，像是俄罗斯方块一般旋转着，寻找最精确的触碰点，撞击力度不能太重，也不能太轻，一切都得是刚刚好。它们连接成了一个近乎球形的整体，像是回归到胚胎状态。

"我觉得吧……更像是斯诺克啊，你看，中间那个白球走的弧线多漂亮，只有真正的高手才能让这些散兵游勇听从指挥，从太空的不同角落，长途跋涉到这里，给彼此一个轻轻的吻。"

小雀斑轻轻嗤了一声，似乎对于这份肉麻的吹捧不屑一顾。

尽管大多数工作都是由机器和程序自动完成，可这里是太空，任何事情都可能发生。小雀斑的工作就是对突发事件进行干涉，比如陨石轨道偏离，牧羊犬故障，撞击时刚体破碎产生危险碎片，等等。在她的比喻体系里，她就像一名兽医，时刻准备出击，拯救羊群与牧羊犬。对于我们来说，羊身上的东西是最宝贵的。

"行了，方下巴，等我回来再陪你贫，哥我得出去割羊毛了。"

小雀斑开始钻进宇航服，只有这个时候我才意识到她有多娇小，就像发育不良的未成年少女，可从年龄上来说，她也应该有二十六七了吧。这基地里有不少女人，辫子、长腿、汗毛怪，公司维持性别比例的其中一个重要原因，是因为女性比男性在太空里更耐造，无论是抗辐射、耐饥饿还是心理韧性，她们的得分都比男性要高得多。另外，适当比例的女性能够减少男性成员之间的摩擦和焦虑水平，如果大家都接受一种开放式关系而不恪守古老的性独占欲的话。

我和她们中的大多数都睡过，除了小雀斑。我们曾经试过几次，但都以笑场告终，不知道为什么，有一些东西阻隔在我们中间，像一堵透明玻璃墙。我不太确定那是什么，但我只知道自己不希望那堵墙被打碎之后产生级联效应，伤及无辜。

"我走了，一会儿见。"小雀斑的脸在面罩后若隐若现，鼻侧的雀斑并不是很明显。

"小心点。"我已经不记得她这个名字是从哪儿来的，通常来说，每个人都有自己的编号，比如我是EM-L4-D28-53b，但是没人用这串狗屁倒灶的东西，只会用你最明显的外貌特征起外号，慢慢地就成了各自的名字。

至于真正的名字，没人想得起来。他们说，这是合约的一部分，记忆被分区块封装了，以避免不必要的情绪波动，影响执行开采任务，其中包括了名字、家人、童年创伤、宠物以及真实的债务数字。这些数字是我们会出现在这里的原因，它们被以区块链形式加密，嵌入基因，没有人可以篡改，你的工作量会实时被记录、换算成扣减的债务及其利息。不管你是在铜锣湾，还是在拉格朗日点，所有人在基因债系统面前同样公平。

"放心吧，你说过我是高手，何况，我还有债要还呢。"她朝我眨了眨眼。

小雀斑总说我是属老鼠的，胆子太小成不了大事。我总是用植入式认知模块里的技能树来反击，有些职业就是被设计成谨小慎微的反应模式，比如像我这样的数据测绘员，会随时调用信息库里的资料，计算各种极端情况发生的可能性，甚至异化成一种对于概率的直觉。这种模式扎根在你的身体里，就像人会畏高、怕水或者有密集恐惧症，并不能用勇气或胆量来衡量，以及改变。

可现在我倾向于，并不是任何外来力量往我的人格拼图里嵌进来一块胆怯，几分懦弱。那就是原来的我。

"等你回来，我们再试一次。"我努力用贫嘴掩饰担忧，没睡过不代表我不会真的关心她。

小雀斑做了个不雅的手势，从通道口消失了。

2

我的担心并非无中生有。

小雀斑将开着"寄居蟹"离开我们赖以生存的掩体——"鲸母"，一颗长30公里，最宽半径5公里的被掏空的柱形C类小行星。在它的荫护下，我们得以免受太空中致命高剂量辐射、碎片袭击以及日光直射带来的超高温，它还为我们提供了水冰、固态二氧化碳和氨、沥青碳氢化合物以及少量镍铁金属，为我们的生存和建设提供宝贵的原料。

我们的船舱就位于这头巨鲸的颅骨位置，通过围绕锚定在岩石里的巨型轴承管道，每分钟旋转一周来提供三分之一g的人造重力。这几乎是我们能够得到的最优方案，船舱半径再长一点短一点，角速度再快一点慢一点，冷酷的方程式都会让我们痛不欲生，不是因为零重力得上各种怪病，就是根本转不起来或者转散了一头撞碎在岩壁上。

比起骨质疏松、肌肉流失和免疫力下降这些慢性症状，也许睡眠剥夺、心脑血管退化、科里奥利力带来的眩晕、封闭空间的沮丧更让人饱受煎熬。何况每个人每天还有数个小时的出舱作业时间，暴露在高水平的宇宙辐射下，这让星际矿工的意外死亡率遥遥领先于地球上的捕鱼工人。即便我们经过基因疗法、氨磷汀以及强制健身来维持身体的正常运作，但跟这里相比起来，地球上环境最恶劣的工作环境都像是夏威夷手端鸡尾酒的沙滩酒吧。

小雀斑总会把我们比喻成匹诺曹，一个遥远的童话人物，在木匠爸爸的巧手下拥有了生命的木偶男孩，只要一说谎鼻子就会变长。他最著名的历险就是被吞进了一条鲸鱼的肚子里。

人真是一种奇怪的生物，就算忘记了自己的名字和家人，却还记得这么多乱七八糟的东西。

"寄居蟹"从"鲸母"的大嘴出口驶向深邃星空，飞船从一块屏幕的边缘，进入另一块屏幕的边缘，我目不转睛看着，生怕它突然消失。一只手重重拍在我的肩上，是光头佬，他咧着嘴不怀好意地笑着。

"我听到你们的话了，不得不给你提个醒，兄弟，小雀斑可不是好惹的。"

我不置可否地回以笑脸，光头佬就喜欢打听八卦，超负荷的体力活似乎丝毫消磨不了他的好奇心。

"'寄居蟹'，'寄居蟹'听到请回话，一切正常吗？"我接通小雀斑的频道。

"听到听到，一切正常，就像几个冰淇淋球发着凉气，等着我去舀上一大勺，嘶嘶嘶——"耳机中传来小雀斑调皮的声音，就像在我耳边舔舐双唇。

我手臂上起了鸡皮疙瘩，强迫自己把注意力转回操控台："我现在会启动伽马射线和X射线分光计，再次扫描对象表面和次表面元素和挥发性成分，以确保万无一失……"

"大叔，我相信你是喜欢慢节奏的那种，可哥今天有点躁得慌，也许是周期到了，你懂的。我现在就要把这把加热的勺子狠狠地插进这颗香草冰淇淋里，给它来上那么一大勺。"

一阵猛烈的big beat电子乐突然加大音量，刺痛了我的耳膜。我不得不摘下耳机，恼怒地骂了一句："贱人！"

通常情况下小雀斑没有错，C类陨石的化学和物理性质都是相当清楚和良性的，比如非常低的压碎强度和高含量的挥发物。她所需要做的就是挥起"寄居蟹"的两把长螯，也就是她说的"勺子"，插到陨石布满粉尘及干燥土壤的坚硬表壳下，先加热分解冰、水合盐或者黏土矿物中的水分，将水蒸气通过蒸馏方式与其他污染物分离，再用机械螯上的泵回收到"寄居蟹"不成比例的螺壳里，接下来再处理其他的矿产资源。这是第一级处理。

之后大部分工作需要"寄居蟹"通过蚂蚁搬家的方式，用超高强度及韧性的纳米蛛丝网兜将破碎后的岩块拖到"鲸母"腹部的精炼车间。在那里，将有复杂的化学物理工艺处理不同的资源。

矿产经过提炼形成高密度结构的"磁化炮弹"，会在"鲸母"尾部由加速轨道长达1公里的电磁质量投射器加速后射向指定坐标，以期用尽量少的能量消耗获取尽可能大的delta V。而反作用力通过设计精巧的滑膛结构均匀分散到"鲸母"腔壁各处，以避免造成小行星不必要的角度偏转。

在远离重力阱的太空，我们无须听从于齐奥尔科夫斯基火箭方程的暴政。经过一段时间后，也许是以天、月或年计算，这完全取决于价格。在近地轨道的某个点上，收货人会用自己的方式拾捡起这些来自深空的宝藏，用于谋划一场政变、建筑讨好情人的宫殿或者搅乱全球期货市场。

这就是整套生意的精髓，低买高卖，把成本榨到最低，把利润抬到最高，从古至今，向来如此。

而我们就是其中可以忽略不计的生产损耗。

小雀斑的操控非常潇洒，你甚至会产生这样一种幻觉，她是通过体感同步而不是操纵手柄来控制两只机械螯臂行云流水的动作，如白鹤亮翅般高高挥起，又重重插入陨石地表，溅起一阵粉尘和碎石。

"方下巴，你看好了！哥给你露一手！"

传感器显示土壤温度快速上升，相应的化合物质开始发生相变，数值和曲线不断变化着颜色和形状。一切看起来都非常正常，除了压力值的变化曲率。

一些不同寻常的数据细节捕获了我的注意力，模糊的感觉经后台边缘系统收集、处理、计算，一个惊悚的结论缓慢成型。这颗陨石的密度比其他几颗低上近40%，这意味着它的岩石多孔性程度很高，也意味着可能存储着更多的水分，但在快速升温汽化的高温下，这就像是一口急速加压的高压锅。这就是技能树所带来的病态敏感，除了我，也许没人能察觉到小数点后那几位数字的变化究竟意味着什么。

"小雀斑，停止加温，迅速撤离！"我命令她。

"少废话！没看见哥正忙着吗……"

"马上！"

"瞧你那……"

她的声音像被一把剪子生生绞断了，主观镜头信号丢失，一片黑白雪花。我迅速切换到外部镜头，被一团白色粉尘笼罩，什么也看不见。慢速回放3秒，只见在两只螯臂间，陨石表面如同掀起一场小型核爆，碎片如离巢的鸟群般朝"寄居蟹"船舱飞去，瞬间将其钛铝合金外壳如纸灯笼般撕个粉碎，失压把整个舱体外翻，钢架暴露在外，隐约可以看见有个人形如内脏般在空中缓慢悬荡着，慢速粉尘随后而至，铺天盖地。

"小雀斑！你能听到吗！操……"我扯下耳机，开始疯了似的穿宇航服。光头佬看着我，一动不动。其他人都把脸背了过去。

"我们得救她！你们他妈站着干吗呢！"我几乎是吼了出来。

"兄弟，她的债还完了……死亡只是中介。"光头佬拍拍我的肩，在额头前做了个祈福手势，眼神一指，我这才觉察到显示小雀斑生命体征数据的那块屏幕，早已是平线。

他们说，汤格·拉梅什模型说明小行星比我们想象中更坚固，更难以在外力下破碎。

他们说，在太空里，没人会犯两次同样的错误，因为只要犯一次错就大概率活不了。

他们总能说对点什么。

船舱在我面前快速旋转起来，我感觉透不过气，像是胸口压着一块巨大的陨石，突然像是有谁在我耳边吹了一口凉气，带着熟悉的气息，那声音轻轻说了一句话，让我寒毛耸立，眼前一黑，向着充满油污的甲板迎面栽去。

那句话说的是："你看我的鼻子变长了吗？"

3

一切都是乳白色的。

这里并不是控制室，也不在"鲸母"任何一个阴暗污秽的舱室里，更不在冰冷绝望随时可能丧命的太空中。这到底是在哪里？

我花了一些时间才意识到，这是在梦里。让你相对清醒的那种。

他们说有时候加密的记忆区块会发生溢出，以梦境的形式透露真相，但你也说不清到底那是谁的梦境。所有人的记忆区块都交给云端中枢系统统一调配。

我的视线和移动并不受自己的控制，只能被看不见的丝线牵引着，像孤魂野鬼般飘浮着，望向那些我并不感兴趣的角落。

视野中的乳白色开始移动，那是一个圆筒状的舱体，正朝我上方滑动。在缺乏坐标系的情况下，这意味着也许我正在被推出舱体。很好，现在在我们有了一个大的相对环境坐标，一个天花板很高的房间，依然是白色的。

我开始围绕着某条在视点下方约1米处的轴线做圆周旋转，视线保持水平向前，速度很慢，不会超过5度每秒，我猜是为了避免出现晕眩。接着我看见了那条轴线，被淡蓝色防菌手术服遮挡住的男性髋关节。

我是在某个人的身上，从他的视角去看世界。

"感觉怎么样，东方觉先生？"一把声音从侧面传来，视线随之转动，房间门口站着一名女子，全身黑色，微微泛着金属色的虹彩，别着一枚锁链式的金色胸针。

她留着长发，但高高盘在头顶，像一座造型怪异的信号塔。在太空里，所有的人都必须剪短发，如果不是光头的话。你永远不知道这些不受控制四处飞散的丝状物会不会成为送命的最后一根稻草。

"还好，只是感觉有点奇怪，像是有什么东西在我身体里乱窜，想要控制我、冲开我。"一把陌生的声音，低沉，疲惫，仿佛随时可能断线。

"这是一种伴生幻觉，理论上你不应该感觉到任何不同，那些纳米机器人……非常非常小，你知道的。"女子微笑回答，走到男人跟前，现在可以看得更清楚了。她二十来岁，妆容极其精致，甚至有点过分精致了，但表情中又流露出一种不必讨好任何人的优越感。

"所以……我们的合约生效了？"

"法律上，是的。"

"……你是在暗示这玩意儿非法吗？这并不有趣，梅女士。"

"我的意思是，除了法律之外，还会有技术上的不确定性。"

"可你答应过的……"

"安安那边不用担心，手术都已经安排好了。"

"哦，谢谢。"

"所有费用都会计入你的债务，经区块链加密之后嵌入你的基因，任何人都无法篡改。"

"哼，真是背上了一辈子的债呢。"

"看看你的周围，每个人都在迫不及待地借债，这代表着对未来，对自己的信心。为什么不呢？债务定义一个人的价值。这样的额度在地球上也没几个人能够享有，这也是我会站在这里的原因。"

"那当然，梅李爱小姐，您的时间虽然没有您父亲，梅峯先生那么金贵，但咱们这一聊天，也顶得上普通人辛苦打拼好几辈子了吧。"

女人突然露出拘谨而古怪的笑，似乎脱离了整个对话语境。

"请你记住，东方觉先生。我们的生命要归功于创造我们的神。从今天起，您要好好对待自己的这具身体，以及，我们会利用一切方法让您的技能树恢复到最佳状态，身体与意识，缺一不可。否则……这债怕是还不上呢。"

男人沉默了，视线投向自己包裹在防菌布里的身体。

"要不是为了安安……谁会愿意回到那个鬼地方。"

"完全理解，我也是个女儿，如果我父亲患上同样的罕见病，我也会做出一样的选择。这一债务无法在地球上得到解决，它的全额偿还还是遥不可及的……"

男人望着女子，许久没有吭声。我猜他也许想说，你父亲不会得这样的病，因为你们的基因都已经被精细筛选过，就算得了，你也不会为此背负一辈子的重债。因为你们是有钱人，是和我们穷人勉为其难生活在同一颗星球上的另一个物种。

可是他什么也没说。

"我能看看安安吗？"

"当然可以，她刚做完术前的全部检查。"女子语气和缓下来，又想起什么，"我们会用尽一切最好的办法救她。"

这句话里的一些隐藏信息让我感觉不舒服，可又说不上来为什么。

视线快速移动，像是一个转场动画，我被带到了另一个特护病房，男子经过数次消毒除尘处理后，被套上了一身白色隔离服，穿过一条过道，来到房间里。

一个剃光了头发的女孩躺在床上，呼吸平缓，表情松弛，胸前还摊开一本画册，也是经过特殊处理的防菌材料。

男子站在床边，静静看着女孩，不敢轻举妄动，怕就算一个细微动作，都会扯动身上的塑料隔离服，发出响声，吵醒女孩。

那本色彩鲜艳的画册吸引了我，我试图聚焦视线，看清上面究竟画了些什么，但却失败了。我越是努力，那焦点就涣散得越快，像是在流沙地里挣扎。我放弃了，把焦点转向女孩，可却发现，那女孩脸上的细节，也如被风沙加速侵蚀的沙雕，正在一点点地流逝，最后只剩一片空白。

这恐怖片般的画面让我一阵莫名心痛。我想要逃离，可恰恰相反，越是恐慌，那视线却越是往那张空白的孩童脸庞逼近，像是面对一个质量巨大的天体，无法逃逸其引力陷阱。

我察觉到了一丝不对劲，如果是从男子的视角看去，那么理应出现鼻子的三角造影，可是没有。

这意味着什么？

这个梦似乎在接近尾声，一切都在朝着那张巨大得像小行星表面的面孔坠落。我又将一无所知地醒来。我想努力记住一些东西，一些至关重要的东西，能解开所有不对劲感觉的东西。

可我终究还是失败了。

4

小雀斑被删除了。

我的意思不是她的肉身，而是记忆数据。在我醒来后的数个小时里，她迅速变成了一个无关紧要的名字，甚至面目都变得模糊不清。所有依附于那个曾经有血有肉的人类个体上的情感，无论是欲望、厌恶还是悲伤，甚至恬不知耻地说，一点点爱，都像沙子一样流逝了。不光是我，所有人都一样。

我猜公司肯定在我们的脑子里动了些手脚，为了安全和效率。

那个女孩变成了系统里的一个条目，一个带编号的教训，提醒着后来人不要犯同样的错误。

"……通常被定义为C类的碳质球状陨石，需要覆盖光学和近红外（0.5~3.5微米波段）的高灵敏度光谱，检测在~0.7微米和~3微米处的吸收带，来验证陨石成分是否含有水。~0.7微米吸收带不是反映水本身，而是含铁矿物中的电荷转移，这种转移只存在于C类物体中，正如水。但~0.7微米吸收带特征的存在，并不能让我们精确地估计物体的含水量，光谱颜色也不能……"

这个条目正从那个新来的漂亮女孩嘴里快速弹出，就像是一串绕口令。我在心里给她起了个外号——"弹舌鸟"。

她突然停下，抬起头，迷茫地望向我，脸上微微发红，沁着汗珠，弹射出她的问题："我不明白，为什么不探测~3微米吸收带的信号，那样不是更直接吗？"

我友好地笑了笑："中红外大气的高背景辐射使得~3微米吸收带的信号变得微弱，难以被探测到。"

"哦。"她似乎对这个问题失去了兴趣，对于一名捕捞员来说，这是个危险的信号。

水是在这茫茫宇宙间生存的第一要素，因此矿工将含水的陨石作为首要采集目标，但是在一些时候，它也是致命的。

弹舌鸟被关在一人宽的圆筒状金属笼里，腰部与双手用弹性绑带固定在轴承支架上，脚下不停踩着"仓鼠笼"向后滚动。这是船员对这套特殊健身设备的称呼，在三分之一g重力环境下，这是最安全有效的抵抗骨质疏松和肌肉萎缩的办法。

作为她的导师，我不得不时常纠正她的动作，那些微小的瑕疵会日积月累，成为导致骨折或是筋膜炎的元凶。

像被装进密封袋里和沙拉酱一起摇晃的蔬菜，弹舌鸟洗完澡后，赤身裸体地爬出淋浴袋，旁若无人地在我面前擦拭结实的小腿。不知为何我将脸扭向一边，也许因为她是新来的，为了以示尊重。尽管她的洗澡水将会以各种方式被回收利用，进入食物、饮用水与空气，最后成为我们身体的一部分。从这个角度来看，我们注定会亲密无间。

"你为什么会来这里？"我试图转移尴尬。

"嗯？这是个问题吗？"她似乎没听懂我的话。

"我知道，《神圣债务论》那一套嘛。我的意思是，你就从来没有想过，债是从哪儿来的？"

"这很重要吗？每个人一生下来就负债累累，我们只不过比其他人更幸运而已……"

"幸运？"

"捞到一条光是铂矿就价值超过1000亿美元信用点的大肥鱼，还没算上镍与钴，还清所有债务，变成亿万富翁，这不算幸运吗？"

"那只是传说！"

"不，那是概率。"

"没错，在太空里挂掉的概率……"

"并不比你在秘鲁采矿或者在白令海捕蟹的危险系数高多少，当然，如果你硬要说被小行星碎片击中的概率，那确实是比在地球上高一些，问题是……"

"你真是乐观得无可救药……"我似乎从她的表情里捕捉到了一些熟悉的东西。

"问题是，"她摇摇头，没有丝毫放慢语速的打算，"如果你在地球上，你有一笔价值100万亿美元的黄金存款，可是没人可以拿到，为什么？因为它在海水里。提取溶解在海水中的黄金，成本大大超过了黄金本身的价值。所以这笔巨额存款的价值是零。我们在这里，是很危险，可是这些甜点是实实在在的，它们就在那里……"

当她说到甜点时，我似乎又想起了些什么，可我已经不想再争辩下去。

"弹舌鸟，希望你在那里执行任务的时候，反应和你的语速一样快。"我指了指上面。

"弹……什么？胆小鬼，你就缩在船舱里做你的算术题吧，祝你早日还清债务。"

她看起来是真的生气了。

　　理论上说，弹舌鸟并没有错，一颗M型小行星是绝对的顶级甜品。比如16psyche，上面的铁镍矿石可以满足地球未来100万年对铁的需求。再比如，富含铂的小行星矿石品位可能高达100克/吨，是最高等级南非露天铂矿的20倍，这意味着一颗500米宽的这类小行星，铂产量就能达到全地球年产量的175倍。

　　这就是我们在这里的终极使命，所有C型陨石只是为了持续性的补给，因为"鲸母"不允许被过度开采。它并不是一块巨石，而是由自身引力聚集在一起的松散石泡或砾石，没有任何内在结构的完整性。任何旋转、撞击、过深的挖掘都可能导致它解体，我们所建造起来的一切便将被毁灭，包括我们自己。

　　弹舌鸟慢慢接受了自己的新名字，也接受了我的风格。

　　我努力不和她走得太近，就像是害怕万有引力会让事物彼此吸引，进而发生撞击。我总隐隐有种不祥的预感，仿佛航海多年的老水手迷信厄运总是伴随着赤潮与白头浪。

　　我怕有一天弹舌鸟也会遭遇被删除的命运。

　　她清楚我的想法，并总是还以嘲讽。她说，手里握着一把鹤嘴锄，还是一挺冲击钻，你都只有一条路，就是干到底。

　　在弹舌鸟眼中，生命就是一场冒险，而我们并没有太多选择。

　　她受命去回收一台报废的"牧羊犬"机器人，指令说在它的记忆模块里可能保存着曾接触过M型小行星的数据，能够提供有价值的追踪线索。

　　我们从不知道指令从何而来，是来自38万公里外的地球，还是某个太空站？是来自人类，还是AI？但大多数情况下，指令都是正确的，少部分情况下，因为被人类错误解读而导致不可挽回的后果，就像古希腊的神谕。

弹舌鸟对指令笃信不疑，而我总想通过各种办法击溃她这种盲目的信念。

比如，用数学公式告诉她，即便我们发现并追踪到了M型小行星，想要改变其轨道并捕获它就像是让猴子在打字机上敲出莎士比亚全集，比中彩票还难。还没有考虑到开采M型小行星的难度，基本上就相当于用一根渔竿钓鲸鱼。你的成本也许会很高很高，高到把所有的潜在利润吞掉，再赔上几十条人命。如果这些矿石被运回地球上还没引起市场崩溃的话。

比如，让她对自身能力产生怀疑。机器人无法做到的事情，一个由蛋白质和水组成的采矿工人同样无法完成。无论是正确维护复杂的采矿设施，应付各种奇怪的设备故障，还是对突发性的事件进行综合分析，并正确评估其对于整个"鲸母"站点长期的影响。AI做不到，弹舌鸟同样做不到，那么除了送死，你还有什么价值。

"所以，你到底希望我怎么样？跟你一样缩在船舱里，等着肌肉慢慢萎缩，或者超剂量宇宙辐射让身体里长出肿瘤，然后死于各种并发症吗？"她翻着白眼。

"我不是那个意思……我只是希望你打消不切实际的念头，活得久一点……"

"可是这样活着又有什么意思呢？我们的生命归功于创造我们的神……"

"这些废话你跟那些死人说去……"

"那你为什么要来这里呢？在地球上待着不好吗？"

"这不是我的决定！就像这也不是你的决定一样！你醒过来

时就已经在这个地狱里，想不起任何过去的事情，除了那些该死的技能树，像脑子里弹出个没完的地鼠。我们永远也还不清身上的债，除了死，没有别的解脱办法！"

我背过脸去，不想让弹舌鸟看到我的脆弱。一只手放在了我的肩上。

"我记得我是怎么来到这里的。"我惊愕地转过头，看着那张毫无笑意的脸。

没人知道。甚至新人到来也是如此，据说公司会创造一个船员意识的空窗期来交接矿工，以避免产生不必要的风险。我猜那种风险来自想要夺船回家的精神崩溃者。

"这是个笑话吗？"

"不，那是一个很奇怪的地方，我好像是从睡梦中苏醒，然后有一条闪烁着绿光的狭长通道，引导着我一直向前、向前……"

"然后呢？"

"回来告诉你。"弹舌鸟眨了眨眼睛，我这才意识到自己上当了。

我从来没有见过还清债务的人，我的意思是活着的人，至少在"鲸母"上没有。也许散落在小行星带里的矿产基地上会有这样的幸运儿，但这就像一个神话，一条教义，一则过分完美的广告，你永远无法证实，也无法证伪。

他们说还清债务的人能够回到地球，找回自己的记忆，把基因链条里的债务数据漂洗干净，然后信用账户里有你几辈子都花不完的信用点。

听起来更像是一个童话，不是吗？

可没人知道自己究竟为什么欠下了这笔债，以及需要用多长的时间去偿还。我们只能相信这套系统的公正性，只因为我们被告知，从数学上，它是绝对正确且无法被篡改的。

弹舌鸟说得对，我们别无选择。

但我很欣慰她听我的话，系上了双重安全绳。

弹舌鸟像一只没有重量的飞蛾，缓慢得像梦境一样，从"寄居蟹"的下部舱口飘出，向那头流浪已久的"牧羊犬"尸体靠近。机械臂太粗笨了，无法执行卸取记忆模块如此精细的工作。

"所以人还是有用的吧……"耳机中传来弹舌鸟轻快的反驳。

"在某些极为特殊的情况下。"我并没有让步。

"说说你的理论，为什么太空里不需要人？"

她轻轻贴上"牧羊犬"，由于弹性，安全绳把她的身体往后拽了拽。弹舌鸟解开一根安全绳，套在"牧羊犬"的其中一只机械爪上，固定好相对姿势。她需要把手伸进"牧羊犬"的喉咙里，接通应急电源，输入密码，打开里面的嵌入式存储设备面板，卸下记忆模块。

"咳咳，"我通过她头盔上的摄像头看着这一切，努力忽略背景漫无边际的黑暗宇宙，"我认为是因为恐惧。"

"你是说人类的恐惧？"

"不然呢？机器会害怕什么？被切断电源？被清除记忆吗？只有人会害怕。"

她进行得很顺利，半个身子都伸进了开敞的豁口里，"牧羊犬"被点亮了，面板也打开了，一切似乎唾手可得。

　　"所以呢，害怕让人上不了太空，害怕让人离不开机器？我觉得你只是在逃避某些东西？童年阴影？"她的声音里包含着某种同情，也许只是揶揄。

　　"我不认为我有什么童年阴影，就算有，也早就被分区块封装……"我突然停下了，摄像头那边有些令人不安的闪光，"……弹舌鸟，你右手边那是什么，那些发光点？"

　　"我不知道，我只知道好像记忆模块被卡住了，欸……"听得出来她已经尽了全力，整个身体都开始甩动起来。

　　"看起来有点不对劲，马上离开那里。"

　　"模块已经被我摇松了……"

　　"也许是什么自我保护程序，你赶紧退出……"我迅速检查这一旧款"牧羊犬"的代码库，绿色字符如雨水般冲刷屏幕。我的眼球高度紧张，颤动着扫描那些关键词。

　　"方下巴，你那边有什么可以帮到我的吗？除了让我紧张之外……"

　　我没有工夫回答。我已经无限接近答案。

　　"嘿！你猜怎么着？我已经搞定了……"弹舌鸟喘着粗气，屏幕上她的手捏着一个黑色方块，正要往外退。

　　……如果硬性重启后拔掉记忆模块，将会触发"牧羊犬"的着陆姿态，也就是说……

　　"我要告诉你，这里没什么可怕的……"

　　"牧羊犬"的六个螺旋式锚突然向前咬合，直接扎入弹舌鸟的腹部，然后像钻头一样搅动起来，红色的液体如半透明的水母般从破损处涌出，形成大小不一的液滴，晶莹剔透地飘浮在她身体周围，闪着光，在真空中开始沸腾。

　　我全身僵住了，张着嘴却说不出话，胃里有什么东西在滚涌。预感再一次应验了。

　　没有尖叫，没有呼救，耳机中只传来倒吸了一口气的声音，像是在努力挽回从肺部急速流失的氧气。我简直快要窒息了。

　　本应作为着陆缓冲之用的矢量推进装置也启动了，弹舌鸟的尸体被"牧羊犬"拖着往深空飞去，又被另一根系在"寄居蟹"上的安全绳紧紧拽住，像是被两头野兽来回争抢的一块烂肉。

　　"切断安全绳！"是光头佬，"你不会想要再失去一条船的。"

　　"不行，我不能这么做。"

　　"她的债还清了，让她去吧。死亡只是中介。"光头佬拍拍我的肩膀，在额头做了个祈福手势，像是一个横放的"D"字。

　　"去你妈的中介！"我闭上了眼，感觉有一些温热的液体缓慢涌出眼眶。

　　我不忍心再看弹舌鸟的身体被来回撕扯，拍下了按钮。她的半截身子闪着光，越来越小，越来越远，慢慢地隐没在星光中。

　　一个从未有过的想法如巨大隐秘的天体露出轮廓。

　　这也许不是一场意外。

5

　　又是梦。我开始厌烦这些无休无止的幻觉。似乎要告诉你一些东西又不明说。

　　如果你过着我们这样的矿工生活，你也会这样想。

　　远离地球一个地月距离，没有大气层，没有白天黑夜，没有正常的重力，没有娱乐，没有我最爱的宫保鸡丁，幸好我的记忆还保留了这部分，没有正常的人际关系，没有约会。

　　没有回忆。这一点也许是好事。

　　当然我们也有一些地球上不会有的新奇玩意儿。比如幽闭恐惧症和广场恐惧症混合的新型心理疾病。比如能够阻断你的神经传导，让括约肌松弛，大小便失禁，让人昏迷不醒，呕吐不止的宇宙高能射线。比如从冶炼炉里蹦出来的以光速穿透你身体的燃料跳蚤，其实是带着Alpha射线的金属碎屑，能够在瞬间穿透你的防护服以及身体，在你的内脏上烧出孔洞，然后你会流血不止，浑身疼痛，希望从来没有被生出来过。也有好的方面，能够制造氧气和蛋白质的基因编辑藻类，尽管接受口味始终是个难题。你会学到许多在地球上几辈子都不会得到也无法用上的知识和经验，如果你是个好奇宝宝的话，太空矿工就是为你这样的人设置的完美职业。

　　所以我猜不会有免费的赠品，即使是毫无意义的第三人称梦境，也会起到某种程度的心理干预作用。

　　我又回到了那个男人的身体里。他看着镜子，憔悴而苍老，一张完全陌生的脸，但那种即视感如此强烈。我知道，延续自上一个梦的剧情还在继续，尽管我已经完全不记得之前的故事背景。

　　镜子反射出的房间背景凌乱不堪，像是一个典型的单身公寓，没有任何其他家庭成员的生活痕迹，只有酒瓶、烟头和成分不明的粉末散落在茶几上。一个相框背面朝上，扣在一旁，许多打印的纸张像雪片一样覆满地板和家具。

男人似乎做出了什么决定，他看着手里的一张黑色卡片，拨通了电话。

"对，是我……我想好了。"他吸了吸鼻子，背过身去，正视房间内的一切。

"……你们已经让我失望了一次，希望不会有第二次……"

"……别跟我来这一套，什么'我们尽力了'，你们没有！"他的声音突然变大，又软弱下去，"……你们没有。"

"……是的，我读过了，逐字逐句，花了我一整晚的时间，我希望是值得的……"

"……有没有什么是不清楚的？哈，每件事！这整个系统的复杂程度远远超出了正常人的理解范围，我怎么可能弄明白？……"

"……我知道，旧债还在偿还周期内，这是新添的债，我认了，这就是命吧……"

"……我知道你们那套心理策略，什么为了家人，为了未来，给你造出一顶纸糊的道德光环，可惜它太虚假了，经不起一点风吹雨打。我就是为了我自己，我希望能活得久一点，过得好一点，哪怕是用别人的生命来抵押……"

"……希望你们能有点良心，让她过得好一点……"

一阵被激活的模拟鸟啼在男人背后响起，他猛地转身，看到镜中满面惊恐的自己逐渐亮起，被镶嵌上一圈充满希望的金色光芒。一份电子合约出现在镜中，语音提示他仔细阅读后将手掌贴在镜面上进行生物密码验证。男人闭上了眼，眉头紧锁，犹豫了片刻，将手重重地拍在镜面上，一圈又一圈的彩色光纹如涟漪般从他掌心漾开，旋转不息。

"验证完毕，您已完成签约流程，恭喜您获得新的债务额度……"

"去你妈的！"男人似乎松弛了一些，啜一口酒，开始收拾房间内如战后的遗址。当他手指触碰到桌上的镜框时，像被火焰灼烧到般猛地缩回。

"……我干了些什么……"男人用指尖抚摸着镜框背面，终于有勇气将其翻转，出现一张女孩的天真笑脸，拿起一本彩色画册试图遮挡住自己的表情。那画册看起来似乎有点眼熟。

"……我他妈的都干了些什么呀……"

男人突然开始啜泣起来，身体无法自控地剧烈抖动，站立不稳。

"我必须……必须制止……必须……"

他慌乱地巡视房间四周，最后目光落在了阳台上。男人拿起桌上残留的酒瓶，猛灌了一大口，突然松手，酒瓶在他脚边裂成碎片。

男人朝阳台狂奔而去，没有任何停滞或迟疑，从栏杆上方高高跃出。尽管我只是个梦的搭载者，可眼前突然出现的几百米楼层深渊还是让我的肾上腺素飙升，从谷底吹来的风卷起尖厉的啸叫。

许多梦都会以坠落结束，但并不包括这一个。

男人的坠落只持续了0.3秒，便被凝固在了半空中，像是被无形蛛网困住的飞虫，挣扎不得。空气中一个黑衣女子的半身像逐渐浮出，她戴着金色胸针和精致微笑，落落大方。

"东方觉先生，也许时间过得太久了，您已经忘了第一份协议的内容，您并不拥有处置自己生命的权利，所有权利都归债权人，也就是公司所有。况且，就算您结束了这段生命，您的债务还是无法被取消或减免，因为它是嵌在您基因里的加密数据，无法被随意篡改……"

像那个男人一样，我努力理解这话语中隐藏的信息，像是从四面八方的透明蛛丝传递过来的细微震颤，逐渐汇聚成信息的洪流，敲打着我认知模块里某个被封存的保险柜。

但是芝麻并没有开门。

6

……

红毛。

小雀斑。

弹舌鸟。

跳跳糖。

……

她们都被删除了。一个接着一个。她们的面孔和声音在我脑中变得模糊，像雨中被洗刷的颜料，混合成说不清的色彩，顺着记忆的沟渠流入地底。

我们是太空矿工，这就是我们的命。所有人都一副轻描淡写的样子如此重复着，忙活着自己手头的事情，就好像有病的那个人是我。

也许他们是对的，这就是我们的命。被囚禁在这遥远冰冷的宇宙边境，被遗忘，被丢弃，只能通过不断工作来偿还与生俱来的债。我可以借着技能，龟缩在船舱里，尽可能苟活更长的时间，可她们不能。

一些疑团困扰着我，在此之前从未发生过，就像其他矿工一样，似乎某块大脑区域中的逻辑自洽敏感度被人为调低了。我们的意识中形成了一个巨大的盲区，在这个区域里出现的所有问题，我们都视而不见。出于某种未知的原因，我的盲区渐渐缩小，问题如黑色礁石般裸露出水面。

也许是出于害怕，也许是来自那些渐渐失色的名字，我脑中的技能树计算出巨大的潜在威胁，我不能再像以前那样逃避下去。

我决定做一些事情。

光头佬钻出淋浴袋的时候被我吓了一跳，他带着伤疤的身躯如同丛林里的豹子，黝黑发亮，散发着热腾腾的水汽。

"原来是你？我还以为是汗毛怪。我们约好了，你懂的，运动运动。"他挑了挑眉毛。

"事情不应该是这样的。"

"不应该是哪样？你听起来有点不对劲，接受自检扫描了吗？"

"我很好。是你们有问题。你不觉得这一切都太荒谬了吗？这艘'鲸母'，这份工作，还有不停地死人……"我知道他马上会打断我。

"嘿，方下巴，我记得咱们讨论过这个问题，很多次。这就是我们的命，人要还债，就必须承担正常人所无法承担的风险和痛苦，死亡只是中介。"

"这是你真实的想法吗？还是说，只是他们让你这么想。"我指了指上面，我知道这个方向也许不对，毕竟我们一直在太空中旋转着。

"要问我的话，我觉得也许你应该找个伴儿，好好释放一下压力。有时候你的模块会因为积累负面情绪出现认知偏差，那个词怎么说来着？过敏反应。没错，就是过敏。"他背过身，开始擦拭身体。

"我算过，即使是采用霍曼轨道转移，把人从地球持续运到这里来也完全不划算。想象一下，就像每飞一次都要报废一架飞机，没有回程票。这是一笔糊涂账，光头佬，没人会做亏本生意。"

他缓缓转身，脸上出现了严肃的表情。

"……那你想怎么办？"

"让公司知道，我们不干了。"

"不可能，我们的债……而且只能公司单向联系我们，我们的呼叫只有自动应答，某种信息隔绝机制。"

"那么我们就把整艘'鲸母'工厂停下来，不再发货，看看他们怎么办。"

"这倒是一个办法，你真的确定要这么做？"光头佬脸上的表情在发生一些微妙的变化，我难以读解。

"如果他们还不回应，我还有一个计划，"我停了停，看看周围，"炸掉精炼车间。"

在"鲸母"腹部的精炼车间承载着将"寄居蟹"带回来的矿

石进行第二到第四级加工的核心功能。

第二级处理是将水电解成氢和氧，以及两种气体的液化存储，作为主要推进剂。第三级处理涉及高温"烘焙"，以迫使主要矿物磁铁矿通过含碳聚合物自动还原，从而导致更多的水、一氧化碳、二氧化碳和氮的完全释放。第四级处理将需要使用前面释放的一氧化碳作为试剂，通过MOND（气态羰基）工艺提取、分离、净化和制造铁镍产品，残留物将是钴、铂族稀有金属以及诸如镓、锗、硒和碲等半导体材料的粉尘，这些不起眼的灰尘也许价值超过了你所熟知大公司的历史产值总和。

"你是认真的？"他眯缝起双眼。

"大量的氢氧混合物，含碳聚合物，高温，一个响指，轰——"我做了一个夸张的爆炸动作。

"好吧，我考虑考虑，这事儿也许需要集体决议……"光头佬低头拿起毛巾，他在同一个部位已经反复擦拭了好几次。

"我不相信他们，我只相信你！"

"好吧，"他丢下毛巾，向我走来，像是要伸出手来跟我相握，"我必须感谢你的信任。"

没等我伸出手，光头佬一记重拳将我击倒在地。我眼前最后一幕清醒的画面，是他那些残缺不全的脚趾，在地板上不停收缩展开，发出昆虫抓挠金属的声响。

我试图睁开双眼，可是不能，我试图移动身体，可是不能。

我感觉到一些手正将我整个抬起，塞进什么东西里。一些声音断断续续地传进我的耳朵里，我努力理解这些话语里的含义。

"……我很抱歉，方下巴……这是集体投票的结果……我们不能……不能让你破坏我们的秩序……"

现在我能感觉到，我被装进了一身宇航服里，我从来不喜欢这玩意儿，因为它暗示着你会被抛进一个无法控制的极端环境，你所能依赖的只有这薄薄的一层防护措施。

"……你经常说的……风险最小化……从数学上这是最合理的做法……"

有什么东西被打开了，气压正在迅速地变化，还有温度，我似乎听到宇航服里的模块被一个个唤醒，仿佛具有生命力的是它，而不是我。麻痹的意识开始觉察到一个恐怖的事实，可我的身体还没有完全醒过来。

"……你的氧气还能维持……124分钟……省着点儿用……"

我终于睁开了双眼，看到所有船员的脸，手在额头做出哀悼的动作，站在最前面的是光头佬。他们的脸和我的脸之间，隔着两层特化玻璃，一层来自隔离舱门，一层来自我的防护头盔。而他那带着怜悯的声音，来自内置的通信器。

"……你的债……还清了……死亡只是……中介……"

我伸出麻木的手，想抓住什么东西。我想大声呼喊，说求求你们不要。可是一切已经太迟了。我看着他们的脸迅速远去，周围的光线变得不均匀，身体开始缓慢旋转，没有重力，只有船舱自转的离心力，带着我向远离轴线的方向飘去，永不归来。

巨大恐惧触发编写在杏仁核和腹内侧前额叶中的刺激—反应模块，它会自动加快你的心跳，升高血压，分泌汗液、皮质醇及肾上腺素。相信我，我对恐惧熟悉得很。这是亿万年进化而来的底层原始恐惧包，你无法用自主意识来抑制它，就算你再怎么勇敢也不行。

更何况是我。

我飘浮着，像一袋垃圾，无依无靠。我的理性告诉自己，恐惧会让氧气消耗得更快，而一旦血液中的二氧化碳水平上升，将再次激活原始恐惧包，陷入恶性循环。可我竟然无能为力。

我为人类这种生物身上愚蠢至极的设计而发笑，像个真正的疯子。

不知道过了多久，在这种极端处境下人的时间感总是会产生误差。我以为自己会在无尽的漂流中告别人世，债务清零，却没想到身体撞在某块巨大坚实的表面上。我被拦住了。

这是"鲸母"的内表面，离心力把我推到了这里。

尽管依然没有水和氧气，但这好歹让我重新获得了支撑点和方向感。这稍微平复了我的恐惧，让它开始发挥新的作用，包括重新调配注意力与感知的计算资源，从记忆中调出类似经验，为行为决策做参考。

很遗憾，我从来没有过被丢进太空里的经验。

我像个攀岩选手般双手双脚贴附在小行星内壁上，岩壁间的黑色沙砾提醒了我，这里的岩层含有一定比例的铁和镍，虽然等级不高，但也足以让我的磁力靴发挥作用。

现在，我可以勉强在"鲸母"的脑壳里站立行走了。我体会到了进化史上由猿变成人那一瞬间的快感。

在我头顶上，是以每分钟一圈的速度围绕轴线旋转的船舱，它太快了，也太远了，我没有一点机会。轴线其实是刺入"鲸母"颅骨两侧的超合金轴承管道，由钛、铬及碳纤维编织而成，密封中空，供能源及各种资源管道布线之用。

也许我还有一丝机会。

剩余氧气只有72分钟。我开始发挥脑中技能树的优势，结合最近的管道接口距离、体重、步长、心跳及血氧水平、地面磁力及摩擦力，我计算着最佳配速，能够让我在氧气耗尽之前到达目的地，同时找到能够进去的气阀口。

答案不是很乐观，如果速度过快，磁力靴产生的吸力将不足以拉住我的体重；如果过慢，氧气又会耗尽。我需要极其精准地执行这个精确到小数点后两位的太空跑步计划。

从"鲸母"吞噬星空的大嘴边缘露出了一丝遥远的日光，我必须赶在太阳照进这里之前赶到管道入口，否则高温会提前宣判我的死刑。

没有发令枪，没有裁判，没有对手，更没有观众，我开始了与死神的赛跑。

如果不是性命攸关，我真想好好看看这绝无仅有的景色。

想象一个半径5公里由石头构成的乒乓球，被斜着削掉三分之一，这层薄壳的内表面，就是我的跑道。而头顶上是深不可测的纯黑星空，像一只眼睛从岩壁缺口处不怀好意地盯着我，还有那如陀螺般旋转不息的船舱，里面装着一群曾经与我朝夕相处，现在却通过投票将我流放到太空自生自灭的矿工伙伴。

我救过、爱过、睡过的人们，就像所有这些巨大冷酷的物体一般，保持沉默，一声不响。

苍茫星空下，我如蚂蚁奔跑不息。面对永恒，所有的债务都变得毫无意义。

我从来不是一个合格的运动员，在这里不是，相信在地球上也不是。路程刚刚过半，我头痛欲裂，关节与肌肉酸胀不堪，心脏负荷接近极限，胸腔里似乎有一台火炉在呼呼地冒着火星，似乎随时都有可能爆炸。

我想要放弃。躺下，飘走，随便。只要让我喘口气，歇一会儿。

数字不会因为我而停止跳动。它们只会归零。

我听见一些奇怪的声音，像是忽远忽近的呢喃、歌唱、喘息。它们似乎围绕着我，引导着我，有些在劝我停下来，有些让我继续。我猜这是缺氧导致的幻觉，不停跳动的红色数字显示氧气还有18分钟，而那条管道似乎变得越来越远，遥不可及。黄蓝色的光点在我视野里浮动，像是墓地里翩然起舞交配的萤火虫。

——你看我的鼻子变长了吗？

一把声音幽幽地在我耳边轻叹，我悚然惊醒，汗毛直立。那是小雀斑的声音。

我几乎把她们都忘记了。我的垂死狂奔不只是为了我自己，还为了那一个个被删除的名字。

遥远的阳光开始从"鲸母"的唇角斜斜射入，在黑灰色岩壳表面涂抹上金色而炽热的色彩。这股能量如此美丽，又如此致命，它能够唤醒沉睡在岩缝深处的水冰，让它们化为气体，如怪物般怒吼着冲出地表，成为致命的长矛。必须赶在阳光追上我的影子之前到达管道，否则不是被高温灼烤致死，就是被气浪刺穿，弹射向另一个毫无生存希望的角落。

我想象着背后的地面如烤箱中的爆米花，会发出焦脆空洞的爆炸声，可是没有，什么声音都没有。死亡如此安静，就像一只处心积虑靠近你的黑猫。

每一次呼吸都将肺部灼烧殆尽，每一次迈步都把肌肉撕拉到极限。我忘记了配速，忘记了疼痛，忘记了死亡，只是机械而麻木地奔跑。没有其他办法能够实现奇迹，除了抛弃作为人类的种种弱点。这也许正是人类的伟大之处。

那根管道比我想象的还要粗大，如定海神针般立在不远处，直插对面另外半球的岩壁。

我的脚下却轻飘起来。我愚蠢地漏掉了一项重要的指标：耗电量。

维持体温需要电，数据运算需要电，外部环境监测需要电，最最重要的，磁力靴需要电。现在的电量已经下降到了5%，维生系统首先关闭了磁力靴。非常合理的选择，却可能让我前功尽弃。

我凭借着惯性往前奔跑，但明显靴底与地面的摩擦力在减小，很快我就会失去对身体的控制，漫无目的地飘浮到空中，永远失去登上管道的机会。

只有一种可能，我的脑中闪过成功率极小的方案。我别无选择。

我深吸一口气，突然停止了迈步，并拢双腿让整个身体随着惯性前倾倒向地面，随即一个前空翻，当身体轴线旋转到一定角度时，朝地面蹬出双腿，用尽全身的力气实现信仰一跃。

脚下出现一团黑色粉尘，像是刚刚经历了微型核爆，绷直的身体如离弦之箭，借助着反作用力向着银灰色管道射去。

面罩上的氧气量已经开始进入最后一分钟倒计时，红色闪烁的读秒数字提醒着我，即便到达管道表面，如果无法及时打开气闸门进入内部，大概率还是会死。

这一分钟无比漫长，爱因斯坦是对的。

我不断调整着在空中的姿态。有那么几个瞬间，我以为自己玩完了，会永远地错失抓住救命稻草的机会，坠入无尽星海，但最终还是重重撞上了坚硬的管道表面。也许断了几根肋骨，头盔出现了不祥的裂缝，但至少，我到达了目的地。

撞击点所幸离气阀口不远，我已经耗尽宇航服里的自备氧气，仅凭最后一点残余意志挪到了阀门口，试图破解开门密码。

实际上我根本用不着破解，那些把我流放到太空里的伙伴，还没将我从系统里删除。

这也许是他们犯下最大的一个错误。

我瘫倒在地，大口喘息，像是从水里刚刚上岸的两栖类。

管道里竟然有稀薄氧气，我大概猜到之前物资消耗数据上的缺口是怎么回事了。昏暗的通道中央是粗大的线缆和各种不同颜色的物资供应管，地面两侧每隔几米就有传感器闪烁绿光，像是夜行航班的指示灯，向着两端幽暗深处蔓延开去。

根据方向我可以推断一侧伸向船员们居住的旋转船舱，但是另一端呢？也许是通往埋在岩层里的微型核聚变反应堆？除了太阳能和氢氧混合推动剂之外，那是我们大部分能量的来源。

不知为何，我想起了弹舌鸟临死之前的玩笑。我决定跟随着绿光，往远离船舱的一侧走去。

现在我已经是一个死人了。至少在系统里，宇航服已经死得透透的，没有电，没有氧，也没有头盔。我手动关闭了定位模块，避免伙伴们被一具行尸走肉惊吓到。但如果我想要回到船舱，我还需要一身新的装备。

随着探险的深入，一些奇怪的记忆碎片开始涌现，仿佛我曾经到过这里。强烈的不适感在阻止我重游故地，像是鬼魂逡巡其间，不时往你脖颈后吹口凉气。

我穿过了几道密闭阀门，事情变得更加有趣。其中一个舱室配备了高精度的3D打印机，能够从数字图纸打印并模块化装配大部分轻量级的太空用品，包括宇航服外壳、开采工具甚至武器。我需要的只是把旧宇航服里的集成模块拆卸下来，安插进新衣服里。

现在，宇航服里的那个幽灵活了过来。

这中彩票般的发现并没有让我高兴起来，随之而来的是更多的疑问。为什么会在这里设置这样的舱室？谁会使用这样的设备？用来做什么？

也许答案就藏在我记忆中的某个角落，只是被区块化加密上了锁，无法被正确读取。

也许我根本不想知道答案。

终于，我站到了最后一道舱门前，透过舷窗，我看到了地狱般惊悚的场景。不，没有怪物，没有尸体，没有血，一切整洁如新，散发着神圣的生命之光。但却比最恐怖的噩梦还要绝望。

舱门无声滑开。

我的手指颤抖着划过透明密封罩，一个个悬浮其中的躯壳，成型的未成型的，年轻的年老的，面孔熟悉的或陌生的，都在沉睡中等待被恶灵唤醒。我看到了光头佬、汗毛怪、长腿……他们的身体新鲜强壮，在人造羊水中不时痉挛颤动，如熟透的果实即将落地，只需要最后一道甜美的工序——注入灵魂。

那也许就是我们抵押给魔鬼的东西，灵魂、基因债、记忆区块链……随便你怎么叫它，都改变不了事情的本质。

他们骗了我们。

我突然意识到，这些肉体的苏醒，也许是以船舱里另一个分身的死亡作为信号。那么是谁来控制每一个克隆体生长的速度？难道说，每个矿工的寿命其实早被计算安排得彻底？以符合整体效率最大化的目的？透骨的寒意爬上我的脊背。

这就是太空矿工的秘密。这就是我们身上背负的债。

我来到一具似乎刚到青春期的少女躯壳前，那张脸上的特征，让我陷入了认知上的困境。每个克隆体的面孔，似乎与记忆中一样又不一样。也许是系统改变了一些表观遗传，也许没那么复杂，只需要把我们脑中面孔识别的模块稍加调整，让大脑对某些特征区域的关注超过其他，也许，我们便再也认不出同一个人。

但那个少女的脸，似乎激起了某种更为复杂的情绪反应，像一阵漩涡想把我吞噬。我努力挣脱了她充满魅惑的引力场，来到最后一个密封罩前。

这里只有一个小小的胚胎，蜷缩着漂浮在淡黄色的液体中，像颗粉色的小行星。它眯缝着眼睛，吮吸着手指，似乎沉浸在永恒的美梦中。一根半透明的人造脐带正以肉眼可见的速度往胚胎体内输送着养分。

我似乎想到了什么，罩板底部显示着一行编码：EM-L4-D28-58a。

一阵眩晕猛烈袭来，我单膝跪地，努力支撑住身体。

这就是我。准确地说，我其中一个分身。也许是被突如其来的死亡信号催促发育，看起来它还需要一些时间。

它会拥有我所有的记忆吗？包括被区块封装加密的那些。它知道我所经历的生死考验吗？它会像我一样害怕死去吗？还需要

多少个它这样的分身才能够还清我身上背负的债？也许永远不会
有那么一天？也许人类的存在就是一种债务形式？

一阵无名怒火涌上心头，我用力锤击着透明护罩，发出浑浊
而沉闷的回响。我想毁掉这一切，切断这无尽的轮回。

那个小小的我似乎觉察到了什么，眼睑微微颤动，在羊水中
缓慢旋转，似乎在回应我的愤怒。

它是无辜的。我醒悟过来，我也是这诸多分身中的一员。它
就是我。

我们是无辜的。有罪的是背后建造并操控这一切的人。

我站了起来。我必须回到船舱，告诉那些被欺骗和被损害的
矿工，哪怕我听起来像个疯子。为此，我需要先打印一些东西，
能够说服那些被洗过脑的伙伴，货真价实的东西。

我需要跟公司取得联系，让他们停止这一切，哪怕做出过激
举动。

那条闪烁着绿光的狭长通道伸向远方，我不会再畏缩不前。

光头佬举高双手，背对着我慢慢跪下，双膝着地的他竟然和
我齐头高。

我把枪口对准他的后脑。我清楚他有多强壮，并且狡猾。

在我的身后，躺着一具具尸体。血没过我的靴底，踩上去有
一种奇怪的黏稠质地。

他们不愿意相信我，甚至不愿意听我说话。他们说，你的债
还清了，为什么还要回来？他们的脸惊恐而扭曲，像被陨石砸过
的抛光铝箔。

我说，那只是个谎言，只要你活着，债就不会消失。

　　我扣动扳机，让那些浸泡在羊水里的分身得到加速发育的机会。

　　"你不知道自己在做什么……"光头佬喃喃着，气势全无。

　　"你知道吗？"我反问他。

　　"有些真相不应该被发现，就像有一些枷锁最好别被打碎。"现在他听起来像是那么回事了，"通过加入神来实现永恒，这是我们唯一的选择……"

　　"所以，你是被设置为'管理员'的那个人？"

　　"没有管理员，'鲸母'的运行都是由算法决定的，我的记忆和你一样，并没有清楚多少。"

　　"所以你也不知道如何与公司取得联系？"

　　"我说过了，通信是单向的，只能公司联系我们。"

　　"那么我们来试试最极端的一种情况，"我缓慢而轻柔地晃着枪口，以螺旋式轨迹贴近他的头颅，"所有的矿工只剩一个，猜猜这样的异常信号会不会引起他们的注意？"

　　光头佬在颤抖，求生意志压倒了忠诚感，无论是天生的还是后天被植入的。

　　"回收计划。"

　　"什么？"

　　"在我的记忆模块里藏着一个指令，允许我们在最高级警戒状态下向一颗中继卫星发射信号，信号会到达地球上某个秘密测控中心，然后再转接给公司，单程延时大约需要13.4秒。公司会将幸存者接回地球，但是……"

　　"但是什么？"

　　"……只有在面临死亡威胁的情况下，才能激活指令的记忆……"

我微微一笑，用冰凉的强化塑料枪口抵住他汗涔涔的头皮。

"那应该就是现在。"

光头佬像台蒸汽朋克时代的差分机，一字一顿地键入那组十六位数字指令，屏幕出现我从未见过的界面，提示是否发送回收计划信息。

选择"是"。

信息显示发送成功，我们冷冷对视着，陷入漫长的等待。

一阵飞蛾扑翅般的声响，有信息返回来，这时候时间过去了5分47秒。也许公司那边已经召开了高层级的紧急会议商讨对策。

对方要求通话，选择"是"。

"——嗞嗞，这里是文昌这里是文昌，收到请回话。"

光头佬将目光投向我，里面充满同样的迷惘，但他的身体比意识更快做出反应，一个箭步冲向通话器。比他身体反应更快的是我的枪。为了保证船舱密闭性安全，我们选择了慢速子弹，并不会穿透对象的身体，而是将所有动能通过弹头的碎裂完全释放到中弹者体内，这意味着加倍的痛苦，以及更高的致死率。

他已经没有时间忏悔。

"文昌文昌，我是EM-L4-D28-58a，现在只剩下我一个人了，请求回收，请求回收。"

"请求收到。请再次输入指令，授予完全数据权限，帮助我们进行态势评估。"

我看了一眼在血泊中抽搐的光头佬，优雅地举起双手，一字一顿地重复键入那组十六位数字指令。

死亡只是中介，数学才是永恒。

数据如真空中的雪花无声落下，那会花上好一阵子。我找了个角落蜷缩着半躺下，像是被榨干了这一辈子的所有力气。回忆与疼痛搅拌在一起，混乱不堪。我不在意他们将如何评判我，如何处置我，我所希望的只是离开这个活地狱，回家，哪怕已经没有人在门口等我。

如果他们拒绝，我会选择和整颗小行星同归于尽，只须将电磁质量投射器的加速方向掉转，"鲸母"就会被开膛破肚，粉身碎骨，带着所有的债和罪一起化成齑粉。认知模块提醒我，在梵语、希伯来语和阿拉米语里，债和罪本来就是同一个词。

现在真的只剩下我一个人了。

另一股力量在拖拽着我，让我的眼皮下垂，四肢瘫软，阻止我的神经脉冲顺畅流动。它要把我带入梦境，就像曾发生过无数次的对抗，最终都是以我的失败告终。我竭力抵抗着它的入侵，试图听清来自数十万公里之外的福音。那声音虚无缥缈，捉摸不定。

"……EM-L4-D28-58a，所有数据评估已完成，我们会带你回家，我们会……"

黑暗再次吞没了我。

7

……负债累累是有罪的，不完整的。但完整只能意味着毁灭……

拖着弹舌鸟残缺身体的"牧羊犬"缓慢消失在深空中。

　　……祭祀是针对所有的神，而不仅仅是死亡，死亡只是中介……

被粉尘包围的碎裂船舱里，小雀斑的头盔与身体藕断丝连，如一朵随时会被吹散的蒲公英。

　　……一旦我们把自己的生命归功于创造我们的神，便会以牺牲的形式支付利息，最终用我们的生命偿还本金……

光头佬拍打我的肩膀。光头佬被我一枪轰开，在低重力环境下如没有重量的纸偶飞向墙壁，血雾从他胸口迅速扩散，像是绽放的玫瑰。年轻的光头佬在羊水中逐渐成形。

　　……将出生设想为所有人所承担的原始债务，一种由于人类出现的宇宙力量而产生的债务。然而，这一债务却永远无法在地球上得到解决，因为它的全额偿还是遥不可及的……

小雀斑朝我眨眨眼，做了个不雅的手势。出浴的弹舌鸟俯身擦拭小腿，她朝我眨眨眼，没有丝毫性的意味。

　　……如果祭祀仪式做得正确，神就会承诺一种完全摆脱人类状况并实现永恒的方法。因为，面对永恒，所有的债务都变得毫无意义……

梦里被隔离的女孩，捧着画册安然入睡。被倒扣在桌上的相框，写着一行小字。密封罩里缓缓旋转的粉色胚胎，眼睑不时抽搐。

　　……它采取牺牲的形式，通过补充活人的信用，使延长生命成为可能，甚至在某些情况下，通过加入神来实现

永恒……

密封罩中少女的脸。意欲自杀却被凝固在半空的绝望男子。矿工们的尸体。我自己的尸体。小雀斑的脸。弹舌鸟的脸。黑衣女子的脸。所有生者与死者的脸缓慢交叠融合成一张脸。

……人类的存在就是一种债务形式……

一些名字开始浮现，可我无法确定它们是否真实，就像是我的记忆，如此破碎而混乱。巨大陨石击穿船舱，在我身旁爆炸。炽热的燃料跳蚤潜入我的身体，从里面烧灼出散发焦味的孔洞。我在小行星表面绝望奔跑，背后是不断爆发的冰火山，岩层裂缝将我吞噬。像是跌入无限循环的隧道，一切都被拉扯成无限远无限稀薄的光。

我终于想起了那个名字，那个唯一的、不能被忘却的名字。

8

"安安！"

我从噩梦中惊醒，却发现自己并不在船舱里，也不在"鲸母"体内任何一个据我所知的角落。

这是一座巨大空旷的房间，乳白色的光均匀洒下，却看不到具体的发光装置，认知模块也无法被唤醒。

我试图移动自己，却发现身体沉得吓人，就好像整套肌肉系统只能使出三成力量，甚至每一次呼吸都艰难滞重。我突然意识到这意味着什么，两行喜悦的泪水不受控制地夺眶而出。

我终于回家了。

李医生是个亚非混血后裔女孩，一头蓬松卷曲黑发，像是团碳纤维清洁球。她为我配备了外骨骼和辅助呼吸装置，帮助我适应地球的重力环境。与普通地球人相比起来，我的四肢过分修长羸弱，肤色苍白得古怪，而头部比例又有点过大。如果有人给我身上刷上绿漆，想必扮演个ET外星人毫无违和感。

我的活动范围被限制在这一层楼里，李医生说，外面有一场因我而起的风暴，我还是暂时待在这里比较安全。我猜她一定是用了隐喻和夸张的修辞法。

这一层楼的活动面积已经超过了"鲸母"上所有舱室与通道面积之和，当然没有算上小行星的内外表面积，毕竟不是每个人都有机会在上面奔跑。这里可以满足我所有的生活所需，我又尝到了梦寐以求的宫保鸡丁，按照正常的地球自转周期进行作息，以及，接触到真实的人类，而不是分不清究竟是克隆分身还是记忆遭到篡改的太空矿工。

一切都如同古代的帝王生活般完美，除了一件事，我的记忆依旧没能完全恢复。李医生说，出于某种未知的原因，我的意识突破了原先的区块加密封存技术，等于打穿了记忆屏障，但是所有的信息都未经索引，像一团乱麻，需要时间让大脑重新建立起秩序。

秩序。不知为何这个词让我打了个冷战。

我有太多的问题需要被解答，这种迫切心情被李医生瞬间看穿。

她微笑着安抚我："风暴很快会过去，你会见到我们的领导者，也就是下令救你的人，到时你会得到一切的答案。"

没有电视，没有网络，没有任何能够带来外界信息的媒介，也没有时间。也许它们就在这里，被折叠在墙体里或蜷缩在某个细微的角落，只需要我念对咒语，打个手势，它们就能活过来，蹦跳到你面前。

可我不属于这里，我对如今的地球一无所知，所有太空挖矿的技能树在这里没有半分用武之地。

甚至回来之后，我的梦也被剥夺了。我只能记得那个名字和一些朦胧的片段，却无法与自己的真实感受或记忆连接起来，就像是一个瞎子被包裹在塑料薄膜里，只能透过被层层阻隔的感官去触摸世界。这种感觉让人窒息。

我努力讨好李医生，央求她让我看一眼外面的世界，只一眼就好。她总是眼带怜悯地拒绝我。

"还没到时候，你现在最需要的是保护好自己。"

我不确定自己完全理解了她的意思。

终于我等到了机会，一名护工调起了墙上的控制面板，却突然被叫开了。我试探性地按了几下按钮，屋里的光线色温平滑变换，像是在数秒内经历了许多时空，我又按了几下，面前的乳白墙体突然变得透明，泄露出背后真实的外部世界。

我惊慌地往后退了几步。外面是一片更加开阔的灰白色广场，被地面的黑色线条切分为不规则形状，远方影影绰绰耸立着巨大的几何形建筑，比例和角度都给人带来一种挑衅式的不稳定感，有一些介于生物与机械之间的活动雕塑点缀其间，似乎能够根据环境的变化产生微妙的交互。

这不是我所熟悉的那个地球。

广场上有一个人看到了我。他抬头看着我，额头上什么东西闪闪发亮，像是传递着某种特定频率的信息。

人越来越多。他们同样额头闪亮，站在广场上，抬头看着我。我注意到每个新的个体加入人群之后，闪烁频率便被调谐成一致。

我感到愈加不安。现在已经有上百个人，黑压压一片站在下面，盯着我。他们每个人的额头几乎变成了一个发光的像素，组合在一起便成了一块低分辨率的显示屏，现在上面开始滚动着一些意义不明的图案，令人眼晕目眩。

我将手掌贴在墙上，人群的图案突然凝固，瞬即转变为另一种模式，如同往里无限收缩的大海。

他们是在跟我交流吗？

我尝试了不同的动作和姿态，他们也随之反应，可我一点也不明白他们想要表达什么。

正当我想要采取更激烈的举动时，眼前突然恢复成一片乳白。我回头，李医生一脸愠怒地看着我，轻轻摇头。

我做出祈求的动作："我只是想看看外面。"

"已经定了，三天之后，领导者会接见你，做好准备吧。"

我心里一阵忐忑，并没有之前所期待的欣喜。

"外面那些人……他们是谁？为什么要那么做？"

李医生瞪圆了眼睛，似乎在斟酌字句，每次她想找借口时就会出现这种滑稽的表情。但最后她还是放弃了，垂下长而粗的睫毛。

"他们是无债之人，你的崇拜者。你是他们的神。"

9

　　会面并没有发生在想象中宏伟富丽的殿堂里，相反，我被安排在一家典雅朴素名为"格物"的老式书店，有螺旋式的书架式阶梯一直通往顶层咖啡厅。

　　外骨骼被禁止使用，我顺着台阶如虚弱老人缓慢攀登，感受每块肌肉在三倍重力环境下的运行状况。庆幸书架上的许多名字依然印刻在我的脑海里，即便没有认知模块也能够被随意调取。

　　领导者从咖啡桌旁起身，一袭黑衣，胸口别着金色胸针，面带微笑迎接我。

　　"东方觉先生，幸会，我是梅零一格。"

　　我惊讶于她的年轻，更被她眉目间某种似曾相识的特征所吸引。

　　"我们……见过吗？"我没能拽住自己的好奇心。

　　她斜着头，眉头微蹙，思考了一会儿，然后展开笑脸："啊我知道了，您见的是我的祖母梅李爱夫人吧。"

　　"祖母……"我被这个称呼所暗含的时间跨度所惊吓，"……所以那是多少年前的事情了？"

　　"如果按债务合约签订日期算，那是七十二年前了。"

　　"七十二……"我深深地吸了一口气，似乎有点晕眩，她扶住我坐下。

　　"您恢复得不错，我是说，在那样的环境里待了那么长时间……"她语调完美地表达了同情。

"所以，这究竟是怎么一回事，你们是谁？又是谁在背后操控这一切？"

"您一定有很多的问题，考虑到您的记忆还没有完全恢复，我会从我的曾祖父梅峯讲起。"

梅零一格抿了一口咖啡，用纸巾轻拭唇边，开始讲述她曾祖父的故事。

梅峯先生创立的生命链集团一直致力于将生物技术与区块链技术进行结合，他认为那是通往人类永生之路的不二法门。

当然他发家靠的不是像徐福一样贩卖永生，而是向各国政府提供基因债技术。所谓基因债就是将债务数据区块化加密后嵌入DNA链条，能够实时追溯，无法篡改，也能遗传给后代，避免了经济溃败时期以自杀或修改生物信息躲避欠债的行为，同时也能最大限度及最小粒度地管控个体的经济行为。

在那个时候，高精度克隆与人造胚胎早已不是问题，关键就在于意识的转移，如果每次都需要从牙牙学语开始重新体验人生、积累经验，那只能算是代际交替，算不上真正个体生命的延续。所以梅峯成功研发了记忆存储与植入技术，只需要一个黄豆大小的脑部植入物，便可以向云端同步存储每分每秒的感官刺激及思绪流动，反过来也可以插入现有的海马体皮层，实现记忆的无缝对接。

这项技术引起了极大的恐慌，因为它背后所隐含的种种可能性，也许会造成贫富与阶层的绝对固化，甚至导致人类文明回归到奴隶制社会形态。全球领导人经过一番挣扎，抵挡住了永生的诱惑，达成所谓的"日内瓦共识"，将这项技术与大规模生化基因武器、原子弹一起打入黑名单，在地球上不得投入使用，研发也必须在最高等级监管下有限度地进行。他们也不希望把生命链公司一棍子打死，毕竟还需要用基因债技术维持经济体系的正常运行。

梅峯，我的曾祖父，来自被称为"东方犹太人"的潮汕族群，他经常会回忆起不畏风浪、热衷赌博，将资本和文化通过海潮播撒到全球各地的先祖们。没有什么能够阻挡潮汕人冒险的步伐，如果有，那只能是胆量。

于是，作为利益交换，生命链集团在政府默许的"自我治理"范围内迈出一大步，表面上政府仍维持监管职能，实际上却给予财团更大的自由。

梅峯在小行星矿业领域投下重注，兴建空间站，改造小行星，资金与技术都不是难题，但所有太空矿产公司都会遇上同一桩棘手的事情——人。没有足够合资格的矿工，即便是高薪培训也完全满足不了需求。许多企业寄望于机器人，但最终这些需要大量水、冷凝器、继电器、电路和电池来维持运作的铁家伙，只能在高度可控的环境里执行一些程式化的工作。

曾祖父当时喜欢说一个笑话，机遇号在火星上运行20年所完成的地质勘查工作，也就和一个普通大学研究生一个星期的工作量相当，还不一定有人干得漂亮。

这就是他下的一盘大棋。

生命链集团在全球范围内寻找符合资格的候选人，威逼利诱地与他们签订了债务合约。这些人不但出卖了自己的肉身和基因，还出卖了自己的灵魂。具身生物学证明了只有身体与意识的高度匹配，才能够最充分地发挥人的潜能。他们的基因数据会被传送到太空站中，经由机器重新拼装组合成遗传物质，分裂成受精卵，发育成胚胎。而他们的记忆，经过一系列程序化的激发与再现，像债务数据一样被区块化加密，植回克隆体的大脑皮层。

冷启动的道路铺满了尸体与鲜血，超出任何人的想象。

集团花了十年时间，数以百亿计的资金以及尚未解密数量的牺牲者，终于实现了这一地外经济体系的稳定运转。回报也是超预期的，除了贵金属和稀土矿，某个站点还捕获了来自太阳系外小行星所携带的亚稳态氦化合物，能够兼顾高能量密度与可再生性，这引发了一场储能方式的革命。

也有一些预料之外的干扰。一些叛变，一些心智崩溃，一些集体屠戮行为。人类历史上开疆拓土中曾无数次上演过的戏码。集团发展出一套方式，将那些有可能导致负面冲击的记忆封存起来，并通过AI创作了一部指导意识形态的手册——《神圣债务论》，植入每个矿工的认知模块中，日积月累、水滴石穿地施加精神影响，成为新的宗教。

这套系统设计运行得如此之完美，以至于多年后，地球上竟慢慢地遗忘了这些人的存在。这个秘密只有极少数人知晓。而当梅峯去世之后，我的祖母，梅李爱接管了大权，她深知其中隐藏的巨大政治风险，更是将其作为集团的最高机密。这时候，生命链集团已经成为这颗行星上势力最为强大，触角无所不及的庞然巨物。几乎每个人都或多或少背负着来自集团的债务。

当一个生命体变得过分复杂巨大时，它同时也会变得极其脆弱，只需要一次不经意的跌倒，也许就会造成致命的伤害。

就好像你在太空里所做的一切，东方觉先生。

信息量太大了，我习惯性地调动认知模块，但随即意识到只能靠自己消化。这需要一些时间。

"所以，我们都是被骗签了卖身契的农奴，而且是永生永世不得翻身？"我尝试着寻找更为缓和的表述方式，可我找不到。

"技术上来说，所有你们可能遭遇到的事情都写在合约里，用法律的语言。"

"可我不明白，为什么要救我回来？不应该让我自生自灭更符合逻辑吗？"

梅零一格微微一笑："如果按照旧时代的利益最大化思维，确实如此，可现在不一样了。"

"哦？"

"实话实说，我们认为这是一个剥离原罪的最好时机。"她似乎犹疑了一下，试探性地看我反应，"作为生命链集团新的管理者，我对此前发生的事并不知情。要不是您发送了紧急信号，也许整个地球对这些骇人听闻的行径还一无所知……"

"我在听。"

"多亏了你们在太空的无私奉献，我们得以发展出激光阵列发射技术，大大降低了单位荷载进入近地轨道的成本。我们还在基多、蒙巴萨、利雅得和新加坡建造了四部太空电梯，即便是太空矿工也无须长时间待在矿区忍受煎熬。新的空间革命即将到来，我们将真正地开始向着太空殖民，向火星、小行星带、木卫二甚至更远的宇宙深处进发。我们需要你这样的英雄来激励人们……"

"英雄？"我嗤笑了一声，"我们能跳过广告直接进入主题吗？"

　　她突然露出了拘谨而古怪的笑，与我们的对话格格不入，这种感觉似曾相识。

　　"现在有一些人，一些势力，想借助你的遭遇，来打击集团。他们将你视为偶像，视为反抗整个债务系统的符号性人物……"

　　"无债之人。"我想起了站在广场上的古怪人群。

　　"你已经知道了？"梅零一格露出狐疑神色，"他们宣称基因债是守旧的、封闭的、不道德的，应该要以人类整体文明作为债务对象，推行'债务开放运动'。你如果看见他们的人，额头上闪烁的就是每个人给全人类增添的债务数字的变化。"

　　"听起来不无道理。"

　　"过去五千年来，这样的事情一直在循环发生。所有的革命都以取消债务，重新分配资源为目标。无论这些债务是记录在纸莎草纸上，还是刻在磁盘里。但是必须要以循序渐进的方式进行，否则就会像罗马帝国或者加洛林帝国崩溃之后那样，人们回归旧经济体系，文明倒退，一去不返。"

　　"所以你到底希望我做什么？领导者，我很奇怪为什么他们不叫你老板。"

　　她再次露出古怪的笑容，我突然捕捉到了什么，那枚锁链状的金色胸针，那是藏在记忆深处的秘密线索。

　　"站在我们这边，东方觉先生。作为英雄，引领我们去建立一套新的系统，不是以奴役人们负债累累，强迫人们只为了生存而竞争的系统。而是鼓励人们去创造与贡献，去懂得我们生来是为了感恩，对他人、社会、神灵、宇宙去付出的经济系统。我们可以帮助你一起设计这套系统，来对冲旧系统中基于利息的债务压力，将成本内化为一种自然愿望，而不是转嫁到他人与后代身上。你愿意吗？"

梅零一格伸出手，摆出令人难以拒绝的姿态。

我假装犹豫了片刻，突然笑出了声。

"如果不当领导者，你会是一个很好的演员。或者，这两者根本就是一回事。"

"你在说什么？"

"从始至终你都知道小行星矿场的存在，还有上面发生的脏事儿。只不过，有些真相不应该被发现，就像有一些枷锁最好别被打碎。我说得没错吧，梅李爱女士。"

她那精致柔美的表情瞬间凝固，像是变了个人般，眼神露出一丝寒意。

"东方觉，有时候我不得不佩服你。在你身上似乎什么奇迹都有可能发生。我们最顶尖的科学家都无法解释，为什么你的意识能够突破量子计算机都难以破解的记忆屏障。他们说，也许只能用爱的力量来解释了，你看多浪漫。"

"爱？"我迷惘地看着她，这个词已经离我过于遥远了。

"看来只有这部分记忆你还没有完全恢复，毕竟是被埋得最深封得最死。我们不希望你和安安相认，于是在你的面孔识别上动了点手脚，让你每次见到她都以为是陌生人。"

"安安……"一些模糊的面孔开始在我脑海聚拢成型，重叠成一张脸。

"是的，安安，你的女儿。你为了自己活下去，将她的数据卖给我们，让她变成一个在无间地狱里轮回受难的罪人。"

梦境里的画面碎片般涌出，带着浓烈的情感将我吞没。我双眼紧闭，大口喘息，头痛欲裂，光头佬说得对，有些真相不应该被发现。

"我真的挺羡慕安安的，有你这样一个爸爸。"我痛苦地睁开眼，梅零一格，或者梅李爱的脸上竟透露出一丝失落，"你愿意为了她，不管死多少次，杀多少人，最后还是一场空。而我的父亲，嗬，他永远只把我当成一枚精心算计好的棋子。"

我想起了太空中那枚小小的属于我的胚胎，还有隔壁那位永远陌生的少女。我们俩的密封罩就那么挨着，却方生方死，永不能相认。这一切都是拜眼前这位永生的领导者，以及她背后冷酷贪婪的债务帝国所赐。

"我最后再问您一次，东方觉先生。如果我们能让安安回来，您还会愿意代表生命链集团，成为英雄吗？"梅零一格起身，轻轻鞠躬，"还是，让世界知道背后的真相？您的数学这么好，算一算吧。"

盯着她那张不留岁月痕迹的面孔，我久久无法得出答案。

10

做梦真是人类一项奇怪的设计。

当在小行星上时，我总是梦到地球上的景象，可当我回来之后，却又时常在梦中重回那个低重力、颜色灰暗、危机四伏的活地狱。就像那里有什么东西让我割舍不下。

我梦见红毛、小雀斑、弹舌鸟、跳跳糖……她们一个接着一个向我告别，然后纵身一跳，从旋转的舱口消失，飘向鲸鱼的嘴巴，像是跃入一片装满星星的池塘。

她们没有穿戴任何防护服和头盔，就是那么赤裸地飘浮着，如同浸泡在羊水中，整个宇宙就是她们的子宫。

我也全身赤裸着，在"鲸母"黑灰色的内表面奔跑，追赶着她们如粉色羽毛的身体。无尽的星空，弧形的地平线，闪光的沙砾让人产生幻觉，仿佛自我慢慢消失，不需要氧气，不需要重力，也不需要保护。如同荒野中一匹迷失方向的狼，在濒临死亡之际，与整个宇宙连接起来，潜藏在身体里的力量被自动激发，感官被彻底打开。我于是知道自己还有一些未被系统驯化的东西，一些不能被算法加密或过滤的情感，一些比活着更重要的意义。

我猜她们也同意，没有债务地死去不是一种逃离，而是一种回归。

于是我停下了脚步，看着她们远去，远去，直到融入群星。

我微笑着睁开眼，面前立着两块墓碑。

我扫了扫碑顶的灰土，抹去那两个名字上的蛛丝，让它们能够被看见。

我从纸箱里拿出一本泛黄的画册，放在左边的墓碑前。画册封面上画着一条灰色鲸鱼，鲸鱼的肚子里藏着一个长鼻子的木偶男孩，小木偶正咧着嘴笑，好像在说——

"你看我的鼻子变长了吗？"

我忍住眼泪，从纸箱里拿出一架斑驳的相框，里面的照片已经受潮发霉卷曲，看不清原样。我把它翻过来，背面朝外，放在右边的墓碑前。在相框的右下角有一行歪歪扭扭的小字，上面写的是："爸爸，不要怕。"

我点点头，就好像听到了那句话。爸爸不怕。我在心里默念着。

他们说，我已经不是那个太空里的我，生命链集团并没有把我的肉身带回来，只是把意识传回地球，换上一个新改造过的身体。所以，我无法适应地球重力与肌肉无关，那只是意识的惯性。所以，EM-L4-D28-58a在小行星上犯下的罪也与我无关。

我努力不去想后来在"鲸母"上发生的事情，那会让我发疯。

现在，我是一个全新的人了。

我结束了祈祷，起身离开，手指从两座墓碑上沿轻轻拂过。我也许不会再回来。

那些无债之人在墓地外的绿色丘陵上排成圆环的形状。他们在等着我。

我挥挥手，他们的额头开始闪烁光芒，像时钟，像漩涡，像奏响一曲关于自由的颂歌。

为我，为安安，也为这世上的每一个人。

后　记

算法与梦境，或文学的未来

我们所处的时代比科幻还要科幻。

去年春节，原《收获》编辑、作家、科技创业者走走告诉我，他们用名叫"谷臻小简"的AI软件"读"了2018年20本文学杂志刊发的全部771部短篇小说，并以小说的优美度，即情节与情节之间的节奏变化的规律性，以及结构的流畅程度对这些作品进行打分。

截至2019年1月20日，分数最高的始终是诺贝尔文学奖得主莫言老师的《等待摩西》。然而，21日下午3点左右，参与此次评选的《小说界》和《鸭绿江》杂志的作品赶到，新增80部短篇小说。下午7点20分，情况发生了改变。AI最终选定的年度短篇是我发表在《小说界》2018年第四期的《出神状态》（收录于本书），《等待摩西》被挤到了第二位，差距仅有0.00001分。

更不可思议的是，在我的《出神状态》里恰好也用到了由AI软件生成的内容，这个算法是由我原来在Google的同事、创新工场CTO兼人工智能工程院副院长王咏刚编写的，训练数据包括我既往的上百万字作品。

"一个AI，何以从771部小说中，准确指认出另一个AI的身影？"走走在随榜单一同发布的《未知的未知——AI榜说明》一文中发问。确实，从使用的计算机语言、算法、标准都完全不同的两个AI，究竟是以什么样的方式建立共振，这给这次偏爱理性与逻辑的事件披上了神秘主义的色彩。

回到最初，我第一次有和AI合作的想法还得追溯到2017年下半年。其实机器写作并不是新鲜的事情，包括"微软小冰"写诗，自动抓取信息生成金融新闻的程序等，但是作为高度复杂的文学金字塔顶端，小说所要求的逻辑性、自然语言理解能力，以及对于人物、情节、结构、文法不同层面的要求，目前的AI必然尚未达到这样的能力。王咏刚听了我的想法之后也非常兴奋，他本身也是个科幻迷和科幻作者，还出过一本叫《镜中千年》的长篇科幻小说，他很爽快地答应了，觉得这是一个非常有趣的实验。

编写深度学习的写作程序其实不难，Github上都有一些现成的代码可以用，难的是如何通过调整参数让它写出来的东西尽量地接近我们现有对文学的理解和审美。输入了上百万字的陈楸帆作品之后，AI程序"陈楸帆2.0"可以通过输入关键词和主语，来自动生成每次大约几十到一百字以内的段落，比如在这本集子里《出神状态》中的这些句子：

游戏极度发烫，并没有任何神秘、宗教、并不携带的人，甚至慷慨地变成彼此，是世界传递的一块，足以改变个体病毒凝固的美感。

　　你露出黑色眼睛，苍白的皮肤如沉睡般充满床上，数百个闪电，又缓慢地开始一阵厌恶。

　　你再次抬头，把那些不完备上呈现的幻觉。可他离开你，消失在晨曦中。绸缎般包围。

　　王咏刚告诉我，经过大批量语料学习之后，AI程序已逐渐习得了我的写作偏好——在使用祈使句时爱用什么句式，描写人物动作时喜欢用什么样的形容词或者副词，等等。在掌握了关于语句的统计规律后，在写作环节，AI程序便会从大量的语料中随机找到一些词，并把这些词汇按照写作规律拼接在一起，形成句子。比起文学，它更像是统计学与数学。

　　第一次看到AI程序写出来的句子时，我觉得既像又不像自己写的，有先锋派的味道，像是诗歌又像俳句或者佛谒，更像是梦呓。可以肯定的是，它们没有逻辑性，也无法对上下文的剧情和情绪产生指涉性的关联，为了把这些文字不经加工地嵌入到人类写作中去，我必须做更多的事情。

　　所以最后我围绕着这些AI创作的语句去构建一个故事的背景，比如说《出神状态》中人类意识濒临崩溃的未来上海，比如《恐惧机器》中完全由AI进行基因编辑产生的后人类星球，在这样的语境中，AI的话语风格可以被读者接受，被视为合理的。而且是由人类与他者的对话情境中带出，从认知上不会与正常人类的交流方式相混淆，因此它在叙事逻辑上是成立的，是真实可信的。

　　这次AI与人共同创作的实验性并不在于机器帮助我完成写

作，而在于最后我发现，是我帮助机器完成了一篇小说的写作。

这样的实验令我们产生对文学或写作本质更深入的思考。它不单单是人+机器，而是人与机器的复杂互动，其中对于"作者性"（authorship）的探讨重要性超出了故事与文本本身，可以称之为行为艺术。

当然这只是一个开始，未来的机器将更深入地卷入人类写作和叙事中，未来的文学版图也会变得更加复杂、暧昧而有趣。

我相信在10年之后，机器辅助写作会成为普遍现象，这里指的是人类利用算法来辅助自己进行普遍意义上的写作，包括应用写作及创意写作，而那些更容易被结构化的数据比如财经新闻、医疗报告、法律文书等则将早于此被AI全面接管，因为那是机器擅长的领域，更加准确、高效、实时。

文学本身的边界也将被不断深挖、拓宽，如果将人类类比为一部机器，那么写作无疑是极其重要的输出模式。通过写作我们可以理解个体的认知与学习过程，甚至是跨个体间的情感如何传递并引发共鸣，不同语境下的概念与符号系统如何传承流变，这是文学、语言学与认知科学的交叉领域。科学家们在研究如何通过光遗传学和视觉刺激将信息"写入"生物大脑，同样对于机器来说，理解自然语言指令就是这样的一个输入过程，那么在一个集成化程度足够高的智能时代，比如30年之后，我们真的可以通过语言，通过书写，通过文学，改变现实或者虚拟世界的运行秩序，所谓呼风唤雨，喝山开道，画符为马，撒豆成兵。那时就真的到了如克拉克所说"一切足够先进的科技都与魔法无异"的时代了。

那么到了那样的时代，科幻的位置何在，科幻又应该怎样去写呢？

　　一个近年来非常有趣的体验是：最热烈积极的反馈往往是来自于那些先前对于"科幻小说"带有刻板印象或者偏见的"非科幻"读者，他们在偶然间读到我的作品之后，惊叹"原来科幻小说还可以这么写"，并由此开始产生浓厚兴趣。

　　在这里不得不提到的语境是，中国绝大部分读者对于科幻的认知与审美偏好，局限于兴盛于20世纪40、50年代美国本土的"黄金时代"作品，包括耳熟能详的"三巨头"阿西莫夫、海因莱茵、克拉克，以及一系列带有浓厚科学主义色彩与理性主义信仰的作品。回归到历史现场，由于二战影响，美国举国科研力量投入火箭、原子能与太空探索，借助经典物理强大的解释模型，理论研究对科技实践产生不容置疑的引领作用，而科学强国、技术争霸更是成为普通美国人的日常生活一部分，这给了"黄金时代"风格科幻小说一个历史性的发展契机。

　　而这与20世纪80、90年代到新世纪初的中国社会主流基调产生了奇妙的共振与回响。一个极端的后果就是，在西方的科幻"软""硬"之辩过去近60年之后，我们有一批所谓"原教旨主义"读者还在用机械的二元概念来定义自己的阅读偏好，甚至建立起一套科幻圈内部的次文类鄙视链。不得不说这与20世纪50年代学习自苏联老大哥的文理分科教育制度所造成的人文与科学素养高度割裂相关。

　　遗憾的是，这样的偏狭眼界与刻板印象不仅阻碍了中国科幻走向更广阔的市场，也削弱了作者探索更多元化题材与风格的决心。当然，受影响最大的还是读者本身，如何从童年/青春期的阅读经验中不断自我挑战与成长，去尝试接受更多不同于"黄金时代"风格的作品，并学会欣赏参差多态的想象之美，这也是我在

《异化引擎》这本集子里所试图呈现的一种面貌。

当我们顺从时代的浪潮，追求用算法与数据去结构化对于世界的认知与情感时，我却不免惶恐、犹豫、时时回望，因为在文学的黑暗之心深处，潜藏着尚未被机器所理解与模仿的沉默巨兽。

在科学成为新的宗教，时空的确定性烟消云散，人类的主体性与中心位置备受质疑，后控制论深度嵌入精神与肉体，世界陷入失序格局的时代，科幻应该表现什么，应该如何表现？

我的一个不成熟的回答是，科幻，或者文学，应该回到人类渴望故事最原初的冲动，一种梦境的替代品，一种与更古老、更超越、更整体的力量产生共振的精神脐带。

1946年，科塔萨尔发表在博尔赫斯编辑的一本杂志上的小说《被占的宅子》，源于他在门多萨的一个噩梦。科塔萨尔说，这个故事在梦中已经相对完整，他所做的只是醒来后快速把它记录下来。"……我的短篇小说，像是由内在于我的某种事物向我发出的指令，我不对它们负责。" 科塔萨尔认为那是他的潜意识正在经历创作一个故事的过程。当他做梦时，他在梦里写作。

时间跳跃到1969年，"黑暗物质三部曲"作者菲利普·普尔曼走在伦敦查令十字街头，心头灵光一现，他隐约觉得"万物都由相似、对应与回响相互联系"，他深切体会到宇宙是"活跃、有意识且充满目的"，甚至还说"这个灵感使我能够发现一般状态下无法感知的事物"，"我笔下的一切都是在尝试见证这一点的真实"。

再来到20世纪80年代末，刘慈欣在某个北京夏夜的梦境："那天晚上，我梦见无边无际的大雪，在暴风雪中，有什么东西——也许是太阳或星光熠熠的蓝色光芒，将天空描绘成紫色和绿色之间恐怖的色彩。在昏暗的光芒之下，一群儿童穿过雪地，头上缠着白色围巾，步枪上装着闪闪发光的刺刀，唱着一些无法辨认的歌声，他们齐声前进……"他一身冷汗地醒来，再也无法入睡，那便是《超新星纪元》的萌芽。

算法尚未抵达之处，是人类的大脑，数以千亿计的神经元与恒河沙数的突触连接，在这团两个拳头大小毫不起眼的灰色物质中碰撞、迸发火花，诞生出无数令人惊叹的璀璨思想与审美形式，甚至与我们尚未知晓的巨大精神岩层相连，汲取无穷无尽的能量。

面对疾速驶来无法躲避的未来，我们，一群以各种方式讲述故事、传递能量的说书人，一只手要牵起技术的缰绳，让算法与机器为故事、为心灵、为美所驱使，让我们跑得更快更远，穿透媒介的次元壁垒；另一只手要敲起灵魂的皮鼓，让节奏与振动把我们带回人类原初的感动，与集体联结的记忆，与天地万物相通的美好，创造与每一颗心灵共振的梦境。

在未来，我们将无数次听见历史的回音：文学已死，文学永生。所有的宣言与论断都将失效，因为文学已经嵌入时代，成为人类文明与个体心灵的结构与纹样，在末夜里熠熠生辉。

愿我们共同见证。

2020 年 4 月 16 日

上海